목소리를 삼킨 아이

목소리를 삼킨 아이

I hid my voice

파리누쉬 사니이 장편소설 · 양미래 옮김

북레시피

1

"샤허브, 이거 너야?"

"맞아."

"완전 꼬맹이였네! 널 이렇게 꽉 끌어안고 있는 사람은 누구야?"

사진을 가만히 들여다보았다. 누구였더라? 설마……?

순간 가슴이 철렁 내려앉았고, 두 입술은 차마 뗄 수 없을 정도로 무겁게 느껴졌다. 나는 당황한 나머지 주변을 살피며 빠져나갈 구멍을 찾기 시작했다. 집안은 사람들로 가득했다. 초대받은 손님들 중 이미 절반이나 도착한 상태였다. 엄마는 이 많은 사람들을 대체 어떻게 초대한 거지? 나이를 먹는다는 게 이렇게나 대단한 일이었나! 사람들은 이번 파티를 통해 내가 스무 살이 되었다는 사실을, 그러니까 이제 진짜 성인이 되었다는 사실을 일깨워주려 했지만, 내가 느끼기에 크게 달라진 것은 없었다. 다들 쉴 새 없이 웃고 떠들면서 집안 곳곳을 돌아다니고 있었다. 나는 파티의 주인공이었음에도 어떻게 행동해야 할지 갈피를 잡지 못했다. 손님이 몇 명 더 도착하자 다들 그 손님들 주변으로 모여들었다. 나는 그 순간을 기회로 삼아 서둘러 계단을 올라갔다. 고작 몇 계단 만에 숨이 차기 시작했지만 끝까지 올라가 방문을 열었다.

그때 내 머릿속의 낯익은 목소리가 말을 걸어왔다. "너 도대체 왜 이러는 거야?" 나는 평소처럼 반사적으로 대꾸했다. "나도 몰라……."

일 층에 모여 있는 손님들의 목소리가 방 안에서까지 들렸다. 내가 원했던 평온함과 고요함은 없었다. 그래서 방문을 닫고 베란다로 나갔다. 열띤 이마에 스치는 시원한 바람을 느끼며 숨을 깊게 들이마셨다. 베란다에서 옥상으로 이어지는 금단의 계단을 쳐다보고 있자니 갑자기 등줄기에 찌릿한 통증이 느껴졌다. 그 계단을 쳐다볼 때면 내 혼란스러운 마음속에서 어떤 알 수 없는 일이 일어났고, 여지없이 그런 통증이 찾아왔다. 나는 금단의 계단을 오르기 시작했다. 마지막으로 올라갔던 때가 언제였더라? 하루밖에 안 됐나? 백 년은 더 됐나? 그런 생각을 하며 계단을 오르는 동안, 나는 파도처럼 밀려드는 과거에 손쓸 겨를도 없이 떠밀려가고 있었다. 몸이 점점 작아지는 느낌이었다. 마침내 옥상에 도착해 자리를 잡고 앉자 나는 네다섯 살 무렵의 소년, 겁에 질린 말 없는 아이가 되어 있었다.

내가 실제로 벙어리라는 사실을 깨달은 날부터 나는 '벙어리'라는 말에 민감하게 반응하기 시작했다. 애들이 '벙어리'라고 부를 때마다 화를 내며 소리 질렀고, 물건을 부수거나 누군가에게 화풀이하면서 말썽을 일으켰다. 그러나 벙어리라는 사실을 받아들인 순간부터는 모든 것이 바뀌었다. 벙어리라는 말을 들어도 더 이상 화가 나지 않았다. 대신 무언가가 목구멍에 걸려 있는 것 같은, 누군가가 내 심장을 할퀴고 있는 것 같은 기분이 들었다. 나를 둘러싸고 있던 색깔들도 전부 희미해졌고 태양은 더 이상 빛나지 않았다. 나는 구석진 곳에 웅크리고 앉아 양 무릎에 얼굴을 묻고 몸을 한껏 옹송그렸다. 다시는 그 누구의 눈에도 띄지 않도록 몸을 작게 만들려고 했다. 더는 놀고 싶지도 않았고, 웃는 법도 기억나지 않았다. 나를 기쁘게 하는 건 아무것도 없었다. 그렇게 보내는 시간이 때로는 하루 이틀 동안 지속되었다. 네 살짜리 아이에게 그게 얼마나 긴 시간이었을지 누가 짐작이나 할 수 있을까? 어른에게는 족히 수개월처럼 느껴졌을 만한 시간이었다. 돌이켜보면, 내가 격한 반응을 보여야 상황이 그나마 괜찮게 마무리되었다. 애들이 심한 말을 내뱉고 폭력을 가할 때 내가 울어버리면 모든 것이 평소보다 금방 끝났다. 길어봐야 한 시간이나 두 시간밖에 걸리지 않았다.

처음에는, 그러니까 정확한 의미를 알기 전에는 벙어리가 좋은 거라고 생각했다. 애들이 나를 벙어리라고 부르면 기쁘기도 했다. 다들 나를 벙어리라고 부르면서 무척이나 즐거워했기 때문이다. 내가 벙어리라는 사실을 처음으로 발견한 사람이자 나에게 벙어리라는 별명을 지어준 사람은 사촌 형 호스로우였다. 호스로우 형은 나를 볼 때마다 이렇게 말했다. "어이, 우리 착한 벙어리! 이리 와서 물구나무 한번 서봐. 그럼 맛있는 거 줄게. 착하지!"

나는 호스로우 형이 원하는 것이라면 뭐든 다 했고, 그러면 형은 웃으면서 나를 응원해주고 보상도 해주었다. 페레슈테라는 사촌 누나도 나를 굉장히 예뻐했다. "우리 귀여운 멍텅구리!" 페레슈테 누나는 나를 그렇게 부르면서 안아주었다. 누나의 품에서는 좋은 향기가 났다. 누나는 내가 하는 행동을 보고 웃었고, 달콤한 군것질거리와 아이스크림을 사주곤 했다. 그런 군것질거리와 아이스크림도 좋기는 했지만, 솔직히 그것보다는 내가 누나를 행복하게 해주었다는 사실이 더 기뻤다. 누나를 행복하게 해줄 수만 있다면 뭐든 할 작정이었다. 사촌 형도, 사촌 누나도, 나를 '벙어리'라고 부를 때마다 즐겁게 웃었기에 나는 그게 좋은 말이라고 생각했다. 사람들이 반드시 행복할 때만 웃는 건 아니라는 사실을 그때는 알지 못했다. 어떻든 간에, 나는 벙어리였다.

그 암울한 진실을 깨닫기 전까지만 해도 내게는 하루하루가 눈부셨다. 하늘도 훨씬 맑았다. 우리 집 자그마한 정원에서 흙이며, 나뭇잎이며, 비 온 뒤 모습을 드러내는 고동색 벌레들을 몇 시간 내내 관찰할 수도 있었다. 내 눈은 시시각각 새로운 것을 발견했다. 정원에 홀로 서 있던 나무 한 그루는 우리 가족이 새해맞이 여행을 떠났다가 돌아올 때마다 꽃을 피우는 안쓰러운 아이였다. 그 나무가 꽃을 피운 이유는 우리를 다시 만났다는 기쁨 때문이었음을 나는 알고 있었다. 꽃이 피고 며칠이 지나면 꽃잎이 떨어졌고, 나무의 모양새도 조금 달라졌다. 그런 다음에는 먹음직스럽고 불그스름한 체리가 맺혔다. 체리가 맺힌 것은 그 나무가 나무로서 다해야 할 책임을 다한 결과였지만, 꽃이 핀 것은 오로지 집으로 돌아온 나를 반기기 위함이었다. 내가 다른 누구보다도 그 체리 나무를 사랑해주었으니까.

때로 나는 공기 중에 떠다니는 먼짓덩어리를 들이마시며, 겹겹이 접힌 커튼 사이로 스며드는 빛을 가지고 놀았다.

밤이 되면 별들은 반짝반짝 빛났지만 달은, 달만큼은 조금 달랐다. 달은 고집불통 꼬마처럼 아무 규칙도 따르지 않았다. 달의 임무는 밤하늘을 밝게 비추는 것이었지만, 내키지 않으면 모습을 드러내지 않았다. 그러다가 예상치 못한 시간에 갑자기 나타나서는 밤하늘 정중앙을 향해 슬금슬금 움직이곤 했다. 아침에 하늘을 올려다보면 해 옆에 떠 있을 때도 있었다. 장난기 가득한 미소를 지으면서 안색을 창백하게 바꾸어 아무도 볼 수 없게 모습을 감추기도 했다. 달은 언제나 장난기가 넘쳤다. 수영장 근처까지 나를 쫓아오다가도, 내가 걸음을 멈추는 바로 그 순간 정확히 제자리에 멈추었다. 시간이 흐르면서 나는 우리가 어떤 보이지 않는 끈을 통해 연결되어 있다고, 그러니까 달이 내 친구이기 때문에 나만 쫓아다닌다고 믿었다. 나는 정원 화단에 누워서 달을 가만히 쳐다보곤 했다. 다른 사람들이 여기저기 돌아다녀도 달은 쫓아가지 않았다. 달은 꼭 나 같았다. 누군가가 무언가를 하라고 시켜도 마음에 들지 않으면 하지 않았다. 그렇다. 나는 달이었고, 아라쉬 형은 해였다. 해는 항상 시간을 정확히 지켰고 아무 잘못도 저지르지 않았다.

나는 내가 벙어리라는 사실을 깨닫기 전까지만 해도 모든 것을 예민하게 인식했다. 내 영혼이 그때처럼 깨어 있던 순간은 그 후로 단 한 번도 찾아오지 않았다.

벙어리임을 깨달은 순간은 어느 끔찍한 날에 찾아왔다. 그때 나는 우리 집에서 얼마 떨어져 있지 않은 큰집으로 가는 중이었다. 호스로우 형이 길거리에서 친구들과 놀고 있었다. 아라쉬 형은 항상 책을 읽었지만 호스로우 형은 그런 사람이 아니었다. 형은 놀기를 좋아했고 장난기도 많았다. 큰아빠는 그런 형에게 늘 이렇게 말했다. "아라쉬 좀 봐! 너보다 한 살 어린데도 너랑 같은 학년이지 않으냐. 아라쉬는 매년 일등인데 너는 낙제해서 재시험이나 보고 있고. 아라쉬가 나중에 커서 의사가 되면 너는 그 애 기사 노릇이나 하게 될 거다. 그러니까 내 말 좀 잘 새겨들어!"

호스로우 형의 엄마인 파타네 큰엄마는 큰아빠가 그런 말을 할 때마다 짜증을 냈다. "헛소리 그만해! 내 아들도 아라쉬처럼

호주머니에 꼭 맞게 들어갈 수 있는 애라고!"• 큰엄마의 말에
호스로우 형의 호주머니를 보니, 형은커녕 그 누구도 들어갈 수
없을 정도로 작아 보였다. "게다가 아라쉬랑 호스로우는 일 년
이 아니라 몇 개월밖에 차이 안 나. 아라쉬가 학교를 일찍 들어
간 거지, 호스로우는 제때 입학했고 말이야. 그런데 호스로우가
나이가 더 많은데도 둘이 같은 학년이라고 말하면 우리 애가
일 년 꿇은 것처럼 들리잖아!"

"당신도 내 말 잘 새겨들어. 그렇게 되지 말란 법도 없으니까!"

"참나! 호스로우가 일등을 못 하는 건 당신 때문이야. 다른 집
부모들은 자기 자식 칭찬해주기 바쁜데, 당신은 우리 가여운 애
를 계속 깎아내리기만 하잖아."

큰엄마는 좀 이상했다. 우리 엄마가 주변에 없을 때면 이렇게
말했다. "그년은 지가 대학 나온 게 대단한 일인 줄 알아. 대학
나온 루저들은 그렇게 자랑 안 하고는 못 배기나 보지. 다음번
에는 한소리 좀 해야겠어. 어휴, 이 녀석이라도 모자라서 천만
다행이지, 안 그랬으면 온종일 자식 자랑만 해댔을 거야."

큰엄마는 나를 앞에 두고 그런 말을 하면서도 내가 벙어리라
아무 말도 안 하니 엄마한테 일러바치지 못할 거라고 확신했다.
하지만 막상 엄마를 만나면 내 앞에서 했던 말은 전부 잊어버

• 파타네가 '마음만 먹으면'이라는 의미로 말한 'in one pocket'이라는 표현을 샤
허브가 문자 그대로 해석한 바람에 생긴 오해.

렸다. '한소리'를 하는 대신, "동서는 배운 사람이라 뭐든 우리보다 이해를 잘해."라며 사탕발림만 했다.

그러면 엄마는 당황하면서 "그렇지 않아요!"라고 대답했다. 뭐든 순식간에 잊어버리는 큰엄마가 안쓰럽다. 내가 말만 할 수 있었더라면, 엄마한테 한소리 좀 하겠다던 기억을 되새겨줄 수 있었을 텐데.

그 운명의 날, 호스로우 형은 나를 발견하자마자 이렇게 외쳤다. "어이 샤허브, 멍청이, 이리 좀 와봐." 나는 곧장 달려가서 형 옆에 섰다. 형은 무릎을 꿇더니 두 손을 내 어깨에 얹고 말했다. "그래, 착하지. 있잖아, 네가 얼마나 착한 벙어리인지 내 친구들한테 보여주면 내가 이따가 엄청 큰 아이스크림 사줄게. 여기에 머리를 박고, 다리는 벽에다 붙이고 서 있는 거야, 알겠지?"

형이 머리를 박으라는 땅바닥은 더러웠고 나는 더러운 게 싫었다. 머리를 박을 만한 좀 더 괜찮은 곳을 찾아보려고 주위를 둘러보았다. 그러자 형이 말했다. "왜 꾸물대는 거야? 넌 착한 벙어리잖아. 어서 머리를 박아. 나를 위해서."

형이 원한다니 해야 했다. 나는 기꺼이 머리를 땅바닥에 박고 두 다리는 벽에 붙이고 섰다. 그러자 다들 웃기 시작했다. 형이 말했다. "자, 이제 데굴데굴 굴러서 온몸에 먼지를 묻혀봐."

엄마는 내가 옷을 더럽혀 올 때마다 야단을 쳤다.

"어서 해, 넌 착한 아이잖아. 야야, 너네는 이리 와서 응원해." 형의 친구들이 다 같이 박수를 치기 시작했다. 모두가 원하니

하지 않을 수가 없었다. 그래서 나는 땅바닥에 드러누웠다.

다들 더 세게 박수를 치면서 말했다. "잘했어, 벙어리! 이제 굴러, 구르라고!"

내가 땅바닥에서 데굴데굴 구를 때마다 다들 더 행복해했다. 엄마한테 꾸지람을 듣게 될 거라는 사실은 알고 있었지만 그건 중요하지 않았다. 호스로우 형과 형의 친구들이 기뻐한다면 그럴 만한 가치가 있는 일이었다.

그때 뚱보 파라즈 형이 말했다. "너, 호스로우가 시키면 뭐든 다 할 거야?"

"당연한 걸 뭘 물어. 쟤는 나밖에 모르는 멍청이라니까."

파라즈 형이 주위를 둘러보더니 이렇게 말했다. "그럼 저 도랑물을 먹어보라고 해봐."

그러자 파르하드 형이 끼어들었다. "그건 안 할걸. 아무리 멍청해도 도랑물을 먹지는 않을 거야."

파라즈 형이 말했다. "호스로우가 시키는 건 다 한다잖아."

호스로우 형이 떵떵거리며 말했다. "그렇대도! 쟤는 내가 해달라는 건 다 할 거야!"

"나는 안 마신다에 건다. 어때, 내기할래?"

"뭘 걸 건데?"

"주머니칼 걸게. 하지만 쟤가 안 마시면, 너는 네 자전거 내놔."

"그게 무슨 소리야? 주머니칼에 자전거를 거는 게 말이 되냐! 쟤는 멍청이일지 몰라도, 난 아니야."

"알겠어, 그럼 일주일만 빌려주는 걸로 해."

"안 돼. 딱 하루만."

"좋아, 그렇게 해."

호스로우 형이 다시 나에게 다가오더니 내 어깨에 팔을 두르고 이렇게 말했다. "샤허브, 네가 얼마나 착한 아이인지 저 녀석들한테 보여주라. 저기 도랑에 가서 도랑물을 조금만 마시면 돼. 그럼 내가 카페에서 큼지막한 샌드위치랑 아이스크림도 사줄게. 알겠지?"

싫었다! 나는 그러고 싶지 않았다. 도랑물은 새카맸고 그 안에는 벌레도 있었다. 역겨운 냄새도 났다. 그래서 그냥 고개를 돌려버렸다.

"내 말 들어봐, 샤허브. 친구들 앞에서 나 망신 주지 마. 너 나 좋아하잖아, 그렇지? 딱 한 모금만 마시면 돼."

파르하드 형이 말했다. "안 마실 거야. 내가 말했잖아. 아무리 멍청해도 저걸 마시면 안 된다는 건 알아."

"아니, 마실 거야. 내가 부탁하면 할 거야. 그렇지? 자, 어서. 계집애처럼 굴지 말고, 딱 한 모금만."

도랑물 속에 있는 벌레가 무서웠다. 그래서 호스로우 형의 손을 뿌리치고 집으로 내달렸다. 그러나 몇 발자국 만에 호스로우 형의 손에 옷자락을 붙잡히고 말았다.

"야, 어디 가는 거야? 도랑물 먹기 전엔 아무 데도 못 가."

울고 싶었고, 토할 것 같은 기분이 들었다. 형은 내 뒷목을 붙잡고 도랑물 근처로 밀어댔다.

"야, 얘들아 샤허브 응원 좀 해줘. 봐봐, 이제 마실 거야."

이번에는 아무도 박수를 치지 않았다. 다들 금방이라도 토할 것 같은 표정을 짓고 있었다. 호스로우 형이 내 머리를 도랑물 쪽으로 힘껏 밀었다. 그러자 악취가 풍기는 끈적끈적한 무언가가 코끝에 닿았다. 숨이 막힐 것 같았다.

그 순간 기적이 일어났다. 호스로우 형의 손에서 힘이 쭉 빠진 덕분에 머리를 빼낼 수 있었던 것이다. "그 손 놔, 이 자식아!"라며 아라쉬 형이 외치는 소리가 들렸다. 나는 그만 중심을 잃고 옆으로 넘어졌다. 도랑물을 마시지는 않았지만 코에 끈적끈적한 물질이 묻어 있었다. 나는 땅바닥에 쓰러진 상태로 구토를 했다.

"애한테 뭘 원하는 거야? 이 멍청한 자식! 미친 거 아니야? 저 물 마시면 죽을 수도 있단 말이야."

"멍청한 건 네 동생이지! 아이스크림 사주겠다고 하면 뭐든 다 하는 애거든. 샌드위치 하나 먹겠다고 저 물 마시려고 했어. 그치, 얘들아?"

파라즈 형이 말했다. "맞아. 네 동생은 미쳤어. 혼자 돌아다니게 내버려 두면 안 돼."

"닥쳐. 미친 건 너야."

"형제가 쌍으로 미쳤네. 하긴, 미치지 않고서야 그렇게 공부를 열심히 할 리가 없지."

아라쉬 형은 화를 내며 내 손을 붙잡고 집으로 끌고 갔다.

2

샤디에게 모유를 먹이고 있을 때였다. 문이 쾅 닫히는 소리는 들었지만 신경 쓰지 않고 있다가, 진흙과 오물을 뒤집어쓴 채 아라쉬의 손을 잡고 들어오는 샤허브를 보자마자 소리를 지르고 말았다. "어머! 이게 무슨 일이야? 엄마가 옷 더럽히지 말라고 했지!"

아라쉬가 금방이라도 울 것 같은 표정으로 씩씩거리며 자초지종을 말해주었다. 아라쉬가 한마디 한마디 할 때마다 몸속의 피가 머리로 쏠렸다. 나의 몸은 머리부터 발끝까지 사시나무처럼 떨리고 있었다. 나는 샤디를 품에 안고 샤허브의 손을 잡은 다음, 옷차림은 신경도 쓰지 않고 곧장 호세인 아주버님과 파타네 형님이 계신 큰집으로 갔다. 도착하자마자 샤허브의 손을 놓고 대문이 열릴 때까지 계속 초인종을 눌렀다. 대문이 열리기가 무섭게 다시 샤허브의 손을 잡고 정원을 지나 현관으로 가다가, 걱정스러운 표정으로 나를 향해 달려오는 파타네 형님과 마주

쳤다. 집 안으로 들어가니 호세인 아주버님과 샤힌 아가씨, 그리고 페레슈테와 호스로우가 텔레비전을 보고 있었다. 테이블에는 찻쟁반이 놓여 있었다. 페레슈테가 서둘러 나를 향해 다가오더니 샤디를 받아 안았다. 나는 페레슈테에게 눈길도 주지 않았다. 호스로우 말고는 아무도 없는 것처럼 호스로우만 쳐다보았다. 심장이 요동치는 가운데, 나는 내가 듣기에도 낯선 목소리로 소리를 질렀다. "샤허브에게 뭘 원하는 거니? 샤허브 말고는 괴롭힐 사람이 없는 거야? 도랑물을 마시면 병에 걸릴 수도 있다는 생각은 못 해봤니? 도대체 왜 이렇게 샤허브를 괴롭히는 거니?"

호스로우는 천진난만하게 대답했다. "제 잘못 아니에요. 샤허브는 아이스크림이랑 군것질거리 사준다고만 하면 뭐든 다 하는걸요. 애들이 쟤를 놀리는 건, 쟤가 벙어리라 그런 거예요. 저는 쟤가 다른 애들한테 언어맞지 않게 보살펴주고 있는 거고요."

"벙어리라니 그게 무슨 말이니? 사람을 그런 식으로 부르는 게 부끄럽지도 않니? 게다가 샤허브는 절대 벙어리가 아니야."

호세인 아주버님이 침착한 목소리로 말했다. "제수씨, 진정해. 뭐 때문에 그렇게 화가 난 거야? 지능이 남들보다 좀 낮은 애들도 있는 거지 뭘 그래. 나타쉬처럼 재능 많고 아이큐 높은 애들도 있고, 샤허브처럼 좀 모자란 애들도 있는 거야."

"샤허브는 모자란 애가 아니에요. 다들 그런 식으로 몰아가지 마세요."

파타네 형님이 비웃으며 말했다. "동서, 왜 진실을 받아들이려고 하지 않는 거야? 이 나이가 되도록 말을 못 하는 애는 저능아일 수밖에 없어."

"말수가 적은 건 지능이 낮은 거랑 아무 상관 없어요. 말을 늦게 하는 아이들도 있다고 저희 주치의 선생님이 말씀하셨어요. 지능이랑은 아무 관계도 없다고요."

"말도 안 돼! 똑똑하고 영리한데 말은 못 하는 네 살짜리 아이는 여태 한 번도 못 봤어. 우리 호스로우는 기어 다닐 때부터 말을 시작했는걸."

나는 화를 내며 대답했다. "아뇨, 호스로우는 형님 배 속에 있을 때부터 말을 시작했지만 잘 아시다시피 전혀 똑똑하지 않은걸! 그러니까 말을 언제 떼느냐 하는 건, 지능이랑은 전혀 상관 없어요."

형님은 입을 오므렸다가 떼면서 말했다. "동서 방금 뭐라고 했어? 여보, 동서가 우리 아들보고 뭐라고 했는지 들었지?"

아주버님은 자리에서 일어나 나에게 다가오더니 평정심을 유지하려고 애쓰며 말했다. "진정 좀 해. 지금은 화낼 때가 아니라, 샤허브를 위해 뭘 해줘야 할지 진지하게 생각해봐야 할 때야."

내 목소리는 점점 더 커져만 갔다. "샤허브한테는 아무 문제 없어요! 자식에 대해 심각하게 고민해봐야 할 사람은 아주버님이에요!"

샤힌 아가씨가 말했다. "마리암 언니, 말이 좀 심하네요. 오빠가 언니한테 상처 주려고 한 말도 아닌데. 단지 샤허브가 걱정돼서, 병원에 데려가봐야 할 것 같아서 그런 거예요. 저희 집안 아이들은 전부 머리가 좋아요. 샤허브 같은 경우는 흔치 않다는 말이에요."

"우리 집안 아이들도 전부 머리가 좋은걸. 그러니까 샤허브에 대해서도 걱정할 필요 없어. 샤허브한테는 아무 문제 없으니까."

나는 페레슈테의 품에서 샤디를 받아 안은 다음, 놀란 표정으로 나를 쳐다보고 있던 샤허브에게 다가갔다.

"다음번에 또 누가 너를 '벙어리'라고 부르면, 그 녀석 입에 주먹을 날려버려. 알겠지?"

더 이상 그곳에 있을 수 없었던 나는 샤허브의 손을 잡고 돌아서서 인사도 없이 집으로 돌아갔다.

그때까지 나를 조용하고 부끄럼 많은 사람이라고만 생각했을 남편 집안 식구들의 입장에서는 그런 내 반응이 상당히 이상해 보였을 것이다. 자칫하면 돌이킬 수 없는 결과가 초래될 수도 있었다.

집으로 돌아오니 분노는 짓이든 대신 낙담과 피로가 몰려왔다. 해야 할 모든 말을 쏟아내버린 것처럼 더 이상 할 말도 남아 있지 않았다. 나는 샤허브를 씻긴 다음 깨끗한 옷으로 갈아입혔다. 샤허브는 한순간도 내게서 눈을 떼지 않았다. 그러나 나는 그런 샤허브의 눈에서 아무것도 읽어낼 수 없었다. 평소답지 않은 내 반응을 보고 놀란 상태인 건 알고 있었지만, 어떤 생각을 하고 있는 건지는 확실히 알 수 없었다. 침착한 겉모습과 달리, 내 마음은 요동치고 있었다.

가라앉았던 분노는 나세르가 퇴근 후 집으로 돌아오자 되살아났다. 나는 남편의 가족들이 샤허브에게 가한 모욕을 떠올리며 불만을 쏟아냈다. 남편은 항상 그랬듯 말없이 나를 처다보면서 길게 늘어진 콧수염을 잘근잘근 씹었다.

"내가 어떻게 했으면 좋겠는데? 형네 말이 맞을지도 몰라."

나는 잠시 남편을 가만히 처다봤다가 발끈하며 소리쳤다. "당신도 우리 애가 모자란다고 생각하는 거야?"

"그게 아니라면 왜 말을 안 하겠어? 의사 선생님이 청력도 그렇고, 다른 부분에도 아무 이상 없다고 그랬잖아. 어쩌면 정신적인 문제가 있는 건지도 몰라."

"헛소리 그만해! 우리 애한테는 아무 문제 없어. 난 알아. 샤허브는 나에게 눈으로 말하니까."

"당신은 애 엄마잖아. 그래서 진실을 받아들이고 싶지 않은 거야."

아라쉬가 남편을 두둔하며 말했다. "아빠 말이 맞아요, 엄마! 샤허브가 모자란 게 아니었다면 그 녀석들이 시키는 대로 하지 않았을 거예요."

"샤허브는 어린애야. 뭐가 옳고 그른지 이해하지 못해. 아라쉬, 넌 샤허브의 형이잖니. 형답게 동생을 보살펴줘야지."

"제가 알 바 아니에요. 샤허브랑 같이 다니는 거 창피해요. 다들 저한테 '네 동생은 바보야'라고 한단 말이에요. 저는 샤허브 같은 동생 원치 않아요."

"그만해! 다른 애들이 그런 소리 못 하게 막기는커녕, 너도 똑같이 그런 말이나 하고 있는 거야?"

"마리얌, 아라쉬 말이 맞아. 진실을 받아들이도록 해."

"날 좀 내버려 둬. 우리 애는 바보가 아니란 말이야. 당신도 저리 가버려!"

이내 나는 꺼이꺼이 울기 시작했다.

3

엄마가 분노와 슬픔에 휩싸인 채 무슨 일이 있었던 건지 아빠에게 설명하는 동안, 나는 한쪽 구석에서 엄마의 말 한마디 한마디를 유심히 새겨듣고 있었다. 내 마음속의 증오는 시간이 흐를수록 점점 커졌고, 아빠가 보일 반응이 궁금하기도 했다. 나는 아빠가 큰집에 가서 복수해주기를, 엄마의 뒤를 이어 큰집 식구들에게 혼쭐을 내주기를 내심 기대하고 있었다. 그러나 아빠는 아무런 동요 없이 가만히 서서 그 사람들의 말이 맞았다고 했다.

엄마의 눈물, 그리고 아빠와 아라쉬 형이 내뱉은 말로 인해 분노가 치밀어 올라 도저히 가만히 있을 수가 없었다. 그때 아라쉬 형의 방 문이 마치 나를 유혹하듯 열려 있는 게 보였다. 나는 슬금슬금 형의 방 안으로 들어가보았다. 형 방에서 아무것도 건드리면 안 된다는 건 이미 알고 있었다. 언제부터인지 기억도 안 날 정도로 머릿속에 확실히 각인된 사실이었다. 책상 위 조명은 켜져 있었다. 책과 종이는 사방에 너저분하게 늘어져 있었고, 새 만년필 옆에는 형이 꼬박 이틀을 바쳐 꾸민 커다랗고 두꺼운 종이 한 장이 있었다. 나는 만년필용 검은색 잉크병을 집어 들었다. 그때 내 머릿속에서는 "샤허브랑 같이 다니는 거 창피해요. 다들 저한테 '네 동생은 바보야'라고 한단 말이에요."라던 형의 목소리가 울리고 있었다. 나는 형의 작품과 책과 종이들 위에 신중히 잉크를 부었다. 잉크를 다 붓고 나서 텅 비어버린 병을 바닥에 떨어뜨리자 마음이 금세 진정되었다. 마음속에서 활활 타오르던 불꽃이 꺼져버린 것 같았다. 나는 조용히 방에서 나와 이 층으로 올라갔다.

아라쉬 형의 비명에 부모님이 형 방으로 뛰어갔다. 다들 무슨 말을 할지 조금 더 잘 엿들으려고 방문 틈으로 고개를 내밀어보았다. 형은 흐느끼며 울고 있었다. "포스터가 엉망이 돼버렸어요. 내일 내야 하는 과제인데. 이제 선생님한테는 뭐라고 말씀드려야 하죠? 정말 열심히 했는데."

아빠가 물었다. "어쩌다가 잉크가 쏟아진 거지?"

"저절로 쏟아진 게 아니에요. 분명 샤허브 짓일 거예요."

엄마가 말했다. "그럴 리가! 샤허브가 네 물건 만진 적 한 번도 없었잖니. 너도 샤허브를 문제아 취급하는 거니? 바람 때문에 잉크병이 넘어졌던 걸 거야."

"네 엄마 말이 맞아. 샤허브가 하진 않았을 거야. 이런 짓을 한 적은 없었으니까. 바람도 안 불고 창문도 죄다 닫혀 있지만,

뭐 네 엄마 말이 맞겠지!"

난생처음으로 사고를 친 순간이었다. 복수의 맛은 달콤했다. 조금 겁이 나기도 했지만, 소동이 다 끝난 뒤에는 최근 아라쉬 형에게 물려받은 삐거덕거리는 커다란 침대에 평온하게 몸을 뉘었다. 내가 이 침대를 얼마나 싫어했는지도, 샤디에게 물려준 내 아늑한 아기용 침대를 얼마나 좋아했는지도, 더 이상은 중요하지 않았다. 부모님이 아라쉬 형에게 사준 서랍 달린 새 침대를 내가 얼마나 갖고 싶어 했는지도 더는 무의미했다. 심지어는 샤디가 매일 밤 떼를 쓰면서 엄마 침대로 기어가 잠을 잘 때도 질투심이 느껴지지 않았다.

엄마가 내게 잠옷으로 갈아입고 양치질을 하라고 일러주기 위해 방으로 왔을 때 나는 자는 척했다. 놀랍게도 엄마는 그냥 불을 끄고 나가버렸다. 이제는 어둠마저도 두려움의 대상이 아니었다. 마치 단 하루 동안의 경험을 통해 철이 들어버린 것 같았다. 확실하지는 않지만, 내가 늘 방구석에 숨어 지내던 아시와 바비를 발견한 순간도 그날 밤이었던 것 같다. 나는 그날 겪은 속상한 일들을 아시와 바비에게 말해주었다. 아시와 바비는 나를 위로해주었고, 잘 대처했다며 칭찬도 해주었다.

아시가 말했다. "잘했어. 형이 그렇게 당할 만한 짓을 한 거잖아."

바비는 내게 뽀뽀를 해주었고, 우리 셋은 같이 이불을 덮고 웃었다.

아시가 말했다. "내일은 아빠가 당할 차례야. 아빠도 우리가 모자란다고 했잖아." 우리는 아빠가 가장 아끼는 물건에 어떤 짓을 하면 좋을지를 함께 궁리했다.

머지않아 바비가 약간의 두려움과 불안이 섞인 목소리로 말했다. "자동차⋯⋯" 그날 나는 평소보다 늦게 잠들고 말았다.

다음 날 아침에는 아빠의 자동차 시동 소리를 듣고 잠에서 깨어났다. 나는 허겁지겁 창문 밖을 내다보았다.

아시가 말했다. "이런. 우리가 한발 늦었네." 하지만 바비는 마음이 놓인다는 듯 숨을 깊게 들이마셨다. 온종일 심장이 요동쳤고, 나는 전날 밤에 세워둔 계획을 떠올리면서 초조해했다.

엄마는 그런 나를 보며 몇 번씩 물었다. "오늘 왜 이러는 거니? 왜 계속 멍하니 허공만 보고 있어?"

아빠가 집으로 돌아온 후, 나는 정원으로 나갔다. 복수를 포기할 수는 없었다. 내 인생 전부가 걸린 일과도 같았다. 서늘한 바람이 불자 몸이 떨려왔다. 날은 이미 어둑해져 있었다. 나는 침실 창문에서 새어 나오는 빛의 도움을 받아, 엄마가 가지치기를 할 때 사용하는 가위를 발견했다. 함부로 만져서도 안 되고 거대한 두 개의 날이 달려 있어 무시무시하기까지 한 가위였다. 나는 침착하게 아빠의 자동차 쪽으로 다가가서 웅크리고 앉았다. 가지치기용 가위로 자동차 바퀴 하나에 구멍을 내려고 힘껏 쑤셔보았지만 좀처럼 뚫리지 않았다.

아시가 말했다. "앞바퀴는 좀 더 부드러울지도 몰라." 아시의 말에 나는 앞바퀴를 뚫어보려 했지만 이번에도 잘 되지 않았다.

바비가 말했다. "그 정도면 됐어. 이제 가자."

아시가 말했다. "안 돼! 차에다가 낙서라도 해봐." 나는 가위 끝으로 자동차 바깥에 선을 몇 개 그었다.

바비가 노래를 불렀다. "눈 다음엔 눈썹, 코 다음엔 입, 그다음엔 둥근 얼굴을 쓱쓱 쓱쓱, 그다음엔 배……"• 그때 갑자기 정원 조명이 켜졌다.

엄마가 화들짝 놀라며 나를 쳐다보았다. "샤허브니? 밖에서 뭐 하고 있어? 어서 들어와, 감기 걸리겠어."

나는 깜짝 놀란 나머지 손에 들고 있던 가위를 쿵 하고 떨어뜨렸다.

아빠가 엄마 뒤에서 모습을 드러내더니 화를 내며 소리쳤다. "무슨 소리야? 이 사고뭉치 녀석, 뭐 하고 있는 거야?" 아빠는 슬리퍼를 신고 정원으로 달려 나오더니 내 손을 붙잡았다. 내 몸은 바들바들 떨리고 있었다. 입은 나무껍질마냥 바싹 말라 있었다. 엄마가 아빠를 따라 정원으로 뛰쳐나왔을 때, 아빠는 가지치기용 가위를 손에 들고서 차에 그어진 선들을 들여다보고 있었다. 고개를 들어보았지만 아빠의 얼굴은 깜깜한 어둠에 가려 잘 보이지 않았다. 나는 아빠가 차를 아낀다는 사실은 알고 있었지만 얼마나 아끼는지까지는 모르고 있었다. 아빠가 가위

• 이란의 어린이들이 막대기로 그림을 그릴 때 부르는 노래.

를 들고 있던 손을 들어 올렸다.

그러자 엄마가 허겁지겁 아빠를 가로막더니, 아빠의 손아귀에서 나를 풀어주었다. "당신 뭐 하는 거야? 조심해야지! 가위 들고 있잖아. 그러다 애 다쳐." 그러면서 아빠의 손에서 가위를 가로챘다.

"당신도 이거 보이지? 어? 이런데도 애 미친 거 아니라고 계속 말해봐!"

어느새 아라쉬 형도 나와 있었다. "이거 봐요! 어젯밤 제 포스터에 잉크 쏟은 것도 분명 샤허브 짓이에요!"

"무슨 일이 있었던 걸 거야. 아무 이유 없이 그런 짓을 할 리가 없잖아. 분명 당신이 샤허브에게 상처가 되는 말을 했을 거야."

"무슨 소리 하는 거야? 난 지금 막 집으로 돌아온 데다가 하루 종일 샤허브 얼굴도 못 본 사람이야."

아라쉬 형이 흐느끼며 말했다. "저는 어제 대체 뭘 그렇게 잘못했길래 그런 일을 당해야 했던 건데요? 저는 심지어 샤허브를 지키려고 말싸움까지 했어요. 샤허브가 그 도랑물을 먹었더라면 지금쯤 이미 죽었을 거예요. 그런데 동생은 저한테 고마워하기는커녕, 제가 열심히 만들어놓은 과제나 엉망진창으로 만들어버렸고요."

웃음이 터져 나올 것 같았다. 아라쉬 형은 정말 바보였다. 형이 나를 지켜줬던 건 집으로 돌아오기 전에 있었던 일이고, 나랑 다니는 게 창피하다고 말한 건 집으로 돌아온 후의 일이었다. 그리고 내가 잉크를 쏟은 건 그 창피하다는 말 때문이었다. 형은 전과 후의 차이도 이해하지 못하는 것 같았다.

아빠는 차에 난 자국을 계속해서 손으로 문질렀고, 그러면서 점점 더 신경질적으로 변했다. 내가 엄마 뒤에 숨으려고 하자 아빠는 내 팔을 붙잡더니 분노로 바들바들 떨면서 이렇게 말했다. "다신 이런 짓 못 하게 혼쭐을 내주겠어." 아빠는 커다란 손바닥으로 내 뒤통수와 목덜미를 찰싹찰싹 때렸다. 나는 너무 겁에 질려 있던 나머지 아무런 고통도 느끼지 못했다.

"그만 때려! 샤허브도 어쩔 수 없었던 거야. 분명 그럴 만한 이유가 있었을 거야."

"무슨 이유? 이유라는 게 있다면 그냥 애가 비정상이라 그런 거야. 방에서 못 나오게 가둬놔야겠어. 저녁도 안 먹일 거야. 나 말리지 마. 당신이 이미 애 충분히 망쳐놨으니까."

나는 침대에 걸터앉았다. 아시와 바비는 아무 말도 하지 않았다. 아래층에서 가족들이 대화를 나누는 소리가 들렸다. 네 사람의 목소리가 다 들렸다. 처음에는 내가 말을 못 하는 것에 대해 얘기하더니, 샤디가 아기 목소리로 뭔가 말하자 아빠가 웃음을 터뜨렸다. 네 사람은 함께 저녁을 먹었다. 아라쉬 형은 학교 얘기를 했다. 다들 좋은 시간을 보내고 있었다. 그 네 사람만이 진짜 가족 같았다. 나는 잊힌 존재였다. 버림받은 느낌과 함께, 나는 그들의 가족이 아니라는 생각이 찾아왔다.

마음이 무거웠다. 아시에게 말했다. "가족들은 날 사랑하지 않아. 난 우리 부모님 자식이 아니야."

그러자 슬픔을 오래 견디지 못하는 바비가 "엄마는 널 사랑하셔. 너한테 이것저것 사주고 먹을 것도 주시잖아. 가끔 뽀뽀도 해주시고 말이야. 오늘 밤에 엄마가 안 계셨더라면, 아빠가 너를 그 가위로 죽여버렸을 거야."라고 말했다.

"나도 알아. 하지만 엄마 말고는 전부 다 나를 사랑하지 않아. 특히 아빠랑 아라쉬 형. 나도 두 사람 안 사랑해. 언젠가는 보여줄 테니 너네도 기대하고 있어."

그날 밤, 모두가 잠자리에 들자 엄마가 작은 샌드위치 하나를 들고 내 방으로 왔다. 엄마는 침대 가장자리에 앉아서 걱정스러운 눈길로 나를 쳐다보았다. "무슨 일이 있었던 거니? 여태 그런 행동 한 적 없었잖아."

나는 이불을 머리끝까지 올려 덮었다. 내가 그런 행동을 해야만 했다는 사실을 왜 엄마는 이해하지 못하는 걸까?

그날 밤 이후로 나는 완전히 다른 사람이 되어버렸다. 모든 웃음소리는 나를 비웃는 소리처럼 들렸고, 나는 특히 호스로우 형과 큰집 식구들에게 복수할 기회를 호시탐탐 엿보았다. 그러나 엄마와 언쟁이 벌어졌던 그날 이후로 우리 가족과 큰아빠네 가족은 사이가 틀어져버렸다. 이삼 주 정도 지났을 무렵, 누군가가 우리 집에 찾아와 초인종을 눌렀다. 친할머니와 페레슈테 누나였다. 정원에서 물을 주고 있던 엄마는 두 사람의 방문에 화들짝 놀라고 말았다. 엄마는 여전히 화가 나 있는 상태였지만 특히 할머니에게는 무례하게 굴 수 없었고 감히 그러지도 못했다.

아빠는 한달음에 달려 나와 두 사람을 반기면서 안으로 들어오라고 했다. 하지만 할머니는 "아니, 여기가 더 좋겠어. 이제 정원에 앉아 있기 좋은 때가 됐네."라고 대꾸했다. 할머니는 차도르를 풀어 어깨에 걸치더니, 엄마가 러그를 깔아둔 정원 벤치에 앉았다. 페레슈테 누나는 집 안으로 들어가 샤디를 안아 들고 뽀뽀를 해주었다. 페레슈테 누나가 샤디에게 관심을 보이는 모습을 보니 무척이나 화가 났다. 누나는 아라쉬 형에게도 말을 걸었지만, 내 존재는 알아차리지도 못 했다.

나는 비참하고 화가 나서 이 층으로 올라갔다. 하지만 방으로 들어갈 기분은 아니었다. 갑자기 날씨가 풀린 덕분에 베란다로 이어지는 계단 꼭대기 문이 열려 있었다. 나는 엄마가 샤디가 올라가지 못하게 하려고 늘어놓은 물건들을 피해 천천히 문밖으로 나갔다. 베란다 난간에 다다랐을 때는 내 모습을 들키지 않기 위해 바닥에 엎드린 상태로 난간 아래쪽을 살펴보았다. 엄마가 안에서 주스와 과일과 음식 몇 가지를 들고 나왔다. 그다음에는 유리잔을 챙겨 왔다. 그러자 할머니가 말했다. "좀 앉으렴. 왜 그렇게 가만히 있지 않고 부산하게 움직이니? 너 귀찮게 하려고 온 것도 아닌데."

엄마가 할머니에게 뭐라고 대답하더니 다시 집 안으로 들어갔다.

아시가 말했다. "다들 참 바보 같아. 엄마는 음식을 대접하려고 왔다 갔다 하는 게 아니라 그냥 이 상황을 피하려고 그러는 건데."

엄마가 정원으로 나와 할머니 앞에 찻쟁반을 내려놓자, 할머니는 그 틈을 타 말을 꺼냈다. "애들끼리 다투는 바람에 너희가 서로에게 화가 나 있다는 얘기 들었단다. 더 이상 왕래도 안 한다면서."

아빠가 말했다. "아니에요, 엄마. 그런 게 아니라 그냥 너무 바빠서 갈 시간이 없었던 거예요. 정말이에요. 요새 제 아들딸 녀석들도 보기 힘든걸요."

"왜 그렇게 일에 열심인 거니? 조금만 절약하고 저축하면 그렇게까지 힘들게 일하지 않아도 될 텐데. 걱정되는구나."

"절약한다고 될 일이 아니에요. 아이 셋을 기르려면 돈이 들잖아요. 게다가 샤디가 태어나고 나서는 마리암이 일을 그만두는 바람에 수입도 줄었고요."

"여자가 벌어봐야 얼마나 번다고 그러니. 벌어봤자 미용실이나 가고, 놀러 다니고, 보모 부르는 데 다 써버리는걸. 형네 가족이랑 다투지 마. 호세인이 무슨 말을 하든 다 너희가 걱정돼서 그러는 거야. 샤허브를 병원에 데려가봐야 할 것 같다는 말만 하던걸."

엄마는 침착하고 공손한 말투를 유지하려고 애쓰면서 말했다. "이미 병원에는 수없이 가봤어요. 갈 때마다 의사 선생님은 샤허브한테 아무 문제 없다고 하셨고요. 이런저런 이유로 말을 늦게 시작하는 아이들이 많대요."

"그랬니? 글쎄, 그 의사는 뭘 좀 모르나 보네. 더 괜찮은 의사를 찾아가보렴. 정상인 아이가 저 나이가 되도록 말을 한마디도 못 하는 건 불가능하잖니. 빨리 손을 쓰면 뭐라도 해볼 수 있을 거야."

"걱정 마세요. 샤허브한테는 아무 문제 없어요. 저희가 알아서 할게요."

"얘, 지금 너는 현실을 외면하고 있는 거야. 샤허브가 정말 조금도 모자라지 않다고 생각하는 거니?"

"네. 샤허브는 사실 꽤 영리한 아이인걸요."

"얼씨구! 네가 무슨 생각으로 그런 말을 하는 건지는 모르겠다만, 내 평생 그런 아이는 한 명도 본 적이 없어."

"아무 문제 없어도 말을 늦게 시작한 아이들을 저는 많이 봤어요."

"얘, 지금 네가 하는 말을 들어보면 진실을 받아들이지 못하고 있는 것 같단다. 지체아들을 위한 학교도 있다던데. 샤허브를 그런 곳에 빨리 데려가보면 도움을 받을 수 있을 거다."

엄마의 숨소리가 점점 거칠어졌다. "샤허브는 지체아가 아니에요!" 엄마는 화를 내며 찻잔들을 들고 안으로 들어가버렸다. 분명 부엌으로 가서 울고 있을 것이었다.

그 순간 나는 할머니를 향한 강렬한 증오를, 앞으로도 영원히 지속될 증오를 느꼈다. 할머니의 머리채를 잡아 뜯어버리고 싶었다. 하지만 주변을 둘러보아도 베란다에는 아무것도 없었다.

아시가 말했다. "할머니를 가만두면 안 되겠어."

할머니가 분노로 가득 찬 말투로 말했다. "너도 봤지? 내 호의에 저 애가 어떻게 반응하는지 봤지? 배운 여자라고 그렇게 자랑스러워하더니, 다른 사람이 보면 어디 짐작이나 하겠어? 그나저나 샤허브는 도대체 누굴 닮은 거니? 사촌 중에 골라서 결혼했으면 여자 쪽 집안이 어떤 사람들인지 다 알 수 있었을 텐데. 네 삼촌도 발 벗고 나서서 도와줬을 테고, 그럼 이렇게 개처럼 일할 필요도 없지 않았겠니. 어휴, 그렇게 연애결혼을 고집하더니! 하고 많은 사람 중에 어쩌다 저런 깜둥이 같은 여자를 고른 거야? 네가 뭔가에 씌었던 게지. 내가 그렇게 말했건만, 아무도 내 말은 안 듣고 말이야!"

"그만하세요, 엄마. 마리얌은 무례하게 굴지 않았어요. 마리얌보다 품위 있는 여자는 그 어디에서도 찾을 수 없을 거예요."

"그 애가 나한테 말대꾸하는 거 못 봤어?"

"마리얌은 아무 말도 안 했어요. 단지 병원에 데려가봤고 샤허브에게 아무 문제도 없다고 말했을 뿐이에요."

"아니, 그 애는 날 못 견뎌해. 파타네는 매일같이 나를 집으로 초대하는데, 이 집에는 한 달에 한 번 발 들이기도 힘들거든."

찻쟁반을 들고 정원으로 나왔던 엄마가 할머니의 말을 듣고서 금방이라도 눈물을 쏟아낼 것처럼 말했다. "어머님께서 저희 집에 오고 싶어 하지 않으시는 거잖아요. 어머님께서 오신다면 저희는 언제든 환영이에요. 하지만 어머님은 형님댁에 가시는 걸 더 좋아하시잖아요. 형님은 어머님의 조카이기도 하니 서로 나눌 얘기도 많겠죠." 엄마는 터져 나오려는 눈물을 참으려고 서둘러 안으로 들어갔다.

나는 다시 한번 주변을 둘러보았다. 아시는 화가 나 있었고, 바비는 슬퍼하고 있었다. 그때 베란다 문이 닫히지 않도록 고정해둔 벽돌 하나가 눈에 들어왔다. 나는 조용히 그 벽돌을 향해 기어갔다. 그런 다음 몸을 일으키고 등을 구부린 채 벽돌을 들어 올렸다. 벽돌은 묵직했다. 그래서 양손으로 들어 올려 난간 근처에 가져다 두고서 다시 바닥에 엎드렸다. 바닥에 엎드린 자세로 벽돌을 난간 밑으로 이동시킨 다음에는 베란다 가장자리까지 슬며시 밀어냈다. 벽돌이 아슬아슬하게 흔들리는 바람에 아래로 떨어지지 않도록 손으로 꽉 누르고 있어야 했다.

할머니가 말했다. "내 말이 틀렸다면 어디 한번 말해보렴. 네가 사촌이랑 결혼했으면 지금 이런 문제로 골치 아파할 필요는 없었을 거야. 이렇게 서로 데면데면한 사이가 되지도 않았을 거고, 아픈 애를 낳게 되지도 않았을 거고, 고되게 일할 필요도 없었겠지."

"그만하세요, 엄마! 저는 삼촌이랑 시장 바닥에서 일할 생각은 눈곱만큼도 없다고요! 이제 다 지난 일인데, 불평 좀 그만하시면 안 돼요?"

"나도 어쩔 수가 없어. 이렇게 비참한 네 꼴을 보면 속상해지는 걸 어떡하니."

"저는 비참하지 않다고요, 엄마! 저는 아내랑 정말 행복하게 지내고 있어요. 그러니까 제 걱정 좀 그만하세요."

"모자란 애를 데리고 살면서도 행복하다는 거니? 그렇게 뼈 빠지게 고생하면서?"

아시가 말했다. "벽돌을 할머니 머리 쪽으로 움직여. 조준 잘하고!"

바비가 두려워하며 소리쳤다. "죽으면 어떻게 돼?"

아시가 말했다. "영화에 나오는 거랑 똑같지 뭐. 다친 다음에 잠드는 거야. 죽지 않는다 해도 더 이상 말은 못 하게 될 거야. 바비 너도 이제 조용히 해. 겁먹지 말고. 복수하고 나면 기분이 좋아질 거야."

나는 벽돌을 난간 밖으로 조금 더 밀어냈다.

바비가 말했다. "그러지 마!"

아시가 말했다. "이제 손 떼."

벽돌은 조금 전보다 더 무겁게 느껴져서 내 작은 손으로는 더 이상 붙잡고 있을 수 없을 정도였다. 그때 손아귀에서 벽돌이 미끄러져버렸다. 바비는 잔뜩 겁을 먹은 나머지 두 눈을 감아버렸다. 벽돌은 허공에서 빙빙 돌더니 검고 하얗게 염색된 할머니의 머리를 향해 떨어졌다.

4

벽돌이 떨어지는 소리, 그리고 할머니의 비명과 함께 혼돈이 펼쳐졌다. 나는 바람처럼 순식간에 계단을 내려갔다. 화장실로 들어가려는 순간, 부리나케 부엌에서 나오고 있던 엄마와 마주쳤다. 하지만 걸음을 멈출 수는 없었다. 나는 화장실로 뛰어 들어간 다음 발끝으로 살금살금 움직이면서 문을 잠그고 등을 기댔다. 숨을 가쁘게 몰아쉬는 동안 내 심장은 두근대는 소리가 들릴 정도로 세차게 뛰고 있었다. 나는 바깥에서 들리는 목소리가 선명해질 때까지 가만히 기다려보았다. 누군가가 물을 가져오라고 소리쳤다. 그러자 엄마가 급히 부엌으로 들어가 물을 가지고 나왔다. 엄마가 움직이는 소리에 이어, 아빠의 발소리도 들렸다. 엄마가 물었다. "무슨 일이야?"

"갑자기 커다란 벽돌 하나가 엄마 머리 위로 떨어졌어!"

"대체 누가 그런 짓을 해?"

"이번에도 그 정신 나간 당신 아들 짓이겠지! 이번에는 진짜 가만 안 둘 거야. 당신은 얼른 물 좀 갖다 드려. 소독용 알코올은 어디에 있어?"

나는 화장실 문 뒤에서 벌벌 떨고 있었다. 바비가 말했다. "우리가 정말 못된 짓을 저지른 거야. 우리 짓인 게 밝혀지면 다들 가만두지 않을 거야. 아라쉬 형네 아빠가 우리를 죽이려 들 거야."

그 말에 충격을 받은 아시가 소곤소곤 말했다. "우리가 한 거 아니야. 저절로 떨어진 거야. 그렇지, 샤허브? 네 손에서 저절로 미끄러지더니 떨어진 거잖아."

어떻게 해야 하는 건지 알 수가 없었다. 너무나 두려웠다. 그때 화장실 밖에서 나는 소리가 다시 내 주의를 끌었다. 다들 분주히 뛰어다니고 있었다. 아라쉬 형과 샤디의 발소리도 들렸다. 부모님은 다시 부엌에 가 있었다. 아빠가 말했다. "설탕 좀 더 넣어."

"얼굴 조금 긁힌 거 말고는 심하게 다치지 않으셔서 다행이야."

"조금? 얼굴 전체가 쓸린 데다가 어깨에 멍까지 들었어! 아파서 몸도 제대로 못 가누고 계신단 말이야."

"그래도 머리를 맞지는 않으셨으니 다행이지. 그랬으면 어쩔 뻔했어."

"그 녀석 삽히기만 하면 가만두지 않을 거야."

심장이 미친 듯이 뛰었고, 등줄기를 타고 식은땀이 흘렀다.

"그 녀석이라니?"

"바보처럼 굴지 마. 정신 나간 당신 아들이지 누구겠어."

"제발 그만 좀 해! 있지도 않은 일 지어내지 말라고. 샤허브는 나랑 여기에 같이 있었어. 내가 화장실로 데려다줬다고. 어머, 완전 잊고 있었네! 지금까지 계속 화장실에 갇혀 있었겠어!"

어안이 벙벙했다. 기쁨의 환호성이 터져 나올 것 같아 손으로 입을 틀어막았다.

아시가 말했다. "엄마 거짓말 진짜 잘한다!"

아빠가 조급한 목소리로 대꾸했다. "거짓말하지 마. 샤허브가 아니면 누가 그런 짓을 하겠어?"

"그걸 내가 어떻게 알아? 우리 집에는 벽돌도 없어. 당신도 그 부서진 조각들 봤잖아. 분명 벽돌이었어. 베란다에서 벽돌이 빠져나오면서 떨어진 걸 거야. 가여운 샤허브는 지금껏 내내 화장실에 있었고 말이야. 당신은 샤허브 말고는 탓할 사람도 없지?"

그때 큰아빠의 목소리가 들렸다. 바비가 말했다. "어디에 있다가 나타난 거지? 엄청 빨리 왔네!"

황급히 부엌으로 들어온 큰아빠가 말했다. "나세르, 어디에 있는 거야? 집에 진통제 좀 있어? 엄마가 너무 아파하고 계셔."

"병원에 모시고 가보자. 병원에서 뭐든 필요한 처치를 해줄 거야."

"누구 짓인지는 알아냈어? 샤허브는 찾았어?"

엄마가 단호한 목소리로 말했다. "이 일이 샤허브랑 무슨 상관인데요?"

"샤허브 짓일 게 뻔하지. 제정신인 사람은 그런 짓 안 하니까."

"가여운 저희 애 탓 좀 그만하세요. 샤허브는 저랑 여기에 같이 있었다고요. 단지 말도 못 하고 자기방어도 못 한다는 이유로 모든 책임을 샤허브에게 떠넘기지 마세요."

"어떻게 벽돌이 제멋대로 떨어지겠어?"

"베란다 가장자리 벽돌이 튼튼하지 않기도 했고, 가끔씩 벽돌이 떨어지기도 했어요. 이웃집이나 길거리에 있던 누군가가 던졌을지도 모르는 일이고요."

나는 미친 듯이 웃음을 터뜨렸다. 빠르게 뛰던 심장도 잠잠해져서 다시 편히 숨 쉴 수 있었다. 내 곁에도 아직 내 편이 남아 있었던 것이다!

바비가 말했다. "엄마는 정말 기발한 거짓말쟁이야. 난 엄마가 정말 좋아."

페레슈테 누나가 소리쳤다. "서둘러요! 할머니가 너무 고통스러워하고 계신단 말이에요. 병원에 모시고 가야 해요."

"설탕물 좀 줘봐. 자, 가자."

다들 한 무리의 새 떼처럼 악을 쓰면서 서둘러 정원으로 나갔다.

이삐의 치기 떠나자 소란댔던 목소리블노 사라지고 고요해졌다. 나는 숨을 깊게 들이마셨지만, 더 이상 서 있을 수 있는 힘이 남아 있지 않았다. 나는 등을 계속 화장실 문에 기댄 상태로 미끄러지듯 바닥에 앉았다. 그러고는 내 친구들에게 말했다. "거짓말하는 엄마가 있어서 정말 좋아. 나는 엄마가 이래서 정말 좋아."

온 집안이 숨죽인 듯 조용했다. 불현듯 익숙한 두려움이 나를 사로잡았다. 다들 나만 두고 떠나버린 거면 어떡하지? 나에게는 꾸지람을 듣고 매를 맞는 두려움보다도 혼자 남겨지는 두려움이 훨씬 더 컸다. 모두가 나만 내버려 두고 떠나버리는 날이 언젠가는 찾아올 거라고 예상하기는 했었다. 그런 생각을 하며 숨을 깊게 들이마시는 순간, 화장실 문고리가 돌아갔다. 다행히 나는 혼자가 아니었다!

엄마가 나지막한 목소리로 말했다. "문 열어. 다들 나가고 없어." 피곤이 묻어나는 목소리였다. 잔뜩 흥분해 있던 시간이 지나고 나니, 나도 무척이나 피곤했다. 엄마라는 사람도, 엄마가 내릴 처벌도 두렵지 않았다. 나는 남아 있는 힘을 그러모아 문을 열었다. 화장실 문 옆에 몹시도 창백한 얼굴로 앉아 있던 엄마는 내 얼굴을 보자마자 눈물을 터뜨렸다. 우리 둘 중에 내가 더 불쌍한 건지, 엄마가 더 불쌍한 건지, 확신이 서지 않았다. 엄마는 내 손을 붙잡고 끌어당겼다. 나는 가만히 서서, 화장실 바닥에 앉아 있는 엄마를 내려다보았다. 엄마가 슬픈 목소리로 말했다. "왜 그런 짓을 한 거니? 벽돌이 머리에 떨어졌으면 할머니께서 돌아가셨을 수도 있어. 너는 감옥에 끌려갔을 테고. 너 혼자 작은 방에 갇히게 됐을 수도 있단 말이야. 그건 정말 위험한 행동이었어. 너도 그건 알고 있어야 해. 왜 엄마 마음을 이해하지 못하는 거니?"

나는 엄마를 정말 많이 사랑했다. 그래서 엄마를 끌어안고 울기 시작했다. 누구든 엄마에 대해 나쁜 말을 한다면 또다시 그런 위험한 행동을 할 거라고 말하고 싶었다. 엄마를 사랑한다고, 엄마처럼 거짓말하는 엄마가 있어서 정말 행복하다고 말하고 싶었다.

5

우리 가족 중에서 나만 빼고 다들 똑똑하다. 아라쉬 형은 나보다 나이가 훨씬 많다. 엄마 말로는 내가 태어났을 때 형은 막 학교에 입학했다고 한다. 형은 착한 학생이자 우리 가족의 자부심이다. 외모는 아기 때 얼굴 그대로다. 키는 크지 않지만 마른 몸에 피부는 하얗고, 머리와 눈동자는 까맣다. 콧수염만 있으면 아빠와 똑같아 보일 거다. 형은 아빠처럼 진지하고, 과묵하고, 자기중심적이다. 그리고 늘 약간 슬퍼 보인다. 옛날에도 형은 나랑 무언가를 같이 하고 싶어 하지 않았다. 항상 책을 읽거나 글을 쓰느라 바빴다. 아빠는 그런 형을 보면서 감탄하곤 했다. 하지만 나를 볼 때면 늘 얼굴을 찌푸렸다. 아빠도 어쩔 수 없던 것이다. 아빠는 나를 보면 슬퍼지는 사람이었다.

샤디는 내 여동생이다. 나보다 두 살은 더 어린데, 내 기억 속에서 샤디는 항상 쫑알쫑알거리는 아이였다. 마치 태어난 순간부터 말하는 법을 배운 것 같았다. 나와는 정반대로 말이다! 샤디는 말하고 싶은 게 있으면 입을 벌리고 곧장 말한다. 그게 나를 정말 열 받게 한다. 샤디는 두려워하는 것도 없고, 목소리가 떨릴 때도 없고, 당황하지도 않는다. 엄마는 샤디가 말을 할 때마다 구구구구 소리를 내며 달래준다. 엄마는 샤디를 "내 삶의 기쁨"*이라고 부른다. 샤디는 엄마 삶의 기쁨이다. 내가 엄마 삶의 슬픔인 것처럼. 엄마는 늘 "샤허브에 대한 이 슬픔도 내 삶이 끝나면 사라지겠지."라고 말했다. 내가 우리 가족에게 슬픔을 안겨주는 사람이라니 정말 속상하다. 가끔은 샤디의 머리를 붙잡고 쥐어뜯고 싶다. 하지만 샤디는 내가 가까이 다가가기도 전에 울어버리고, 그러면 엄마는 허겁지겁 샤디에게 달려온다. 샤디가 나를 얼마나 성가시게 하든, 어쨌든 나는 불만을 토로할 수도 없다.

샤디가 태어나서 유일하게 좋은 점 하나는 엄마가 몇 년 동안 일을 쉬게 되었고, 아크람 아주머니가 더 이상 집에 오지 않는다는 것이다. 샤디가 태어나기 전에는 다들 아침부터 외출 준비를 했고, 울고 있는 나를 아크람 아주머니에게 맡겨두고 나가버렸다. 금방 돌아올 것처럼 말했지만 그렇게 남겨져 있던 시간이 내게는 얼마나 느리게 흘러갔는지, 가족들은 전혀 알지 못했다. 나는 매일매일 가족들이 나를 아크람 아주머니에게 떠넘기고 영원히 떠나버린 것인지도 모른다고 생각했다. 저녁 시간이 되어

---

* '샤디shadi'는 페르시아어로 '기쁨'을 의미한다.

가족들이 돌아오기 전까지 내 마음은 불안으로 가득 차 있었다.

엄마는 아크람 아주머니를 좋아했다. 좋은 분이라고 했다. 그랬을지도 모른다. 아크람 아주머니는 엄마를 도와주었고, 쉴 새 없이 집안을 쓸고 닦고 나를 하루에도 몇 번씩 씻겨주었으니까. 하지만 아주머니는 결벽증이 있는 불행한 사람이었고, 그 때문에 마치 신제품 인형처럼 늘 광택이 나야 했던 나는 그보다 더 불행한 사람이었다. 아크람 아주머니는 노는 법을 전혀 모르는 사람이었다. 그래서 나는 먹거나, 자거나, 높은 울타리가 쳐 있는 아기침대에 앉아 있기만 했다. 아주머니는 내 옷에 뭐라도 묻으면 얼굴을 찌푸리면서 "어머 이게 뭐야!"라고 말했고, 굉장히 역겨운 무언가를 보듯이 내 얼굴과 얼룩을 쳐다보았다. 나는 그게 무서웠다.

아주머니는 항상 슬픈 노래를 불렀다. 기분이 좋을 때면 나에게 말을 걸었지만, 나로서는 알아들을 수 없는 말이었다. 게다가 내가 막 배워가고 있던 물건들의 이름을 다른 말로 불러서 혼란스러웠다. 발코니에서 빨래를 널며 이웃과 대화를 할 때도 다른 말을 썼다. 가끔씩 딸을 데려오기도 했는데, 그런 날이면 우리 집에서는 아주머니와 아주머니 딸의 말소리만 들렸다. 그러다가 우리 엄마가 집에 도착하는 순간 아주머니는 갑자기 다른 말을 썼다. 어째서 온종일 '소우'*라는 이름으로 불렸던 것

---

* 마시는 물을 터키어로는 소우sou, 영어로는 워터water라고 한다.

이 갑자기 '워터'가 되는 건지 나는 이해할 수 없었다.

이 모든 상황은 샤디가 태어나면서 바뀌었다. 엄마는 더 이상 출근을 하지 않았다. 비록 대부분의 시간을 샤디와 함께 보내다가 아라쉬 형이 하교 후 돌아오면 그때부터는 형의 숙제를 봐주곤 했지만, 나는 엄마가 집에 있다는 사실만으로도 좋았다. 나는 더 이상 매일매일 울지도 않았다. 엄마가 집에 있다는 것, 내가 원할 때마다 엄마를 볼 수 있다는 것만으로도 충분했다. 언제든 엄마의 젊고 아름다운 얼굴과 올리브색 피부, 녹갈색의 커다란 눈, 엄마가 자주 뒤로 묶는 숱 많은 검은 머리칼, 새하얀 치아, 그리고 내가 이 세상에서 가장 사랑하는 기쁨의 미소를 볼 수 있었다.

우리 집에서 가장 중요한 사람은 아라쉬 형네 아빠였다. 아라쉬 형네 아빠는 아침마다 요란하게 채비를 했고, 나는 아빠가 나갈 때까지 잠들어 있으려고 했다. 아빠는 날이 어두워질 무렵에야 집으로 돌아왔다. 온종일 이곳저곳을 다니며 여러 일을 하다 오는 것 같았고, 항상 피곤해 보였다. 아빠의 검은 콧수염은 저녁이면 아래로 더 축 처져 있었다. 아빠는 저녁밥을 먹기 전까지 텔레비전 앞에서 잠을 잤다. 밥상이 차려지면 조용히 밥을 먹었고, 신문을 손에 들고서 우리에게 잘 자라며 밤 인사를 했다. 그러고는 천천히 계단을 올라 샤디와 내 방의 맞은편에 있던 (지금은 일 층으로 옮겨간) 안방으로 들어갔다. 아빠는 매번 잠이 부족하다고 불평했다.

엄마는 아라쉬 형네 아빠가 집에 돌아오는 순간부터 말을 걸곤 했다. "별일 없었어? 오늘은 어땠어?" 하지만 아빠는 심각한 말투로 "아무 일도 없었어. 일하고, 일하고, 또 일하고, 항상 똑같지 뭐."라고 대답했다.

"무슨 일 있어? 기분이 별로야?"

"그만 좀 물어봐. 그냥 피곤해서 그래."

나는 엄마가 속상해하고 있다는 사실을 알 수 있었지만 엄마는 아무 말도 하지 않았다. 엄마가 아빠에게 말 걸기를 멈춘 이유가 자존심 때문인지, 소심함 때문인지는 알 수 없었다.

아라쉬 형은 아빠의 평온과 정적을 깨뜨릴 수 있는 유일한 사람이었다. 형은 숙제를 하다가 모르는 것이 생기면 아빠에게 질문했다. 질문이 어려울수록 아빠는 더 기뻐했다. 그러고는 엄마를 쳐다보면서 자랑스럽게 말했다. "내 아들 정말 똑똑하지 않아?" 가끔은 나를 쳐다보면서 엄마에게 물었다. "아라쉬가 애 나이 때 얼마나 많은 노래를 외우고 있었는지 기억나?"

나는 아빠가 그런 질문을 한 이유를 알고 있었다. 나의 멍청함을 지적하고 엄마를 모욕하기 위한 것이었다. 부모님은 매일매일 나의 말하기 문제에 대해 이야기를 나누었고, 가끔은 나에게 말을 해보라고 강요하기도 했다. 그런 관심을 받을수록 더욱더 겁이 났다. 토할 것 같은 기분이 들었고, 심장도 미친 듯이 뛰었다. 자리를 피해 깜깜한 방에 숨고 싶었다. 구석진 곳에 가서 몸을 웅크리고 있어 보기도 했지만, 머릿속에서는 사람들의 목소리가 계속 울려 퍼졌다. 바비는 자신이 아라쉬 형만큼 똑똑하지도 않고 아빠에게 사랑받지도 못한다는 사실에 슬퍼했다.

반면에 아시는 화를 내면서 이렇게 말했다. "꺼져버리라고 해. 전부 흠씬 두들겨 패고 싶어. 아빠 같은 거 있어봤자 뭐해? 나한테는 눈곱만큼도 관심 없잖아. 난 우리 가족 다 싫어."

그러면 바비는 이렇게 말했다. "하지만 난 엄마를 사랑하는걸."

아라쉬 형네 아빠를 향한 아시의 미움은 날이 갈수록 커져만 갔다. 나는 내가 정말 멍청한 사람인 데다가 평생 말 한마디 못할 것이라는 사실을 깨닫게 되었고, 그러자 내 입도 더욱더 무거워졌다.

아시와 바비는 나를 있는 그대로 이해하고 사랑해준 유일한 친구들이었다. 신이 내게 주신 뜻밖의 선물이었다. 아시와 바비가 남자아이인지 여자아이인지는 확실히 알 수 없었지만 그건 중요하지 않았다. 아시와 바비는 내게 완벽한 존재였다. 몇 시간이고 같이 이야기를 나누고 놀 수 있는 친구들이었다.

6

내가 할머니의 목숨을 노렸던 날로부터 한 달이 지났지만 할머니는 여전히 고통을 느끼며 몸을 움찔했고 특히 우리 부모님을 만날 때면 더 그랬다. 할머니는 이렇게 말했다. "손을 움직일수가 없구나. 불구의 몸이 되어가고 있어."

아시는 할머니가 하는 말을 하나도 믿지 않았다. 아시는 심술궂은 말투로 속삭였다. "거짓말하시는 거야. 기도하려고 손 씻으시는 거 내가 다 봤어."

나는 내가 한 행동에 대해 복잡한 감정을 느꼈다. 그 사건이 벌어지고 나서 어마어마한 두려움을 느끼기도 했고 실제로 대가를 치르기도 했지만, 진심으로 후회가 되지는 않았다. 나는 스스로 현명한 판결을 내렸다고 믿는 정직한 판사처럼 그저 떳떳할 따름이었다. 어쩐지 아빠는 진실을 알고 있는 것 같다는 확신도 들었지만, 적어도 며칠 동안은 들통나지 않았다는 사실에 기쁘기도 했다.

할머니는 한동안 큰집에서 머물렀고, 엄마와 파타네 큰엄마는 번갈아가며 할머니를 보살폈다. 그렇게 해서 우리 가족과 큰아빠네 가족의 관계는 어쩔 수 없이 다시 시작되었다. 큰엄마는 끊임없이 엄마에게 "마리얌, 그래서 그 벽돌은 누가 던진 건지 알아냈어?"라고 물었다.

그때마다 엄마는 자신 있게 대답했다. "분명 누군가가 길거리에서 던진 거예요. 저희 집에는 벽돌이 하나도 없거든요."

평화롭고 잔잔한 날들이 이어졌다. 그 복수 덕분에 내 마음은 한동안 평온했다. 엄마가 나를 위해 거짓말을 해주었기 때문에 나는 엄마가 뭔가를 부탁할 때마다 착하게 굴면서 곁에 붙어 다니려고 했다. 하지만 호스로우 형은 내가 혼자 있는 순간을 호시탐탐 노렸고, 내 옆을 지나갈 때마다 "멍청이, 잘 지내고 있어?"라고 물었다. 호스로우 형한테 덤벼들고 싶은 마음이 굴뚝같았지만 꾹 참았다. 침을 뱉은 적은 몇 번 있었는데, 그때마다 형은 큰엄마에게 달려가서 "저 정신병자가 이랬어요!"라며 악을 썼다.

큰엄마는 고개를 저으면서 의미심장한 눈빛으로 우리 엄마를 힐끗 쳐다보았다. 그러면 엄마는 이렇게 응수했다. "호스로우, 샤허브를 괴롭힌 네 잘못이잖니. 분명 네가 먼저 샤허브한테 무슨 짓을 했을 거야. 샤허브는 말을 못 하니까 그렇게 방어한 거고."

큰엄마는 격분하면서 호스로우 형에게 말했다. "네 탓 못 하게 아예 샤허브 근처에도 가지 말렴."

어느 날, 큰엄마와 엄마는 할머니에게 목욕을 시켜주기로 했다. 할머니와 큰엄마와 엄마가 다 같이 욕실로 들어갔고, 엄마는 나에게 "엄마 나올 때까지 여기에 가만히 앉아 있어. 아무 데도 가지 말고!"라고 말했다.

나는 욕실 문밖에 자리를 잡고 앉아 있었다. 샤디는 페레슈테 누나 방에서 좋알좋알대고 있었고 누나는 즐거워하며 웃고 있었다. 누군가가 내 심장을 쥐어짜기라도 하는 듯한 아픔이 느껴졌다.

바비가 말했다. "저 수다쟁이 샤디가 우리에게서 페레슈테 누나를 빼앗아 가버렸어. 누나는 이제 우리를 좋아하지도 않아. 안아준 지도 오래됐잖아. 우리가 누나 방에 들어가는 건 좋아하지도 않으면서 맨날 샤디는 데리고 들어가고."

가만히 있자니 따분함이 밀려왔고 나 자신이 안쓰럽기도 했다.

아시가 말했다. "목욕이 다 끝나려면 얼마나 걸릴까?"

그때 이 층에서 호스로우 형이 나를 불렀다. "샤허브, 이리 와봐. 보여줄 게 있어."

형이 다른 꿍꿍이를 품고 있다는 사실을 알고 있었음에도 호기심이 생겼다. 그래서 천천히 계단을 올라갔다. 큰집은 우리집과 구조가 똑같았다. 사실상 이 구역에 있는 모든 집이 똑같은 구조로 지어져 있었다. 일 층에는 거실과 부엌과 방 하나가 있고, 이 층에는 침실 두 개와 베란다가 있었다. 호스로우 형의 방은 평소처럼 여기저기에 종이와 카드가 널브러져 있어서 지저분했고, 책상 위에는 큼지막한 접착제 통이 놓여 있었다. 그걸로 연을 만들려고 했던 것 같았다. 나는 조심스럽게 방 안으로 들어갔다.

호스로우 형이 방문을 닫고 내게 말했다. "침대에 앉아." 그러고는 책상 서랍을 열더니 담배 한 개비와 성냥을 꺼냈다. 형은 마치 보물을 자랑하듯이 으스대며 말했다. "너 이게 뭔지 알아? 이거 담배야. 진짜 맛있어. 나는 어른이 되면 흡연자가 될 거야. 지금도 피우는 방법은 알아. 봐봐." 형이 성냥에 불을 붙였다. 나는 푸르스름하고 누런 불꽃을 빤히 쳐다보았다. 형은 담배를 입에 문 다음 성냥불을 갖다 댔다. 그러자 하얀 연기가 방 안을 가득 메우더니, 큰아빠한테서 나던 냄새가 사방에서 진동하기 시작했다. 곧 연기는 창문 밖으로 빠져나갔다. 형이 두 눈을 감고 말했다. "진짜 끝내줘. 자, 너도 해봐." 나는 고개를 돌리고 형을 밀쳤다. "이 겁쟁이 자식! 아무도 모를 거야. 딱 한 모금만 빨아봐. 걱정 마. 나쁜 거였으면 나도 안 했어."

나는 허공으로 떠오르는 연기를 쳐다보면서 형이 보여준 마법 같은 능력에 감탄했다. 형은 조심스럽게 내 입에 담배를 물렸다. "빨대로 음료수를 마신다고 생각하고, 힘껏 빨아봐." 나는 있는 힘껏 담배를 빨았다. 그러자 온몸이 연기로 가득 차오르는 것 같았다. 머리는 점점 뜨거워졌고, 자욱하고 고약한 연기가 온몸으로 퍼져나가는 느낌이 들었다. 기침이 나기 시작하는 바람에 숨도 제대로 쉴 수 없었다. 얼굴은 새파랗게 질려갔고, 두 눈은 앞으로 튀어나올 것 같았다. 몸속의 장기들이 몸 밖으로 빠져나오고 있었다. 나는 구토를 하면서 바닥에 쓰러졌다.

호스로우 형이 소리를 질렀다. "꺼져, 이 추잡한 거머리 새끼야! 내 방에서 이게 무슨 짓이야!" 그런 다음 황급히 계단을 내려갔다. 잠시 후 정신을 차린 나는 비틀거리며 형을 따라갔다.

땀에 흠뻑 젖은 엄마가 소스라치면서 욕실 밖으로 뛰쳐나왔다. 큰엄마도 욕실 밖을 내다보았다. 호스로우 형이 진저리를 치면서 말했다. "저 멍청한 자식이 제 방에 토해서 물건을 다 더럽혀버렸어요."

큰엄마가 잔뜩 못마땅하다는 듯이 입을 오므리면서 말했다. "너도 알잖아. 쟤는 정상이 아니라서 자제를 못 한다는 거. 방에는 왜 데려간 거야?"

엄마가 말했다. "아무 이유 없이 토하는 애 아니에요. 아픈 걸거예요." 그러고는 축 늘어진 채 창백한 모습으로 계단 옆에 서 있는 나에게 다가왔다. 엄마는 내 이마를 짚어보고는 이렇게 물었다. "우리 아들, 어쩌다 토한 거니?" 엄마는 다른 사람들이 보는 앞에서 나한테 말 거는 것을 좋아했다. 마치 내가 대답을 할수 있기라도 한 것처럼.

큰엄마는 욕실 밖으로 할머니를 모시고 나와 의자에 앉을 수 있도록 부축했다. 큰엄마의 옷도 엄마의 옷처럼 축축하고 쭈글쭈글했다.

아시가 말했다. "벽돌이 다리에 맞은 것도 아니었잖아. 그런데 왜 저렇게 절뚝거리시는 거지? 할머니 못됐어!"

큰엄마가 부엌으로 가서 빗자루, 걸레, 물이 담긴 양동이를 들고 왔다. 큰엄마는 여전히 불쾌한 표정을 지으며 입을 꾹 다물고 있었다. 엄마가 말했다. "저한테 주세요. 제가 닦을게요." 그러자 큰엄마는 기다렸다는 듯이 엄마에게 청소용품들을 넘겨주었다.

나는 엄마의 치맛자락을 붙잡고 같이 이 층으로 올라갔다. 할머니를 비롯해 큰엄마와 형이 쏘아대는 그 질책하는 눈빛을 한순간도 견딜 수 없었다. 엄마는 문을 닫고 러그를 닦아내기 시작했다. 잔뜩 찌푸린 엄마의 얼굴이 슬프고 피곤해 보였다.

바비가 말했다. "우리가 또 엄마를 울려버렸네."

호스로우 형의 머리를 쥐어뜯고 싶었다. 나는 주변을 둘러보다가 형의 책상에 놓여 있던 접착제 통을 발견했다. 통 안에는 붓도 들어 있었다. 나는 붓을 꺼내서 책상 상판과 거기에 놓여 있던 모든 물건에 접착제를 발랐다. 슬픔에 잠긴 채 청소를 하느라 바빴던 엄마는 내가 무얼 하고 있는지 전혀 눈치채지 못했다. 그러다가 엄마가 한번 고개를 들었을 때, 나는 겁에 질린 상태로 접착제 통 앞에 가만히 멈추어 섰다. 그러나 엄마는 조금도 신경 쓰지 않고 그저 "왜 거기에 서 있니? 가서 앉아 있으렴."이라고만 할 뿐이었다. 엄마는 다시 고개를 숙였다. 나는 접착제 통을 들고 등 뒤에 숨긴 다음, 뒷걸음질로 침대에 가서 앉았다. 그러고는 이불을 들어 올린 다음, 침대 전체에 접착제를 부어버렸다. 침대에 널브러져 있던 옷가지들도 이불 속에 넣어 버렸다. 때마침 청소를 끝마친 엄마가 말했다. "자, 이제 가자. 오늘 할 일은 다 했구나." 나는 아무렇지 않게 엄마의 치맛자락을 붙잡고 계단을 내려갔다.

그날 엄마와 나는 일찍 집으로 돌아갔다. 집에 도착하자마자 엄마는 샤워를 하러 들어갔고 나는 내 방으로 뛰어 들어갔다. 샤디가 쫓아오길래 들어오지 못하도록 문을 쾅 닫아버렸다. 그런 다음 아시와 바비와 손을 잡고 머리가 어지러워질 때까지 방 안에서 빙빙 돌았다. 기분이 끝내줬다.

다음 날이 되자 큰엄마는 엄마에게 접착제 이야기를 꺼내더니 침대며 옷가지며 전부 더러워져서 버려야 했다고 말했다. 엄마는 "호스로우는 왜 침대에 접착제 통을 올려뒀대요?"라고 묻기만 했다.

듣자 하니 다들 그런 질문이 나오기를 기다리고 있었고 엄마의 말이 끝나기가 무섭게 각자의 의견을 말하기 시작했지만, 그중에서도 큰엄마는 다른 사람들 말소리가 들리지도 않을 만큼 크게 말했다. "그게 문제야. 호스로우는 그런 적이 없대. 그래서 그날 호스로우 방에 있었던 사람을 찾아내야 해."

엄마가 버럭 화를 냈다. "그게 무슨 말씀이세요? 제가 청소를 하러 호스로우 방에 갔었잖아요. 혹시 제가 그랬다고……?"

"아니, 동서가 아니라, 동서네 애들이 동서랑 같이 들어갔다가 한눈판 사이에 그랬을지도 모르지."

"샤허브가 했다고 생각하시는 거예요? 말도 안 돼요. 방에 있
는 내내 지켜보고 있었는걸요. 한순간도 혼자 내버려 두지 않았
어요. 샤허브는 아니에요. 제가 장담해요."

뒤돌아서 나를 바라보는 엄마의 눈빛이 의심으로 흔들리기
시작했다. 엄마는 서서히 머릿속으로 파고드는 나쁜 생각을 떨
쳐버리려는 듯이 고개를 가로저었다.

7

요즘 들어 도통 샤허브를 이해할 수 없었다. 조용하기만 하던 아이가 갑자기 까다롭고 예측 불가능한 아이로 변하더니 이상한 행동을 했다.

샤허브를 혼내야 하는 건지, 샤허브가 정말 발달이 늦는 건지, 우리 부부가 가정교육을 잘못한 건지도 알 수 없었다. 지금까지 나는 가족을 위해 내 삶 전부를 바치며 살아왔다. 밤낮도 없이 몸종처럼 일했다. 그런데 샤허브에게 뭐가 부족했던 걸까? 어째서 아라쉬와 샤디는 샤허브 같지 않았던 걸까? 아라쉬는 착하고 예의도 바른 데다가 학교에서 매년 일등을 하는 모범생이었다. 여느 아이들처럼 말썽을 피운 적도 없었다. 샤디는 너무나 다정다감하고, 똘똘하고, 수다스러운 아이였다. 샤디가 있어서 천만다행이었지, 그렇지 않았다면 나는 권태로운 삶과 샤허브에 대한 슬픔으로 인해 이미 미쳐버렸을 것이다.

나세르의 태도도 더는 참을 수 없었다. 때로는 나세르도 우리 관계를 못 견디겠다고 느끼는 것 같았다. 나는 우리를 결혼으로 이끌어주었던 감정과 우리가 화학전공 학위만 취득하면 세상을 지배할 수 있을 거라며 어리석은 꿈을 품었던 시절이 어땠는지 떠올려보려고 했다. 시험에 대한 스트레스와 사랑에 빠지는 일에 대한 불안이 뒤엉켜 있었던 그 시절을. 아침마다 이유도 모른 채 안절부절못하며 신경질 냈던 그 시절을. 그 시절에 느꼈던 감정들은 다 어디로 사라져버린 걸까? 너무도 오랜 옛일이 되어버린 것 같았다. 나는 버려진 벽장을 뒤져가며 낡은 옷 한 벌을 찾듯이 내 마음속 깊은 곳까지 파헤쳐보았다. 결국에는 화들짝 놀라며 발견하기는 했지만, 빛이 바래고 먼지로 뒤덮여 거의 알아볼 수 없는 형태를 띠고 있었다. 다시 만져보고 싶다는 생각조차 들지 않을 정도였다. 내가 평생 이루고자 했던 것이 정녕 이게 다였던 걸까? 아흐메드 알리 칸의 유일한 딸로서 그토록 자만에 넘쳤던 내가? 여느 남자애들 못지않은 사람임을 증명해 보이고 싶어 했던 내가? 온종일 남편과 말썽꾸러기 다섯 아들 뒷바라지만 했던 엄마의 삶에 그토록 질색했던 내가? 나는 모든 사람으로부터 인정받기 위해 남자 형제들보다 공부도 열심히 했고, 회사에서도 누구보다 열심히 일했다. 그런데 어쩌다 이렇게 평범한 가정주부가 되어버린 거지? 내가 머릿속에 그려왔던 내 삶의 모습은 이렇지 않았다. 어쩌다가 내 꿈과 희망을 전부 잃어버리게 된 걸까? 대체 무엇 때문에? 그 빛바랜 사랑에 이런 희생을 감당할 만한 가치가 있었나? 이따금씩 나세르와 나 사이에 헤아릴 수 없는 거리가 존재하는 것처럼 느껴졌다. 나세르는 더 이상 나에게 관심도 주지 않았고, 항상 피곤해하거나 슬퍼하기만 할 뿐이었다. 샤허브가 가진 문제가 악화되면서 우리의 관계도 점점 차갑게 식어버린 것 같다. 마치 샤허브가 말을 못 하는 것이 내 탓인 것처럼.

8

나는 나를 벙어리나 멍청이라고 부르는 사람들에게 복수하
는 방법을 스스로 터득했다. 복수를 하고 나면 마음이 진정되었
고, 아시와 바비랑 놀 수도 있었다. 우리 셋은 방에서 뛰놀며 신
나게 웃었다. 아시와 바비가 나를 나무랄 때도 있었지만 그건
중요하지 않았다. 아라쉬 형네 아빠의 정장을 가위로 갈기갈기
찢어놓았다가 매를 맞고서 아침부터 밤까지 꼬박 하루 동안 방
에 갇혔던 날 이후로는 아무것도 두렵지 않았다. 그것보다 끔찍
한 일은 일어날 수 없었으니까.

욕을 하고 싶었다. 다른 아이들은 다 하는 그 마법 같은 말들
을 나도 내뱉을 수 있다면! 그때는 왜 그렇게까지 욕을 하고 싶
었던 건지 이해하지 못했지만 당한 만큼 되갚아줄 수 있는 좋
은 방법 같았다. 몸이 건장하지 않고, 키가 크지 않고, 힘이 세지
않은 사람도 욕은 할 수 있으니까. 그냥 말을 하는 방법만, 그러
니까 입을 벌려서 상대방이 미치고 팔짝 뛸 만한 말을 내뱉기만

하면 됐다. 말은 굉장한 힘을 발휘할 수 있었다. 적절한 말을 적절한 때에 내뱉으면 무언가를 망가뜨리거나 부수지 않고도 상대방이 머리끝까지 화가 나게 만들 수 있었다. 욕은 뭐랄까, 나처럼 작고 약한 사람들을 위해 만들어진 발명품 같았다.

나는 어떤 말이 욕인지도 파악할 수 있었다. 욕이 들리면 유심히 듣고 있다가 외워두기도 했다. '개자식'˙ 같은 말의 의미를 알아들은 적도 있었다. 언제는 아라쉬 형네 아빠가 아라쉬 형 때문에 길길이 날뛰면서 엄마에게 이렇게 말했다. "그 개자식한테 전해. 그런 못돼먹은 행동에 이제 넌덜머리가 난다고."

아빠가 아라쉬 형에게 화가 났다는 것도 이상하기는 했지만, 아빠가 욕을 썼다는 사실이 훨씬 더 이상했다.

아시와 바비와 나는 방으로 들어갔다. 아시가 말했다. "아라쉬 형네 아빠가 욕을 했어!"

바비가 말했다. "맞아, 아라쉬 형네 아빠가 형한테 개자식이라고 그랬어!"

내가 말했다. "그럼 본인이 개라는 소리잖아!"

우리는 그날 배꼽을 붙잡고 자지러지게 웃었다. 그리고 방에서 빙글빙글 돌며 노래를 불렀다. "개자식, 개자식……."

하지만 내가 전혀 이해할 수 없는 말들도 있었다. 그래서 사

˙ 페르시아어 비속어인 '개자식Pedar-sag'은 문자 그대로 해석하면 "너희 아빠는 개다"라는 의미다.

람들이 그런 말을 들었을 때 화를 내는 이유도 알 수 없었다. 어느 날, 어떤 애가 호스로우 형에게 "너네 엄마는 피부가 갈색이야."* 라고 말하자 그 애와 형은 서로 치고받으며 싸웠다.

나는 그 애가 한 말이 무슨 의미인지, 누군가의 엄마 피부색이 갈색이라고 말하는 것이 왜 나쁜 건지 이해해보려고 했다.

바비가 말했다. "갈색은 색깔이잖아. 호스로우 형네 엄마가 맨날 갈색 옷만 입나 봐."

아시가 말했다. "그래서? 갈색 옷을 입는 게 뭐가 잘못된 건데? 갈색 옷 입는 여자는 많잖아."

"저 녀석이 갈색을 싫어하나 보지."

내가 말했다. "나도 갈색 싫어. 엄마가 맨날 분홍색 옷만 입었으면 좋겠어. 하지만 갈색 옷을 입는다고 해서 화가 나진 않을 텐데."

우리는 한동안 혼란스러워했다. 그러던 중 아시가 말했다. "커피를 의미했던 걸지도 몰라."

파타네 큰엄마는 가끔 우리 집에 와서 할머니와 큰아빠에 대한 험담을 늘어놓았다. 그럴 때면 엄마는 커피를 끓였고, 우리는 하나도 안 주고 자기들끼리만 다 마셨다. 아이들 몸에는 좋지 않아서 안 준 거라고 했다. 그러면서 텅 비어버린 커피잔을

---

* 페르시아어에서 '커피'와 '갈색'을 의미하는 단어는 '매춘부(whore)'를 가리키는 단어와 발음이 유사하다.

힐끗 보고는 쓸데없는 이야기를 계속했다. 언제는 큰엄마가 엄마에게 "이 주나 두 달 정도 지나면 동서한테 기쁜 일이 일어날 거야."라고 말했다.

그러자 엄마는 무척 들뜬 목소리로 말했다. "정말요? 우리 샤허브가 말을 시작하게 될지도 모르겠네요!"

어째서 모든 이야기가 내가 말을 하느냐 마느냐의 문제로 끝나는 건지 이해할 수 없었다. 큰엄마는 잘 모르겠다는 듯이 입을 오므리면서 말했다. "그건 아닐 것 같은데. 돈과 관련된 일일 거 같아. 동서한테 목돈이 좀 들어올지도 몰라." 엄마는 다시 슬픈 표정을 지었다.

아시가 말했다. "커피는 나쁜 거야. 커피잔을 보면서 쓸데없는 소리를 하잖아. 엄마들은 커피를 마시면 안 돼. 그런데 왜 아라쉬 형네 아빠는 커피를 한 잔도 안 마시지? 큰아빠도 그렇잖아? 커피는 엄마들이 마시는 나쁜 거고, 그래서 우리한테 한 모금도 안 주는 건가 봐."

바비가 말했다. "어떻게 해서든 엄마가 커피를 못 마시게 해야겠어."

며칠 후, 우리 셋은 방에서 같이 놀다가 커피 냄새를 맡았다. 계단에서 슬쩍 내려다보니 큰엄마와 엄마가 거실에 앉아서 커피를 마시고 있었다. 그때 호스로우 형이 집으로 들어왔다. 심장이 오그라들었다. 아시가 물었다. "호스로우 형은 큰엄마랑 엄마가 커피 마시는 장면을 보면 어떻게 할까?"

나는 재빨리 계단을 내려가 테이블 쪽으로 갔다. 그러고는 어린아이에게 야단을 치는 단호한 어른처럼 테이블 위에 놓여 있던 것을 전부 엎어버렸다. 커피잔들이 깨졌고, 그 안에 담겨 있던 커피는 큰엄마 쪽으로 쏟아졌다. 큰엄마는 괴성을 내며 소리쳤다. "대체 이게 무슨 짓이야?"

엄마는 혼란스럽다는 눈빛으로 나를 가만히 쳐다보다가 화난 목소리로 말했다. "왜 이러는 거니? 왜 이런 짓을 하는 거야? 너 미쳤니?"

큰엄마가 헛웃음을 치면서 말했다. "샤허브가 미쳤냐고? 당연히 미쳤지! 정상인 애들은 이런 짓 안 하거든."

나는 호스로우 형이 큰엄마와 엄마에게 큰소리치기를 기다리면서 가만히 지켜봤지만, 형은 배꼽을 붙잡고 미친 듯이 웃고만 있었다. 그러다가 형이 마침내 꺼낸 말은 "제가 쟤 미쳤다고 그렇게 말해도 계속 아니라고 하시더니!"였다.

너무 혼란스러웠다. 어째서 형은 화를 안 내는 걸까? 큰엄마가 커피 마신다고 말했던 다른 애는 그렇게 두들겨 패놓고서?

엄마는 내 뒤통수를 찰싹 때리더니 귀를 잡아당기면서 이 층으로 질질 끌고 가 방에 가두어버렸다. 그러면서 밤이 될 때까지 나오지 말라고 했다. 얼마나 황당했던지, 화도 나지 않았다. 뭐가 어찌 됐든 혼자 있고 싶었다.

모두가 떠나고 난 뒤, 아시가 말했다. "그러니까 커피에는 아무 문제가 없었던 거네."

바비가 말했다. "그럼 그게 왜 욕인 거야?"

내가 말했다. "몰라."

아시가 말했다. "알겠다! 다른 사람의 엄마를 뭐라고 부르든, 부르는 행동 자체가 나쁜 거야. 커피가 나쁜 건 아니지만, '너네 엄마는 커피야'라고 말하면 나쁜 말이 되는 거지."

"그러면 '너네 엄마는 차야'라고 말해도 나쁜 말인가?"

"어떤 엄마도 마시는 차가 될 수는 없으니까 굉장히 나쁜 말일 거야!"

"그거 재밌네. 어른들은 전부 멍청해! 이렇게 바보 같은 말을 만들어내잖아." 우리는 웃고 또 웃었다.

아시는 방에 있는 모든 물건을 활용해 무례한 말들을 만들어 냈고, 그럴수록 우리 셋은 점점 더 들떴다. "너네 엄마는 의자야, 너네 엄마는 책상이야……."

바비가 말했다. "아니야, 먹거나 마실 수 있는 것이어야 해. 너네 엄마는 볶음밥이야, 너네 엄마는 스튜야, 이렇게."

아시와 바비와 너무 즐겁게 놀고 있던 나머지 나는 엄마가 방으로 들어온 줄도 모르고 있었다. 엄마가 걱정스러운 눈길로 나를 쳐다보며 물었다. "무슨 일이니? 왜 그렇게 웃고 있는 거야? 정말 미친 거니?"

엄마 뒤에는 큰엄마도 있었다. 나는 웃음을 참아보려고 했다. 손으로 입을 가리고 조용히 하려고 했다. 하지만 심술궂은 아시가 내 귀에 대고 속삭였다. "너네 엄마는 가지야." 나는 더 이상

참지 못하고 폭소를 터뜨리고 말았다.

엄마가 근심이 가득한 표정을 지었다. "그만 좀 웃으렴. 무섭 잖니. 형님, 애가 왜 이러는 걸까요? 너무 세게 때렸나 봐요. 아 니면 방에 혼자 가둬놔서 그런가 봐요. 그래서 이러나 봐요."

엄마는 그날 하루 종일 나를 지켜보았고, 나는 엄마 앞에서 웃지 않기 위해 주의를 기울여야 했다.

아시가 말했다. "어른들은 정말 멍청해. 애가 웃는 걸 가지고 왜 그렇게 걱정하는 거지?"

그날 밤, 아라쉬 형네 아빠가 돌아오자 엄마는 자초지종을 설 명했다. 내가 어떤 행동을 했는지, 엄마가 나를 어떻게 혼내고 방에 가두었는지를 비롯해, 내가 울고 슬퍼하기는커녕 웃었던 일에 대해서도 말해주었다. 아라쉬 형네 아빠가 고개를 가로저 으며 말했다. "전문가를 찾아가봐야겠어. 날이 갈수록 더 심해 지네. 안 좋은 징조인 거야."

엄마가 울먹이면서 말했다. "정말? 당신 생각에는 우리 애한 테 정신적인 문제가 있는 것 같아?"

"그런 게 아니라면 왜 그러겠어?"

"그냥 기분 좋은 일이 있었을지도 모르지. 정말 무슨 생각을 하고 있는 건지, 말 좀 해줬으면 좋겠어."

바비가 말했다. "엄마 정말 멍청하네. 우리가 말을 할 수 있었 으면 '갈색 엄마'가 무슨 뜻인지 바로 물어봤을 테고, 그럼 쓸데 없이 커피잔을 깰 필요도 없었을 거 아니야."

결국 욕설의 의미를 찾는 일은 그만두기로 했다. 어쨌든 나는 벙어리였고, 그런 욕설을 이해할 수도 없었다. 게다가 욕설의 의미를 반드시 알아야만 하는 것도 아니었다. 단지 무례한 의미인지 아닌지가 궁금했을 뿐이었다. 그런데 무례한지 아닌지는 그 욕설을 했을 때 사람들이 화를 내는 정도를 통해 파악할 수 있었다. 이를테면 몇 주 후 엄마와 정육점에 갔을 때, 누군가가 샤데흐 아저씨에게 버럭 화를 내고 있었다. 그 사람은 아저씨에게 "내가 그 포주를 잡기만 하면 아주!"라고 말했다. 나는 그게 욕설이라는 사실은 눈치챌 수 있었다. 엄마가 얼굴을 붉힌 채 정육점에서 나가고 싶어 했기 때문이다.

샤데흐 아저씨는 "말조심하세요. 여자 손님이 계시잖아요."라고 대꾸하고는 엄마에게 사과했다. 그 사람이 했던 말이 굉장히 무례한 욕설이었다는 사실을 깨달은 순간이었다. 집으로 돌아오는 내내, 나는 머릿속으로 포주라는 단어를 반복해서 떠올려 보았다. 그렇게 짧은 단어에 그토록 강력한 힘이 들어 있다니! 듣기에도 정말 좋았다. 마치 입 밖으로 작고 둥근 구슬이 툭 튀어나오는 소리 같았다.

바비가 말했다. "그게 무슨 의미야?"

"아무 의미도 없어. 그냥 '갈색 엄마'처럼 아주 나쁜 말일 뿐이야. 여자한테 쓰면 안 되는 말. 아직도 모르겠어? 동물과 관련된 욕은 그다지 나쁜 말이 아니야. 오히려 아무 의미도 없는 욕이 정말 나쁜 말이지. 네가 그런 말을 내뱉으면 여자들은 전부 방에서 뛰쳐나오고, 남자들은 불같이 화를 내면서 싸우기 시작할 거야."

그날 아시와 바비와 나는 몇 시간 내내 방에서 빙글빙글 돌며 밝은 분홍빛과 파란빛의 구슬 같은 소리가 나는 그 단어를 반복해 말했다.

9

그해 여름에는 기적 같은 일이 벌어졌다. 나를 향해 과하게 쏠려 있던 관심이 흩어져버린 것이었다. 샤힌 고모가 결혼한다고 하자, 가족들의 주요 관심사는 고모의 급박한 결혼 일정으로 대체되었다. 엄마와 큰엄마와 할머니와 고모는 한데 둘러앉아서 웨딩드레스며 예비 저녁 식사며 온갖 것들에 대해 몇 시간씩 이야기했다. 큰엄마는 재봉 실력이 좋았고 엄마는 옷에 반짝이를 다는 법을 알고 있었다. 큰엄마와 엄마가 웨딩드레스를 제작하는 작업실은 새하얀 천과 레이스로 가득 차 있었다. 보드랍고 정교한 천 조각들이 큰엄마와 엄마의 손을 거치고 나면, 마치 마술이 펼쳐지기라도 한 것처럼 만화책이나 그림책에서나 볼 수 있었던 드레스가 탄생했다. 그 깨끗하고 새하얗고 아름다운 천이 너무나 마음에 들었던 나는 큰엄마와 엄마가 남은 천 조각으로 샤디를 위한 웨딩드레스도 만들어주었다는 사실을 알게 되었을 때 질투심에 불타올랐다.

바비가 말했다. "샤디는 좋겠네. 샤디는 말을 할 줄 알아서 모두가 좋아하잖아. 우리를 좋아하는 사람은 아무도 없는데."

엄마와 나는 매일매일 드레스 제작을 위해 큰집으로 갔다. 그러다 결혼식이 이틀 앞으로 다가온 날, 내 몸 상태가 굉장히 좋지 않았다. 엄마는 그런 나를 보고 "감기에 걸렸네."라고 말했다. 그러고는 엄마의 차가운 손을 내 이마에 얹고 말했다. "열이 있어. 샤허브만 두고 갈 수는 없는데. 쉬게 해주어야 해."

아빠는 여느 때처럼 짜증을 냈다. "하필이면 왜 오늘 열이 나고 그래! 헤나를 하는 날이라 당신이 가봐야 한단 말이야! 엄마가 그러는데 아직 드레스도 준비 안 됐대. 이틀 안에 안 끝날 것 같다고 걱정이셔. 당신 오늘 안 가면 평생 책잡힐 거야."

"나도 알아. 갈 거야. 아라쉬가 집에 있어주면 샤허브를 두고 갔다 올 수 있을 텐데."

"그건 절대 안 돼! 학교를 빼먹을 수는 없어. 아라쉬는 당신 아들의 보모가 아니야. 페레슈테가 샤디를 돌봐준다고 했다며. 한 명 더 맡긴다고 문제가 되진 않을 테니까 저 녀석도 데리고 가서 한쪽 구석에다가 재워."

아빠는 내가 이름도 없는 사람인 것처럼 항상 나를 "저 녀석"이라고 불렀다. 나는 아빠가 나를 그렇게 부르는 게 싫었다.

엄마는 나를 거실 소파에 눕혀놓고 서둘러 일을 하러 가더니, 금세 나에 대해서는 까맣게 잊고 말았다. 그렇게 몇 시간이 아주 느릿느릿 흘러갔다. 지루함이 몰려왔다. 잠깐 텔레비전 앞에 앉아 있다가 깜빡 잠이 들었고, 깨어나보니 드디어 점심시간이 되어 있었다. 점심을 먹은 후에는 다들 부엌에 모여 설거지를 했다. 나는 엄마 옆에 붙어 있고 싶었지만 엄마는 나를 부엌 밖으로 내보냈다. "방해하지 말고 가 있으렴, 착하지 우리 아들. 저기 가서 누워 있어. 이것만 해놓고 갈게."

피곤했다. 엄마는 설거지를 마치고 나면 드레스를 만들던 작업실로 다시 들어갈 것이었다. 작업실 문을 열어보았다. 바닥에 드레스가 펼쳐져 있었다. 나는 드레스 옆에 앉아 끄트머리 옷자락을 손으로 움켜쥐었다. 그러고는 옷감을 얼굴에 비벼보았다. 우리 집에 있는 벨벳 담요처럼 부드럽고 시원했다. 드레스의 치맛자락은 내 몸 전체를 가릴 정도로 컸다. 나는 그 치맛자락의 정중앙에 앉은 다음, 양옆의 천으로 다리를 감쌌다. 기분 좋은 시원함이 온몸으로 퍼져나갔다. 열기로 뜨거웠던 두 눈이 점점 무거워졌다. 그렇게 드레스의 주름을 베개 삼은 채, 나는 깊은 잠에 빠져들었다.

나를 잠에서 깨운 건 샤힌 고모의 비명이었다. 고모뿐만 아니라 큰엄마와 할머니도 나를 빙 둘러싸고 서서 분노와 원망이 가득한 눈길로 내려다보고 있었다. 몸이 떨리기 시작했다. 누구라도 나를 목 졸라 죽일 수 있는 상황이었다. 잠시 후, 어른들의 그 싸늘하고 매서운 눈빛은 방문 옆에 서 있는 엄마에게로 향했다. 엄마의 몸도 떨리고 있었다.

할머니가 특유의 불쾌한 목소리로 말했다. "얘가 무슨 짓을 했는지 좀 보렴! 드레스 사방이 얼룩덜룩해지고 주름투성이가 되어버렸잖아. 저기 발자국도 좀 봐!"

고모가 울기 시작했다.

큰엄마가 말했다. "내 이럴 줄 알았어."

엄마는 당황한 표정으로 가만히 지켜보기만 했다. 얼굴은 창백하게 질려 있었다. 그러더니 드레스 쪽으로 다가가 옷자락을 들고 살펴보았다. "제가 혼자 수선할게요. 새 드레스처럼 멀쩡하게 만들어놓을게요. 믿어주세요."

"됐어요! 더 망가지면 어쩌려고요. 저희가 알아서 수선할게요."

"아가씨 시간 없잖아요. 미용실에도 들르고 싶다고 했었죠? 게다가 오늘 밤에 손님도 많이 오잖아요. 제가 집으로 가져가서 새 옷처럼 마무리한 다음에 도로 갖다 놓을게요. 걱정 마요. 세제로 얼룩 지우고 다림질하면 돼요. 나한테 맡겨줘요."

샤디는 페레슈테 누나 방에서 낮잠을 자고 있었다. 그래서 엄마와 나만 커다란 비닐봉지에 드레스를 담아 집으로 돌아왔다. 엄마는 말없이 드레스를 빨고 말렸다. 드레스도, 샤힌 고모도, 고모의 결혼식도, 전부 다 싫었다.

아시가 말했다. "왜들 그렇게 바보같이 구는 거지? 우리가 드레스를 망가뜨리려던 게 아니라는 걸 왜 모르는 거야? 그냥 그 위에서 잤을 뿐이잖아."

엄마는 드레스를 문에 걸쳐둔 다음, 그 앞에 앉아 반짝이 장식을 완성했다. 화가 난 표정이었다. 그때 전화벨이 울렸다. 엄마가 자리에서 일어나 전화를 받았다. "걱정 마세요. 상태가 괜찮아요. 얼룩도 안 남았어요. 제발 아무 말도 말아주세요. 애가 일부러 그런 게 아니에요. 정말이에요. 아파서 졸렸던 거예요. 그냥 그 위에서 쉬고 싶었던 거예요."라고 말하는 엄마의 목소리가 들렸다.

상대방이 뭐라고 대답하자 엄마는 숨죽인 채 눈물을 흘렸다. 마음속에서 엄청난 증오심이 느껴졌다. 왜 다들 자꾸만 엄마를 울리는 걸까? 날마다 무력해지는 것 같은 엄마의 모습에 내 분노는 점점 더 커져만 갔다. 주변을 둘러보았다. 바닥에 가위가 놓여 있었다. 가위를 들어보니 내 작은 손으로 쥐기에는 너무 무겁고 거대했다. 나는 간신히 가위 날을 벌려서 그 사이에 드레스 천을 끼운 다음, 양손을 동시에 힘껏 움켜쥐었다. 몇 번 싹둑싹둑 가위질을 하니 드레스에 커다란 구멍이 생겼다.

아시가 말했다. "자, 이제 본때를 보여줄 수 있겠어!"

바비가 걱정하며 말했다. "그럼 샤힌 고모는 뭘 입어?"

아시가 말했다. "엄마를 울렸으니까 다들 당해도 싸."

10

드레스에 난 구멍을 본 순간, 나는 주체하지 못하고 비명을 내질렀다. 샤허브는 내 비명소리를 듣고 가위를 바닥에 떨어뜨렸다. 내 몸은 마치 전기가 흐르는 전선에 연결되어 있기라도 하듯이 사시나무처럼 떨렸고, 두 눈은 거의 튀어나올 것처럼 팽창되어 있었다. 더 이상 비명을 지르지 않기 위해 손으로 입까지 틀어막아야 했다. "하느님 맙소사! 대체 무슨 짓을 한 거니!" 나는 샤허브를 향해 돌진했다. 샤허브는 작은 두 다리를 가능한 잽싸게 움직이며 계단으로 내달렸다. 방으로 들어가 문을 쾅 닫더니 잠가두려고 아등바등했지만, 샤허브는 문을 잠그는 방법까지는 모르는 아이였다. 나는 후들거리는 다리로 샤허브를 뒤따라갔다. 간신히 계단을 반쯤 올랐을 때는 균형을 잡기 위해 손잡이를 꽉 붙잡고 잠시 서 있어야 했다. 샤허브에게 소리쳤다. "이놈! 어서 내려오지 못해! 대체 널 어떻게 해야 하니? 너 때문에 엄마 죽을 것 같아." 호통을 치고 비명을 지르고 나니 모든 분노는 씻겨 내려갔고, 금방이라도 눈물이 터져 나올 것 같은 상태가 되었다. 나는 계단에 앉아 두 손으로 얼굴을 감싼 채 울기 시작했다. 시간이 얼마나 흘렀는지도 모를 만큼 한참 울고 있을 때, 샤허브의 작고 가벼운 손이 내 머리에 닿는 것이 느껴졌다. 내가 우는 것을 견디기 힘들어서 한 행동이라는 점은 알고 있었지만, 내 눈물을 멈추기 위해 기꺼이 벌을 받고 매를 맞으려는 각오까지 하고 있었다는 사실은 눈치채지 못했다.

도대체 어떻게 해야 하는 걸까? 샤허브의 얼굴을 쳐다보았다. 녹갈색의 커다란 두 눈에 눈물이 가득 차올라 있었고, 그 슬픈 얼굴을 보니 마음이 찢어질 듯 아팠다. 샤허브도 고통스러워하고 있었고, 그 고통은 내게도 전해지고 있었다. 나는 샤허브를 품에 안고 말했다. "왜 그러는 거니? 왜 이렇게 문제를 일으키는 거야? 정말 착한 아이였잖니. 대체 무슨 일이 있었던 거야?" 샤허브는 머리를 푹 숙였다. "네가 화풀이를 하고 싶어서 이런다는 건 알아. 하지만 이럴수록 상황은 더 안 좋아지기만 할 거야. 방금 네가 엄마한테 어떤 짓을 저지른 건지는 아니? 샤힌 고모만 속상해할 거라고 생각하는 거야? 네가 나쁜 행동을 하면, 다른 누구보다도 엄마가 제일 속상해. 너는 엄마를 사랑하지 않는 거니? 그런 거야?"

샤허브가 울음을 터뜨렸고, 눈물이 두 뺨을 타고 줄줄 흘러내렸다. 샤허브는 내 품에 얼굴을 파묻었다. "엄마를 사랑한다면 이런 행동 그만하렴. 누가 너를 괴롭히면 엄마한테 말해. 그럼 엄마가 해결해줄게. 넌 아무것도 안 해도 돼." 샤허브가 어리둥절해하는 눈빛으로 쳐다보자, 그 순간 나는 내가 말실수했다는 사실을 알아차렸다. "아니, 아무 말도 안 해도 돼. 누구든 널 괴롭히면 엄마가 알아서 찾아낼게. 중요한 건, 신께서 모든 일을 보고 듣고, 널 괴롭히는 사람들에게 네가 할 수 있는 것보다 더 따끔한 가르침을 주신다는 거야. 신께서 널 보살펴주실 거야. 그러니 너는 가만히 있으면 돼. 신께서, 그리고 이 엄마가 모든 걸 처리할 테니까. 알겠지? 약속할 거지? 네가 엄마를 조금이라도 사랑한다면 이제 이런 행동은 안 할 거라고 믿어. 또 그러면 엄마는 죽고 싶을 만큼 속상할 거야. 아까 드레스를 봤을 때는 정말 죽을 것 같았단다. 너는 엄마가 죽었으면 좋겠니? 그럼 엄마는 더 이상 네 곁에 없을 텐데."

샤허브가 내 어깨에 얼굴을 파묻었다. 내 목을 감싸고 있던 샤허브의 손을 살며시 떼어내고 눈을 바라보면서 말했다. "그럼 약속하는 거다, 알겠지?" 샤허브가 고개를 끄덕였다. "누가 너를 속상하게 하면 곧장 엄마한테 오겠다고 약속하는 거야, 알겠지?" 샤허브가 다시 한번 고개를 끄덕였다. 샤허브도 나도, 마음이 한결 진정되었다.

나는 자리에서 일어나 다시 드레스를 보러 갔다. 두려움에 휩싸인 채 드레스에 난 구멍을 들여다보았다. 드레스를 수선할 수 있는 유일한 방법은 치맛자락을 상의에서 떼어내 손상된 부분을 새 옷감으로 교체하는 것이었다. 나는 기운을 되찾기 위해 부엌으로 가서 차를 우렸다. 그렇게 몇 분쯤 흘렀을 때, 화들짝 정신이 들었다. 지금 샤허브는 어디에 있는 거지? 더 큰 문제를 일으키고 있으면 어쩌지? 황급히 드레스가 있는 방으로 돌아가 보니 샤허브는 도려내진 옷감을 테이프로 붙여놓으려고 고사리 같은 손을 부단히 움직이고 있었다. 나는 눈물이 그렁그렁 맺힌 눈으로 말했다. "아들, 그 정도로는 안 될 거야. 걱정 말렴. 엄마가 아무도 눈치채지 못하게 고쳐놓을 수 있어."

나는 문에 걸어두었던 드레스를 바닥에 내려놓은 다음, 옷감을 붙잡고 상의와 치맛자락을 잇는 부분의 솔기를 풀기 시작했다. 샤허브는 내 옆에 앉아서 호기심과 걱정이 가득한 눈으로 지켜보았다. 상의에서 분리한 치맛자락을 바닥에 펼쳐놓자 빈 틈없이 잡혀 있던 주름이 풀어헤쳐졌고, 한쪽 이음매 옆으로 구 멍 난 옷감이 보였다. 나는 그 옷감을 길게 잘라낸 다음 샤허브 에게 건네주었다. "자, 여기. 대신 아무도 못 보게 해야 해." 그런 데 샤허브는 몸서리를 치면서 그 옷감을 아무렇게나 돌돌 뭉쳐 버리더니 쓰레기통에 던져 넣었다. 나는 재봉틀을 가져와 치맛 주름을 만들고 터진 이음매를 꿰맸다.

차고 문이 열리는 소리가 나자 샤허브가 창문으로 달려갔다. 나는 샤허브에게 소곤소곤 말했다. "방으로 가서 누워 있으렴." 그러자 샤허브는 곧장 이 층으로 뛰어 올라갔다. 곧 나세르와 아라쉬가 들어왔다. 나는 아무 일도 없었다는 듯이 최대한 자연스러운 말투로 물었다. "오늘은 일찍 왔네!"

"당신이 아라쉬 데리고 일찍 오라고 했잖아. 같이 헤나 의식에 참석해야 한다며."

"그렇게 말하긴 했지만 까먹을 줄 알았지."

"뭐 하고 있어? 드레스는 아직도 덜 된 거야?"

"다 됐는데 얼룩이 좀 묻었더라고. 얼룩을 닦아내려고 가져왔는데 상태가 더 안 좋아져서 아예 옷감을 갈아버렸어. 치맛주름이 많아서 아무도 눈치채지 못할 거야. 당신, 이 사실은 아무도 알면 안 되니까 입조심해."

"당신 정말 대충이구나! 당신이나 당신 아들이나, 둘 다 아주 형편없군."

"형편없다니, 그게 무슨 말이야? 이런 일은 일어나기 마련이야. 그것보다 샤허브가 걱정이야."

"왜? 또 무슨 일 저질렀어?"

"아니, 몸 상태가 안 좋거든. 걱정이야. 하루 종일 잠만 자."

"다행이네. 적어도 또 말썽을 일으킨 건 아니니까. 당신, 헤나 의식에 늦지 않으려면 지금부터 준비해야 해."

"나 빼고 당신 먼저 가. 사람들이 알아차리기 전에 드레스 먼저 완성해야 하니까."

"뭐라고? 그럼 가서 뭐라고 해? 당신 도움이 필요할 텐데."

"내 도움은 필요 없어. 내가 할 수 있는 최선은 이 드레스를 완성하는 거야. 다른 건 오늘 아침에 다 마무리했고, 아크람 아주머니가 딸이랑 같이 와서 도와준다고 했어. 샤디는 지금 페레슈테가 돌보고 있어. 가서 샤디 데려오고, 나는 샤허브가 아파서 간호하고 있다고 전해줘. 어차피 애들이 설리적거리지 않으면 다들 좋아할 거야. 저녁 차릴 일손이 필요하다고 하면 연락 줘. 그럼 그때 애들 데리고 갈게."

페레슈테를 찾아가 샤디를 데려온 아라쉬는 페레슈테가 오늘 저녁 손님들에게 보여줄 춤을 샤디와 함께 연습했다며 제발 다시 데려와달라는 부탁을 받았다고 했다. 그래서 나는 샤디를 씻기고 옷을 입힌 다음, 머리에 어여쁜 분홍 리본까지 달아주었다. 그러고는 나세르의 품에 안겨 배웅해주었다. 뒤를 돌아보니 샤허브가 부러운 눈빛으로 두 사람을 쳐다보고 있었다.

드레스 수선을 마쳤을 때는 이미 날이 어두워져 있었다. 하지만 아직도 해야 할 일이 많이 남아 있었다. 반짝이 장식도 끝내야 했다. 몸도 피곤하고 눈도 침침했다. 그러다 깊은 생각에 잠겨 샤허브에 대해서도 완전히 잊고 있었을 때, 샤허브가 물병과 사탕 두 개를 들고 나타났다. 그러더니 잽싸게 부엌으로 돌아가 컵도 가져왔다. 샤허브가 나를 위해 뭐든 해주고 싶어 했다는 사실을 깨닫자 미안한 마음이 들었다. "엄마 도와주고 싶니?" 내 질문에 샤허브는 고개를 끄덕였다. 나는 물을 한 모금 마신 다음, 슬픔과 피로가 가득 묻어나는 목소리로 말했다. "네가 엄마를 도와줄 수 있는 최선의 방법은 말을 하는 거란다. 딱 한 마디만 해줘. '엄마'라고 불러줘……" 나는 뺨을 타고 흘러내리는 눈물을 닦아내고 다시 드레스 작업에 돌입했다.

그로부터 몇 분이 지났을 때, 감정에 복받친 듯한 여린 목소리가 들렸다. "엄마!"

심장이 빠르게 요동치기 시작했다. 나는 믿기지 않는다는 표정으로 샤허브를 쳐다보며 말했다. "방금 뭐라고 했니? 네가 한 말이었어?" 두 손으로 샤허브의 어깨를 감쌌다. 또다시 눈물이 두 뺨을 적시며 흘러내리기 시작했고, 나는 샤허브에게 애원하듯 말했다. "다시 한번 말해보렴. 딱 한 번만 더!" 때마침 울린 전화벨 소리에 화들짝 놀란 나는 웃는 동시에 울면서 전화를 받았다. "여보, 방금 무슨 일이 있었는지 알아? 샤허브가 나한테 '엄마'라고 했어! 정말이야, 맹세할 수 있어. 목소리가 정말 고왔어. 갑자기 '엄마'라고 하더라고…… 알겠어, 금방 갈게. 내가 가서 저녁 차릴 테니까 기다려달라고 전해줘. 어, 드레스는 거의 완성됐어. 내일 가져갈 거야. 지금 바로 옷 갈아입고 갈게."

나는 간단히 샤워를 하고 옷을 차려입었다. 아직 젖어 있는 머리를 하나로 묶고는 옅은 붉은색 립스틱도 발랐다. 샤허브가 싱긋 웃으며 나를 바라보았다. 내가 행복해하면 샤허브도 행복해하는 것 같았다. 마치 우리 둘의 영혼이 끈으로 연결되어 있기라도 한 것처럼. 어찌나 행복했던지, 나는 허겁지겁 움직이면서도 말을 멈추지 않았다. "아, 정말 다행이야! 엄마는 알고 있었단다. 너에겐 아무 문제도 없다는 걸, 엄마는 알고 있었어. 이제 다들 나한테 사과하게 될 거야. 잔인한 험담이나 비꼬는 말도 더는 못 하게 될 거고."

나는 샤허브의 손을 잡고 의기양양하게 큰집으로 향했다.

11

피곤함과 스트레스로 찌들어 있는 엄마의 얼굴을 보고 있으
니 뭐라도 해서 그 고통을 덜어주고 싶었다. 그런 마음이 얼마
나 간절했던지, 말하기에 대한 두려움마저 잊을 정도였다. 그래
서 나는 입을 열고 별다른 어려움 없이 '엄마'라고 말했다. 낯선
내 목소리는 내 귀에도 이상하게 들렸다. 이게 정말 내 목소리
인가? 엄마는 행복해했고, 그래서 나도 기뻤다. 행복해하는 엄
마의 모습은 정말 아름다웠다. 하지만 들뜬 엄마의 모습과 평소
답지 않은 반응을 보니 점점 두려움이 밀려들기 시작했다. 엄
마와 함께 큰집으로 가는 길에, 아시가 내게 말했다. "엄마는 우
리가 말을 했다는 걸 왜 아라쉬 형네 아빠한테 말한 거지? 다른
사람들한테도 말하면 어쩌지?"

나는 겁에 질린 나머지 엄마의 손에서 내 손을 힘껏 빼냈다.
집에 가고 싶었다. 엄마는 행복한 표정으로 나를 쳐다봤다. 그
러면서 다시 내 손을 붙잡고 말했다. "가자, 우리 아들. 어서 가

자, 내 사랑스러운 아들."

엄마와 내가 큰집에 들어선 순간, 모든 사람들이 하던 행동을 멈추고 침묵했다. 평소에는 나한테 관심도 주지 않았던 사람들이 이번에는 호기심으로 가득 찬 눈으로 나를 뚫어져라 응시했다. 심장이 빠르게 뛰기 시작했다. 심지어 엄마도 사람들의 눈빛에 약간 놀란 기색이었다. 큰엄마가 심술궂은 표정을 지으며 한달음에 내게 다가왔다. 큰엄마는 내 앞에 무릎을 꿇더니 미소를 지으며 말했다. "오, 신이시여! 샤허브! 네가 말을 할 수 있다는 얘기 들었단다. 이제 착한 아이로 자라렴. 자, 한번 '파타네 큰엄마'라고 불러봐. 네 목소리 좀 한번 들어보자꾸나." 화장품이 덕지덕지 발린 큰엄마의 얼굴은 가까이에서 보니 더 무서웠다. 그래서 엄마 등 뒤로 숨어버렸다. "자 어서, 무슨 말이든 해봐."

얼굴이 점점 뜨거워졌다. 엄마가 내 손을 잡아당기면서 말했다. "그냥 두세요. 당황하고 있잖아요."

"이제 말한다고 그러지 않았어? 흠, 내 이름 부르는 걸 들어보고 싶은데."

"그렇게 하시니까 겁먹잖아요."

"내가 뭘 했다고 그래!"

호스로우 형이 나를 조롱하는 눈빛으로 쳐다보았다. 아빠는 내게 다가오더니 얼굴을 가까이 맞댔다.

"'엄마'라고는 했으니 이제 아빠를 기쁘게 해보렴. 자, '아빠'라고 해봐."

다들 나의 반응을 기다리고 있었다. 숨이 턱 막히는 기분이었고, 심장은 점점 더 빠르게 뛰었다. 나의 유일한 희망이자 보호막이었던 엄마가 나를 배신해버리고 말았다. 우리 둘만의 비밀로 남겨둬야 했던 사실을 엄마가 모두에게 말해버리고 만 것이다. 나는 엄마의 손을 뿌리친 다음 집을 향해 내달렸다. 다시는 이런 실수를 저지르지 않겠다고, 다시는 엄마를 안쓰럽게 생각하지 않겠다고 다짐하면서.

그로부터 며칠 동안은 다들 나에 대해 이야기했지만, 그런 날도 어느 순간 갑자기 끝나고 말았다. 시간이 흐르자 엄마를 비롯한 모든 사람은 내가 말하는 소리를 듣고 싶다는 엄마의 간절한 열망이 그런 착각을 불러일으켰던 것이라고 믿게 되었다. 다들 나를 혼자 내버려 두었고, 나는 또다시 나만의 말 없는 안전한 세계로 파고 들어갔다.

12

여름이 시작된 첫 번째 달은 고모의 결혼식과 연이어 열린 파티들로 꽉 채워졌다. 아라쉬 형은 들어야 하는 수업이 많아서 그런 행사에 참석할 시간이 없었는데, 어차피 형도 가고 싶어 하지 않는 것 같았다. 형은 집에 머물며 책을 읽고, 텔레비전을 보고, 그림을 그리거나 미술 작품 만드는 것을 더 좋아했다. 내가 보기에 형은 다른 사람과 대화를 하거나 다른 사람에게 말 거는 것을 과하게 꺼리는 듯했다. 형과 성격이 똑같은 데다가 말똥말똥한 눈에 커다란 안경을 끼고 다니는 형의 친구 사만 형은 종종 우리 집에 놀러 왔다. 아라쉬 형과 사만 형은 쉴 새 없이 심각한 이야기를 나누었고, 자기들만의 이론을 입증하기 위해 라디오와 청소기 같은 전자기기들을 분해하기도 했다. 물론 아무도 그런 행동을 못된 짓으로 치부하지 않았다. 아빠는 "우리 아들이 실험을 하고 있네. 정말 똑똑한 아이라니까. 언젠가는 분명 뭔가를 발명해낼 거야."라고 말했다.

아라쉬 형이 집에 있을 때면 엄마는 그 순간을 기회로 삼아 나를 형에게 맡기고는 샤디만 데리고 온갖 파티에 참석했다. 아라쉬 형은 대체로 나를 혼자 내버려 두었다. 형도 아빠처럼 나를 관심 줄 만한 가치가 없는 사람으로 취급했다. 다들 어떤 식으로든 나를 무시했고, 그래서 나는 환영받지 못한다는 느낌을 받았다. 누군가가 나갈 준비를 하면 온 집안에 들뜬 분위기가 느껴지기 시작했고, 그러면 나는 이 방에서 저 방으로 옮겨 다니며 따라다녔다. 엄마는 옷을 몇 벌씩 갈아입어본 후에야 입고 나갈 옷을 결정하곤 했다. 나는 엄마가 온종일 그러고만 있기를, 그래서 모두가 떠나고 난 뒤 온 집안에 흐르는 무거운 침묵을 나 홀로 견뎌낼 필요가 없기를 바랐다.

엄마는 내게 입을 맞추며 이렇게 말하곤 했다. "저녁 맛있었지?" 엄마는 아빠와 외출하는 밤이면 마치 우리에게 뇌물을 먹이듯 맛있는 저녁을 차려주었다. "엄마랑 아빠가 나가면 가만히 앉아서 예쁘게 그림 그리고 놀아. 그림 다 그리면 방에 가서 자고."

하지만 그 조용한 집에서는 아무것도 하고 싶지 않았다. 아무 의미 없는, 초조한 마음만 담겨 있는 선을 몇 개 그려볼 뿐이었다. 하루하루가 지날수록 나는 내 상상의 친구들에게 더 애착을 품게 되었다.

아시는 "다 지옥에나 가라지."라고 말했다. 하지만 바비는 몹시 슬퍼했다.

13

어느 더운 여름날, 저녁 시간이 되어갈 즈음 이상한 일이 일어났다. 페레슈테 누나가 우리 집에 찾아온 것이었다. 누나는 예쁘장한 스카프를 매고 있었다. 아시가 말했다. "뭘 한 걸까? 평소보다 예뻐 보이는데." 평소와 달리, 누나는 집 안으로 들어오자마자 샤디에게 달려가지 않았다. 그 대신 내 이름을 부르며 나를 찾았다. 마치 오래전부터 그랬던 것처럼 자연스럽게. 나는 문을 열고 나가보았다. 누나가 나를 껴안아주었다. 누나가 그렇게 안아주니 기분이 좋았다. 숨을 깊게 들이마시면서 누나의 향수 냄새를 맡고, 압도되는 기분을 느끼며 누나가 하는 말을 들었다. 누나는 먼저 나에게 말을 건 다음 엄마를 쳐다보며 물었다. "나랑 같이 공원에 가지 않을래? 작은엄마, 샤허브 데리고 나갔다 오고 싶은데, 괜찮죠?"

엄마는 수상쩍다는 듯한 표정으로 페레슈테 누나를 쳐다보았다. "샤허브를? 왜 샤허브를 데려가려는 거야?"

"문제될 거 있나요? 저는 샤허브가 좋아요. 제가 샤허브랑 얼마나 자주 놀았었는지 기억 안 나세요? 그냥 공원에서 산책 조금만 하고 바로 돌아올게요."

"안 돼. 무슨 일이라도 생기면 어떡하니. 지금은 너희 걱정하고 있을 기분도 아니란다. 샤디를 데려가는 건 괜찮지만 샤허브는 안 돼. 샤허브는 나랑 있어야 내 마음이 편할 것 같아."

"제가 정말 잘 돌볼게요. 아무 일도 일어나지 않을 거예요. 요즘 부쩍 샤허브 생각이 많이 났어요. 저희가 샤허브에게 관심을 충분히 주지 않은 것 같아요. 샤디가 옹알이를 시작하고부터는 샤허브에 대해 까맣게 잊고 지내기도 했고요. 샤허브의 눈을 보면 저에게 화가 나 있다는 사실을 알 수 있어요. 제 잘못을 만회하고 싶어요. 제발 같이 가게 해주세요. 앞으로도 며칠에 한 번씩 샤허브를 데리고 가볍게 외출하고 올게요."

엄마는 페레슈테 누나를 계속 이상한 눈길로 쳐다보았다. 나는 페레슈테 누나를 따라 나갈 수 있기를 간절히 바라고 있었나. 이렇게 마법 같은 기회가 찾아오다니, 기적이 일어난 걸까? 나는 엄마의 손을 잡아당기면서 간절한 눈빛을 보냈다. 엄마는 안 된다고 말하고 싶어 했지만, 애원하는 듯한 내 눈빛에 한발 물러섰다. "글쎄. 문제를 일으킬까 봐 걱정돼서."

"걱정 마세요. 샤허브가 저를 힘들게 하는 일은 없을 거예요. 그렇지, 샤허브?" 나는 고개를 끄덕였다. "아이 착해라, 그럼 얼른 준비하고 나가자."

미칠 듯이 기뻤다. 나는 곧장 욕실로 달려가 손과 얼굴과 발을, 특히 무릎을 신경 써서 닦았다. 엄마는 욕실로 와서 내가 씻는 것을 도와주었다. 나는 파란색 반바지를 입은 다음, 아직 새 옷 냄새가 다 빠지지 않은 파란색과 흰색 체크무늬 셔츠도 입었다. 마지막으로 엄마는 물기 있는 빗으로 내 머리에 가르마를 타주었다.

페레슈테 누나가 말했다. "멋있게 차려입었네. 작은엄마, 샤허브가 샤디보다 더 예쁘게 생긴 것 같지 않아요?"

나와 누나가 손을 맞잡고 집 밖으로 나서는데 안에서 샤디가 울부짖는 소리가 들렸고, 그 소리에 내 마음은 행복감과 자부심이 차올랐다.

바비가 말했다. "불쌍한 샤디. 샤디도 우리랑 같이 가고 싶을 텐데."

그러자 아시가 단호하게 반박했다. "샤디는 데려갈 수 없어! 게다가 걔는 오늘 이미 엄마랑 산책하고 왔잖아."

"그건 다르지. 엄마는 우리를 데리고 장 보러 갈 때도 항상 산책 간다고 하잖아. 우리가 바보인 줄 아나 봐."

페레슈테 누나와의 산책은 엄마와 했던 산책과 달랐다. 마치 새장에서 탈출하는 기분이었다. 하늘로 날아갈 것만 같았다. 나는 페레슈테 누나도 나만큼 행복해하는지 확인해보려고 고개를 돌려 누나를 쳐다보았다. 눈빛으로나마 고마운 마음을 전하고 싶었는데, 누나의 관심은 다른 곳으로 쏠려 있었다. 게다가 무언가를 걱정하는 듯한 표정이었다. 내 손을 잡고 있으면서도 나에 대해서는 까맣게 잊어버린 것 같았다. 누나의 관심을 끌기 위해 손을 살짝 당겨보았지만, 누나는 초조해하면서 이렇게 말할 뿐이었다. "샤허브, 잘 들어. 얌전하게 굴고 누나 말 잘 들으면 집으로 돌아갈 때 아이스크림 사줄게. 알겠지?"

그 말에 나는 얼어붙어버리고 말았다. 누나가 나와 거래를 하려고 하는 것 같았다. 호스로우 형이 하던 말과 똑같았다. 누나도 나를 갖고 놀려는 속셈인 걸까?

우리는 길을 건너 공원으로 들어갔다. 누나는 아무 말도 없이 나를 놀이터로 데려갔다. 누나는 조금 전보다 더 불안해하면서 자꾸만 주변을 둘러보았다. 누군가를 찾고 있는 것이었다. 얼마 후, 어떤 젊은 남자가 우리를 지나쳐 가면서 뭐라고 속삭였다. 누나는 미소를 짓더니 내게 말했다. "자, 저기 가서 놀아. 나는 이 벤치에 앉아서 기다리고 있을게." 그러면서 잡고 있던 내 손을 놓아버렸다. 나는 놀이기구 쪽으로 걸어가면서도 계속 뒤를 놀아보았고, 호기심 어린 눈으로 두 사람을 쳐다보았다. 누나는 그 낯선 남자와 나란히 벤치에 앉아 있었다. 서로 아는 사이 같았다. 누나가 갑자기 내게 다정하게 굴었던 이유가 서서히 이해되었다. 내 신경은 온통 두 사람에게 쏠려 있었다. 나는 그네에 살짝 앉아보았다가 미끄럼틀로 가서 옆에 가만히 섰다. 그런 다음 봉을 잡고 빙글빙글 돌았다. 두 사람은 내게 눈길 한번 주지 않았다. 피곤했고, 더 무얼 하고 놀아야 할지 알 수도 없었다.

그래서 쭈뼛쭈뼛하며 두 사람이 앉아 있는 벤치로 돌아갔다. 누나가 말했다. "샤허브, 뭐 문제 있어? 더 놀기 싫어?" 나는 고개를 끄덕이고는 두 사람 옆에 앉으려고 했다.

그러자 남자가 말했다. "쟤가 사람들한테 말해버리면 어떡해?"

"걱정 마. 말을 못 하거든." 누나는 그렇게 대답하고는 남자에게 귓속말로 소곤거렸다. 나는 고개를 푹 숙였다. 두 사람은 내가 멍청하고 말을 못 한다는 이야기를 하고 있는 것이었다. 화가 나기보다는, 절망적이었다.

날이 어두워지기 시작하자 누나는 마침내 남자에게 작별 인사를 했다. 집으로 돌아가는 내내 누나는 들떠 있었고, 쉴 새 없이 말하고 웃었다. 나에게 뽀뽀도 해주고 맛있는 아이스크림까지 사주었다.

그때부터 공원 산책은 누나와 내 일상의 일부분이 되었다. 엄마는 행복해하면서 누나에게 거듭 고맙다고 했다. 나는 외출을 하고, 공원에서 놀고, 아이스크림을 먹는 시간을 즐기기는 했지만, 누나에게 조금도 고맙지는 않았다. 나를 데리고 나가는 것은 집을 나와 라민이라는 그 장발의 형을 만나기 위한 구실일 뿐이었으니까. 어쩌다 도덕경찰*이 나타나기라도 하면 누나는

---

* 이란의 경찰 조직 중 하나로, 친족 관계가 아닌 이성끼리의 접촉 금지 등 이슬람 율법 위반 행위를 단속하는 업무를 전담한다.

마치 공원에 온 목적이 오로지 나 때문인 것처럼 나와 노는 척을 했다. 누나와 나의 관계는 정말이지 나보다는 누나에게 더 이득이 되는 계약 관계였지만, 둘 다 그런 상태에 만족해했고 딱히 바꿀 생각도 하지 않았다.

어느 날 파타네 큰엄마가 쇼핑 후 우리 집에 들러 엄마에게 물었다. "동서, 페레슈테가 정말 매일 샤허브를 데리고 공원에 가는 거야?"

"네. 매일 정확한 시간에 와서 샤허브를 데리고 나가요. 왜요?"

"아니야. 그냥 궁금해서. 참 꾸준하기도 하네. 그렇지 않아?"

"사실 저는 좀 반대했었는데, 페레슈테가 데리고 가겠다고 고집을 부리더라고요."

"그야 우리 딸이 워낙 다정한 애니까. 샤허브를 위해서 그러는 거라고 하더라고."

나는 폭소를 터뜨릴 것 같아서 손으로 입을 틀어막았다.

아시가 말했다. "큰엄마는 정말 멍청해. 페레슈테 누나가 우리를 위해서 공원에 간다고 생각하잖아."

라민이라는 형이 썩 마음에 들지는 않았지만 내게는 선택의 여지가 없었다. 나는 나무 뒤에 숨어서 의심스러운 눈길로 두 사람을 관찰했다. 둘은 몰래 손도 잡았다. 주변에 아무도 없다는 확신이 들면 서로 머리를 맞대기도 했다. 그런 모습을 보고 있으면 웃음이 나올 것 같았다. 왜 그렇게 두려워하면서까지 그런 행동을 하는 건지 이해할 수 없었다. 경찰이 나타나기라도 하면 두 사람의 얼굴은 분필처럼 하얗게 변했다. 라민 형은 우리와 반대쪽 방향으로 걸어갔고, 누나는 황급히 나를 쫓아왔다. 사복 경찰이 누구인지도 알아볼 수 있게 된 나는 사복 경찰을 발견하는 즉시 누나에게 달려갔다.

그러던 어느 날, 페레슈테 누나와 라민 형이 경찰이 다가오고 있다는 사실도 눈치채지 못할 만큼 깊은 대화를 나누고 있었다. 소리를 질러 그 사실을 알리려고 했지만, 스트레스를 받을 때면 항상 그랬듯 목소리가 목구멍에서 막혀버렸다. 나는 두 사람을 향해 달려갔다. 그리고 누나의 손을 붙잡고 있는 힘껏 끌어당겼다. 누나가 깜짝 놀라며 물었다. "뭐 하는 거야?" 나는 손으로 경찰을 가리켰다. 경찰이 두 사람을 발견한 순간, 라민 형은 벌떡 일어나 다른 방향으로 달려가기 시작했다. 누나와 나는 나무 뒤에 숨었다. 누나는 잽싸게 커다란 검은색 숄을 머리에 두른 다음 형형색색의 스카프는 벗어버렸다. 라민 형은 결국 달리기에서 뒤처져 경찰들에게 붙잡히고 말았다. 그중 어떤 경찰은 형의 목덜미를 붙잡고 다리를 걸어찼다. 그러자 형은 땅바닥에 쓰러졌다.

누나와 나는 멀찌감치 떨어진 곳에서 그 모든 광경을 지켜보았다. 내 목덜미와 다리에도 통증이 전해지는 느낌이었다. 경찰들은 라민 형과 다른 몇몇 사람들을 공원 밖으로 질질 끌고 나갔다. 누나와 나는 그들의 뒤를 쫓아가보았다. 공원 밖에는 버스 두 대가 세워져 있었다. 한 버스는 남자들을, 다른 버스는 울고 있는 여자들을 태우기 위해 대기 중이었다. 여자들은 서로 대화를 나누면서 경찰들에게 애걸복걸하고 있었다. 경찰들은 라민 형을 버스 안으로 밀어 넣었다. 나는 그렇게 모욕적인 상황에 처한 라민 형을 페레슈테 누나가 보지 않았으면 하는 마음에 누나의 손을 잡아당겼다. 마침내 움직이기 시작한 버스는 우리 옆을 지나쳐 갔다. 라민 형이 창문 너머로 누나를 쳐다보았다. 형의 한쪽 입가에는 피가 묻어 있었다. 형이 안쓰러웠다. 집으로 돌아가는 동안 누나는 쉴 새 없이 흘러내리는 눈물을 계속 닦아냈다. 나에게 아이스크림을 사주지도 않았지만, 그건 중요하지 않았다. 누나가 말했다. "라민이 얼마나 좋은 사람인지 너도 봤지? 우리가 곤란한 상황에 처하지 않도록 자기가 대신 희생한 거야. 경찰들이 라민을 쫓아가느라고 우리는 놓쳐버렸잖아. 라민은 지금 무슨 봉변을 당하고 있을까? 매질을 당하기라도 하면 분명 죽고 말 텐데." 그러더니 또다시 왈칵 눈물을 쏟아냈다.

14

그로부터 며칠 동안은 페레슈테 누나에게서 아무런 연락도 오지 않았다. 엄마는 당황하며 내게 거듭 물었다. "왜 페레슈테가 더 이상 너를 데리러 오지 않는 거지? 혹시 누나 귀찮게 했어?" 나는 모르겠다는 듯이 어깨를 으쓱했다. 그러던 어느 날 오후, 페레슈테 누나가 다시 나타났다. 엄마는 누나에게 "이제 그만둔 건가 했단다. 뭐, 그럴 만도 하지. 곧 학기가 시작될 테고, 날도 점점 금방 어두워질 테니까. 부쩍 쌀쌀해지기도 했고. 그러니 사서 고생할 필요 없어."라고 말했다.

아시가 우스워하며 말했다. "누나가 사서 고생을 한다니! 형을 보고 싶어 하는 것뿐이잖아. 다시 만나기만 하면 또 실실 웃겠지."

나는 순식간에 외출 준비를 마쳤다. 경찰에게 맞은 라민 형이 어떻게 됐을지 궁금했다.

누나와 나는 공원으로 달려갔다. 마침내 라민 형을 본 순간,

나는 거의 바닥에 자빠질 정도로 폭소를 터뜨릴 뻔했다. 손으로 입을 틀어막고 있어야 할 정도였다. 아시와 바비는 내 귀에 대고 큰 소리로 깔깔댔다. 바비가 말했다. "저 형 좀 봐! 머리를 왜 저렇게 민 거지?"

라민 형의 얼굴은 전보다 더 야위어 보였고, 형은 부끄러워하며 고개를 떨구었다. 페레슈테 누나는 나를 놀이터로 보내는 것도 잊고, 황급히 라민 형에게 달려가 말했다. "이럴 수가! 경찰들이 무슨 짓을 한 거야?"

"나 쳐다보지 마. 꼴이 엉망이야. 네가 나를 싫어하게 될까 봐 겁나."

"나를 보고 싶어 하지 않았던 이유가 이거였어? 네 모습이 어떻든 내 눈에는 항상 멋지기만 해. 내가 얼마나 걱정했는지, 넌 상상도 못 할 거야."

이번에도 나는 폭소하지 않기 위해 손으로 입을 힘껏 틀어막아야 했다. 아시와 바비는 땅바닥에서 뒹굴며 웃고 있었다. 나는 벤치 뒤에 몸을 숨겼다.

라민 형이 말했다. "계속 이런 식으로 만날 수는 없어. 유예기간이라 또 한 번 걸리면 그때는 태형 40대를 맞아야 해."

"그게 무슨 말이야?"

"우리 아빠가 빌고 빌었더니 이번에는 그냥 넘어가주겠지만 또 걸리면 새로운 형벌에다가 태형 40대도 집행하겠대."

"어머나!"

"너라도 도망갈 수 있었던 게 감사할 뿐이야. 너까지 붙잡혔으면 어떻게 됐겠어."

"그럼 이제 어떻게 만나지? 널 못 보게 되면 난 죽고 말 거야. 지난 며칠 동안 정말 미쳐버릴 것 같았어."

"나도 그래. 하지만 공원에서 만나는 건 너무 위험해. 여기보다 안전한 곳을 찾아야 해."

"그런 곳이 있어?"

"집이 필요해. 내 친구 이스마엘한테 집이 한 채 있는데, 우리가 원하기만 하면 기꺼이 열쇠를 빌려주겠대. 가끔씩 거기서 만날 수 있도록 말이야."

"뭐라고? 이 나이에 집을 갖고 있다고?"

"동갑이 아니라, 우리보다 나이가 조금 많아. 하지만 마음이 굉장히 넓은 사람이야. 우린 좋은 친구 사이고. 우리 동네에서 작은 가게도 운영하고 있어. 집은 그 가게 이 층에 있고."

"안 돼. 너무 무서워. 그건 별로 좋은 생각이 아닌 것 같아."

"길거리나 공원이나 식당에서 만나다가 붙잡히면 어떡하려고? 그러다가 태형이라도 받게 되면 어떡해? 우리가 무슨 부적절한 짓을 할 것도 아니잖아." 라민 형이 갑자기 자리에서 벌떡 일어났다. "경찰이 오고 있어…… 내일 같은 시간에 그 가게에서 봐." 그러더니 황급히 달아났다.

페레슈테 누나와 나는 한동안 벤치에 앉아 있었다. 놀고 싶은 기분이 들지 않았다. 누나가 나를 쳐다보면서 물었다. "어떻게 해야 할까?" 나는 어깨를 으쓱하고 말았다.

그로부터 이틀 동안 페레슈테 누나로부터 아무런 연락도 오지 않았다. 나는 우리의 공원 나들이가 이렇게 끝나버린 거라고, 다시는 누나를 볼 수 없을 거라고 생각했다. 하지만 셋째 날 정오가 채 되기도 전에 초인종이 울렸다. 페레슈테 누나였다. 나는 놀란 표정으로 누나를 쳐다보았다. 엄마가 말했다. "계획이 바뀌었니? 이제 오후에 안 가는 거야?"

"오후에는 공원이 너무 붐벼서요. 오전에 가는 게 좋을 것 같더라고요."

집을 나서자 페레슈테 누나가 말했다. "서둘러, 샤허브. 이러다 늦겠어." 그런데 이번에는 공원으로 가는 것이 아니었다. 누나와 나는 조금 뛰었다가 몇몇 거리를 가로지른 다음, 지치고 땀에 젖은 상태로 어떤 길모퉁이의 작은 가게에 도착했다. 주인이 보내는 신호에 따라 우리는 가게 안쪽으로 들어갔다. 그 끝에는 스툴 의자 두 개와 벽에 밀착되어 있는 작은 테이블 하나가 있었다. 페레슈테 누나는 나를 의자에 앉힌 다음 자기는 다른 의자에 앉더니 주변을 둘러보았다. 곧 라민 형이 나타났다. 아시가 말했다. "젓가락같이 생겼어!" 아시의 말에 내가 웃자, 페레슈테 누나와 라민 형이 깜짝 놀란 눈으로 나를 쳐다보았다. 누나는 라민 형에게 윙크를 하며 손가락으로 자기 머리 쪽을 가리켰다. 나는 그 손동작의 의미를 알고 있었다. 얼굴이 붉게 달아올랐다. 나는 시선을 바닥으로 떨구었다.

페레슈테 누나가 말했다. "이제 어떡하지?"

"여기서 잡히면 빠져나갈 방법이 없어. 영업 금지 명령이 내려지고 이스마엘도 곤란한 상황에 처하게 될 거야. 그러니 이층으로 올라가자."

"하지만 너랑 나랑 단둘이 낯선 사람 집에 있는 건 건전하지 않아. 이스마엘이 어떻게 생각하겠어?"

"걱정 마. 이스마엘은 우리가 서로를 좋아한다는 것도, 길거리나 식당에서 만날 수 없다는 것도 알아. 그래서 우리에게 다른 선택지가 없다는 사실도." 라민 형이 나를 보고 고개를 끄덕이면서 말했다. "게다가 샤프롱●도 있잖아. 걱정할 게 뭐 있어?"

페레슈테 누나가 손으로 머리를 가리키며 나에 대해 어떻게 생각하는지를 보여주었을 때는 화가 났지만, 라민 형의 말을 듣자 마음이 차분해졌고 자부심도 느껴졌다. 그때, 나이는 서른 정도로 보이고 수북한 콧수염에 곱슬머리를 하고 있는 어떤 못생긴 아저씨가 우리에게 다가왔다. 그 아저씨는 내게 아이스크림을 주면서 말했다. "문제 생기기 전에 어서 이 층으로 올라가. 너희가 여기 있다가 걸리기라도 하면 난 아주 골치 아픈 상황에 처할 테니까."

라민 형이 문을 가리키면서 말했다. "계단은 저기, 화장실 옆

● 젊은 여성이 외출할 때 동행하는 일종의 보호자로, 보통 샤프롱 역할은 중년 여성이 맡는다.

에 있어. 내가 먼저 올라가 있을 테니까 너는 몇 분 후에 올라와."

페레슈테 누나가 떨리는 목소리로 말했다. "알겠어. 샤허브가 아이스크림 다 먹으면 바로 올라갈게."

"안 돼, 그럼 너무 오래 걸릴 거야. 샤허브는 우리가 내려올 때까지 여기서 아이스크림 먹고 있어도 돼."

"안 돼. 샤허브 없이는 아무 데도 안 갈 거야."

"아 알겠어! 그럼 그냥 아이스크림 갖고 올라와. 혼자 있으면 지루하니까."

라민 형이 이 층으로 올라갔다. 아이스크림을 깨작거렸지만 아무 맛도 느껴지지 않았다. 곱슬머리 아저씨가 우리를 쳐다보더니 페레슈테 누나에게 위로 올라가라는 신호를 보냈다. 누나는 어떻게 할지 결정을 내리지 못하다가 결국 자리에서 일어나 내게 말했다. "여기서 나가자, 샤허브." 내가 일어나자 누나는 내 손을 잡았다. 우리는 가게 밖으로 나갔다. 아저씨가 누나를 향해 소리를 질렀지만 누나는 조금도 신경 쓰지 않았다. 길모퉁이에 다다랐을 때, 라민 형이 황급히 쫓아오는 소리가 들렸다. 나는 더 빨리 걸으려고 했지만 페레슈테 누나는 속도를 늦추었다. 라민 형이 숨을 헐떡거리며 우리에게 다가왔다. "무슨 일이야? 왜 나간 거야?"

"안 되겠어. 난 그 사람이 싫어. 날 이상한 눈빛으로 쳐다봐서 어떻게 해야 할지 모르겠어."

"이스마엘은 무시해. 우리한테 자기 집을 빌려준 불쌍한 사람일 뿐이야! 나 못 믿어?"

"너는 믿지만, 그 장소가 싫어."

"그럼 어떻게 할 건데? 여기 말고 어디 아는 데 있어? 아니면 그냥 이렇게 헤어지고 다시 안 만날 거야?"

"아니, 안 돼…… 너랑 헤어지는 건 견딜 수 없어."

"나도 마찬가지야. 널 못 보면 미쳐버리고 말 거야. 하지만 길거리에서 만날 수도 없고, 달리 방법이 없잖아. 너한테 들려줄 이야기도 많아. 그동안 나한테 어떤 일이 있었는지 넌 상상도 못할 거야. 경찰이 우리의 통화 기록에 대해서도 의심을 품기 시작했어. 우리가 진짜 대화를 나누는 게 얼마 만인지 알아? 일단 이번 한 번만 따라와봐. 그러고도 싫으면 다시 안 가면 되잖아."

페레슈테 누나가 내 손을 꽉 쥐어짜듯이 잡더니, 망설이는 발걸음으로 다시 가게로 돌아갔다. 이번에는 곧장 가게 안쪽으로 들어갔다. 계단은 어두컴컴했고 악취가 풍겼다. 나는 엄지와 검지로 코를 막았다. 우리 셋은 계단 맨 위에 있는 어두운 문을 지나 커다란 방으로 들어갔다. 지저분하고 더러운 데다가, 퀴퀴한 담배 냄새도 났다. 가구에는 온갖 옷가지가 걸쳐져 있었다. 소파에는 베개 하나와 마구잡이로 돌돌 말린 이불이, 식탁에는 지저분한 접시가 놓여 있었고, 담배꽁초로 꽉 찬 커다란 재떨이는 방 안 곳곳에 널려 있었다. 벽에는 추한 모습의 플라스틱 해골 모형과 불쾌한 그림 몇 점이 걸려 있었다. 텔레비전 위에 놓여 있는 화분에는 죽은 꽃이 꽂혀 있었다. 나는 그 방에 있는 모든 것이 싫었고, 깨끗하고 밝은 우리 집이 그리웠다. 페레슈테 누나가 얼굴을 찌푸리면서 말했다. "여기 왜 이런 거야?"

"그냥 혼자 사는 남자 집이잖아. 뭘 기대한 거야? 이스마엘은 혼자 사는 데다가 하루 종일 일해야 해서 청소할 시간도 없어."

라민 형의 손에 들려 있던 내 아이스크림콘이 녹아내리고 있었다. 형은 아이스크림을 내 앞에 조심스럽게 내려놓더니 텔레비전을 켜고 말했다. "착하게 굴어야 된다. 텔레비전 보면서 아이스크림 먹고 있어." 형과 누나는 내 바로 뒤에 있는 소파에 앉았다. 처음에는 경찰에 대해 말하더니, 나중에는 법원이며, 고민거리며, 온갖 것들에 대해 이야기했다. 그러다 목소리가 서서히 작아졌고, 나중에는 무슨 대화를 나누고 있는 건지 전혀 엿들을 수 없었다. 말소리가 아예 멈추었을 때 나는 고개를 돌려 두 사람을 쳐다보았다. 누나는 스카프와 코트를 벗고 라민 형의 어깨에 머리를 기대고 있었다. 두 사람은 손을 붙잡고 있었고, 라민 형은 들뜬 표정으로 누나의 머리카락에 코를 대고 있었다. 나는 우리가 있는 지금 이곳이 남의 집이 아닌 공원이기를 진심으로 바랐다.

다음 날도 똑같이 흘러갔다. 이번에는 라민 형이 VCR 기기에 비디오 하나를 넣고 소리를 높였다. "샤허브, 이거 아주 좋은 영화야."

나는 두 사람에게 의심스러운 눈길을 보냈다. 텔레비전을 보는 동안 두 사람이 나누는 대화도 엿들어보려고 했지만 아무

소리도 들리지 않았다. 그래서 뒤를 돌아보았다. 그랬더니 맙소사! 나는 반사적으로 입을 막고 고개를 다시 앞으로 돌렸지만 내 신경은 온통 두 사람에게로 향해 있었다. 그러던 중 페레슈테 누나가 갑자기 소파에서 일어났다. 왜 일어난 건지는 알 수 없었지만 나도 덩달아 자리에서 일어난 다음 누나의 손을 잡고 문으로 끌고 갔다.

라민 형이 누나에게 애원하며 말했다. "왜 이러는 거야? 왜 그래? 고의는 아니었어. 난 널 사랑해. 네가 필요하다고."

"나도 알아. 그래서 앞으로는 여기에서 안 만났으면 좋겠어."

"다시는 안 그럴게. 맹세해."

"공원에서 만나는 게 좋겠어. 이제 가야겠다. 잘 가. 내일 공원에서 봐."

나는 누나가 자랑스러웠다. 우리는 손을 붙잡고 함께 계단을 내려갔다. 누나는 내가 앞장서도록 했다. 바깥 공기가 맑아서 숨을 깊게 들이마셨다.

다음 날 우리는 예전처럼 공원에 갔다. 페레슈테 누나는 나를 놀이터에 데려다주고는 불안해하며 주변을 살폈다. 라민 형은 멀찍이 떨어진 나무 뒤에 숨어서 우리를 지켜보고 있었다. 형이 누나에게 자기 쪽을 쳐다보지 말라는 신호를 보냈다. 누나는 혼란스러워했다. 놀이터에서 노는 게 즐겁지 않았던 나는 그네에서 내려와 누나의 손을 잡았다. 그리고 천천히 집으로 돌아갔다.

하루하루가 지날수록 페레슈테 누나는 점점 더 울적해하고 외로워하는 것 같았다. 그러다가 경찰들이 다른 중요한 업무로 바빠지자, 페레슈테 누나와 라민 형은 마침내 공원에 나란히 앉아 잠시나마 대화를 나눌 수 있었다. 두 사람의 눈은 행복감에 젖어 환하게 빛났고 나 역시도 행복했다. 누나와 형이 공원에서 만나는 날이면 내 마음도 편했다. 누나는 집으로 돌아가는 길에도 행복해하면서 내게 말을 걸었고, 누나의 꿈과 비밀에 대해 이야기해주었다. 그때마다 나는 누나의 말을 주의 깊게 들었다. 내가 대답하기를 기대하는 것이 아니라 단지 자신의 말을 들어주기를 바라고 있음을 잘 알고 있었다. 마지막에 누나가 한 말은 이거였다. "샤허브, 나는 라민을 계속 만나야겠어! 공원에서 안전하게 만날 수 있으면 정말 좋을 텐데! 샤허브, 우리를 위해 망을 보고 있다가 경찰이 오면 알려줄 수 있어?" 나는 고개를 끄덕였다. 자부심이 느껴졌고, 그 역겨운 방으로 돌아가지 않기만 한다면 누나를 위해 뭐든 해줄 생각이었다.

다음 날에도 공원은 안전하게 느껴졌다. 나는 망을 보는 보안요원처럼 누나와 형이 앉아 있는 벤치 주변을 빙빙 돌았다. 겁먹은 표정을 한 내 옆으로 다른 형 누나들이 재빨리 지나갔다. 조금씩 두려워진 나는 영화 속에 나오는 형사처럼 나무 뒤에 몸을 숨겼다. 그때 맨 위쪽 입구에서 경찰들이 모습을 드러내더니 순식간에 공원 곳곳으로 뿔뿔이 흩어졌다. 나는 페레슈테 누나 쪽으로 전력 질주했다. 누나와 형은 겁먹은 내 표정을 보자마자 벤치에서 벌떡 일어났다.

라민 형이 물었다. "경찰들 왔어?" 형은 잽싸게 나무 뒤로 뛰어갔지만, 내내 거기 숨어 있던 경찰에게 붙잡히고 말았다.

페레슈테 누나의 등 뒤에서도 또 다른 경찰이 불쑥 나타나더니 화난 목소리로 말했다. "꾸물거리지 말고 따라와!" 누나와 형의 얼굴은 분필처럼 새하얗게 변해 있었다. 내 얼굴도 마찬가지였을 것이다.

페레슈테 누나가 떨리는 목소리로 말했다. "저희 정말 아무 짓도 안 했어요!"

"빨리 와!"

경찰들은 공포에 덜덜 떨고 있는 우리를 공원 입구로 데려갔다. 라민 형이 입술이 파랗게 질린 상태로 말했다. "저 애들은 보내주세요. 다 제 잘못이에요."

"입 다물어! 일단 다 데려가야 해."

한 경찰은 라민 형을 앞으로 밀면서 걸음을 재촉했다. 형은 발을 헛디디다가 그만 바닥에 넘어지고 말았다. 형은 창피해하며 다시 일어섰다. 페레슈테 누나는 울고 있었고, 나는 수치스러워하는 형의 얼굴을 보지 않으려고 고개를 돌렸다. 형이 망신을 당하고 있다는 사실에 나까지 창피해졌다. 공원 입구에 다다르자, 경찰들은 두 명의 여성 경찰이 담당하고 있는 여성 전용 수송 차량으로 페레슈테 누나를 넘겼다. 여성 경찰이라면 자신을 더 이해해주리라고 생각한 누나는 더더욱 간절히 애원하며 울기 시작했다. 하지만 그 여경들은 남경들보다도 더 냉정해 보였다. 그들은 누나를 버스에 밀어 넣었다. 공포에 휩싸인 나는 금방이라도 기절해버릴 것 같은 심정이었다. 그래서 누나의 치맛자락을 붙잡고 비명을 질렀다. 그러자 중년의 담당 경찰이 다가왔다. 누나는 애걸하며 말했다. "선생님, 제발요. 저 아무 짓도 안 했어요. 이 아이는 벙어리라서 말을 못 해요. 제가 데리고 나온 아이인데, 지금 심장마비를 일으키고 있어요. 제발 집으로 데려다줄 수 있게 저를 보내주세요!"

버스 수송을 담당하는 여경이 말했다. "어서 타!" 그리고 담당 경찰에게 "거짓말하는 겁니다. 저런 애들은 제가 잘 아니까 저한테 맡겨주십시오."라고 말했다. 나는 나도 모르게 아까보다 더 심하게 비명을 내질렀다. 경찰들은 잘 모르겠다는 표정으로 우리를 쳐다보았다.

페레슈테 누나가 버스에서 뛰쳐나오며 말했다. "저러다 곧 기절해요! 간질을 앓고 있단 말이에요."

담당 경찰이 말했다. "집으로 데려가."

"안 됩니다! 이거 다 연기하는 겁니다. 저 여자애 히잡 쓴 것 좀 보세요! 제가 진정시키겠습니다. 그러니까……."

"자흐라, 그냥 보내줘. 자, 너희는 어서 돌아가고 다시는 내 눈에 띄지 않도록 해."

페레슈테 누나가 내 손을 붙잡았고, 우리는 내내 울면서 집을 향해 내달렸다. 집에 거의 도착했을 즈음, 누나가 말했다. "먼저 우리 집으로 가자. 엄마가 안 계시거든. 우리 집에서 씻고 나서 데려다줄게."

누나가 열쇠를 꺼내어 조용히 문을 열었다. 집에는 아무도 없었다. 누나는 이 층으로 올라가 침대에 쓰러져 울기 시작했다. 나는 방바닥에 앉아서 벽에 머리를 기댔다. 너무 피곤해서 움직일 수가 없었다. 그렇게 몇 분이 지나자, 누나도 나도 마음이 조금 진정되었다. 침대에 앉아 있던 누나가 말했다. "불쌍한 라민이 얼마나 많이 얻어맞았는지 너도 봤지? 이제 태형을 받게 될 텐데 어쩌지? 어떻게 이런 일이! 라민은 못 버틸 거야. 분명 죽고 말 거라고!" 누나는 다시 울기 시작했다. 나는 그런 누나에게 가까이 다가갔다. 누나가 안쓰러워서 머리를 어루만져주었다. 그러자 누나는 나를 끌어안으며 말했다. "이제 어떻게 해야 할까? 라민 부모님이 찾아가볼 수 있게 말씀드려야 할까?" 누나는 손을 뻗어 전화기를 집어 들고 번호를 눌렀다. 잠시 후, 누나는 평소보다 나이가 들어 보이는 목소리를 꾸며내면서 "오늘 경찰들이 공원에서 그쪽 아들 라민을 체포해 갔습니다. 경찰서로 찾아가 풀어주셔야 합니다."라고 말한 다음 전화를 끊어버렸다.

그런 일이 벌어지면서 우리의 공원 산책은 한동안 연기되었다. 페레슈테 누나는 우울하고 불안해했고, 집에서는 항상 가족들과 말싸움을 벌였다. 우리 집에 찾아올 때마다 새로운 이야기를 꺼내며 울기도 했다. 파타네 큰엄마는 그런 누나에게 질려버린 상태였다. 어느 날에는 우리 엄마에게 이렇게 묻기도 했다.

"대체 애가 왜 저러는지 모르겠어. 맨날 불평만 해. 시종일관 기분도 안 좋고. 동서네 집에서도 별 얘기 안 해?"

"딱히요. 그냥 호스로우가 괴롭혀서 화가 난 거라고만 하던데요. 그러고는 샤허브 방으로 들어가버려요."

"무슨 그런 말도 안 되는 소리를! 우리 호스로우 참 가엾기도 하지. 걔가 천사 같지는 않아도 페레슈테가 말하는 것처럼 나쁜 애는 아니야."

열흘이 지난 후, 페레슈테 누나가 다시 행복하고 들뜬 표정으로 나타났다. 화려한 스카프를 두르고 화장까지 한 상태였다. "일어나, 샤허브! 우리 산책 못 간 지 오래됐잖아." 엄마가 생각에 잠긴 듯한 얼굴로 누나를 쳐다보며 말했다. "또 공원에 가는 거니?"

"심심해서요. 며칠 후면 학기도 시작하는데, 그러면 샤허브를 데리고 나갈 수 없기도 하고요. 지금 남아 있는 이 며칠을 잘 써먹어야 해요."

내 머릿속에는 수천 가지 질문이 떠오르고 있었다. 무슨 일이 벌어지고 있는 거지? 라민 형이 풀려났나? 누나는 다시 공원에 가는 게 무섭지도 않나? 경찰들을 또 마주치기라도 하면 나는 기절해버리고 말 텐데.

대문이 닫히고 누나와 단둘이 남겨지게 된 순간, 나는 가만히 서서 누나의 손을 잡아당기며 얼굴을 빤히 쳐다보았다. 누나도 고개를 돌려 나를 빤히 쳐다보며 말했다. "왜 그래? 어서 가

자. 무서워?" 나는 고개를 끄덕였다. "무서워하지 마. 우리 공원 가는 거 아니야. 가게로 가서 라민 얼굴만 보고 곧바로 돌아올 거야. 그게 다야." 나는 역겹다는 듯 얼굴을 잔뜩 찌푸리면서 고개를 저었다. "그럼 어쩌겠어? 거기 말고는 만날 곳이 없잖아. 다른 방법이 없어. 미쳐버릴 것 같아. 라민이 너무 그리워. 너는 라민 형 안 보고 싶어?" 나는 이번에도 고개를 저었다. 누나가 웃으며 말했다. "너는 라민을 사랑하지 않으니까 그렇겠지. 너는 사랑이 뭔지도 모르잖아. 나는 지금껏 매일매일 라민 생각만 했어. 라민은 정말 멋진 남자야. 라민도 계속 내 생각만 하고 있었다. 라민이 너무 걱정됐어. 그동안 얼마나 많이 맞았을까? 정말 안쓰러워! 다 내 잘못이었는데. 오늘은 라민이 그날 이후로 처음 외출하는 날이야. 난 라민을 꼭 봐야겠어. 얼마나 많이 맞았던 건지, 의사 선생님이 신장에 문제가 생길 수도 있다고 그랬대! 내가 괜히 호들갑 떨지 않고 그냥 이스마엘 방에서 계속 만났다면 이런 일은 없었을 텐데."

아시가 말했다. "큰일이야! 이제 계속 그 방에 가야 한다잖아."

그날 페레슈테 누나와 라민 형은 굉장히 행복해했다. 형은 자신의 상처를 자랑스럽게 보여주었다. 누나는 걱정스러운 표정으로 형을 바라보며 물었다. "아파?" 형은 마치 영웅이 되기라도 한 것처럼 그동안 있었던 일을 전부 말해주었고, 누나는 정말 용감하다며 극찬을 했다.

페레슈테 누나는 그 역겨운 방에서 라민 형을 만나는 데에 점점 익숙해졌지만, 나는 그저 지루하기만 했다. 나를 자기 무릎에 앉히고 싶어 하는 이스마엘 아저씨도 싫었다. 항상 찰싹 달라붙어 있는 누나와 형도 싫었다. 어느 날 라민 형은 내게 "샤허브, 가게로 내려가서 마실 것 좀 갖다줘."라고 말했다. 하지만 나는 혼자 내려가기 싫었다. 이스마엘 아저씨가 무서워서였다. 그래서 형의 말을 무시하고 뒤돌아 있었다. 그러자 형이 내 손을 붙잡고 말했다. "어서, 착하지. 내려가보면 아저씨가 너를 위해 특별히 준비해둔 아이스크림도 주실 거야. 상처 난 곳이 아직도 아파서 그래. 얼른 가서 마실 것 좀 갖다줘. 목말라 죽을 것 같아." 나는 말 없이 앉아 있는 페레슈테 누나를 쳐다보았다. 누나의 눈에서 아무것도 읽어낼 수가 없었다.

나는 잔뜩 겁먹은 상태로 아래층으로 내려갔다. 그리고 음료수를 손으로 가리켰다. 이스마엘 아저씨는 음흉한 미소를 지으며 내게 음료수 한 병과 컵 두 개를 건네주었다. 그걸 받아 들고 몇 걸음 움직였을 때, 아저씨가 나를 계속 뒤따라오고 있다는 사실을 알게 되었다. 나는 공포에 사로잡힌 나머지 음료수병을 바닥에 떨어뜨리고는 곧장 계단으로 내달렸다. 아저씨의 험악한 얼굴은 어두운 계단에서 보니 더 무섭게 느껴졌다. 아저씨가 나를 붙잡으려던 순간, 손님이 들어왔음을 알리는 초인종이 울렸다. 그러자 아저씨는 가게 입구로 돌아갔다. 나는 다리를 부들부들 떨면서 이 층으로 올라갔다. 그런데 손잡이를 당겨보니 방문이 잠겨 있었다. 발로 문을 걷어차보았다. 점점 화가 솟구

쳤다. 결국에는 문에 기대어 앉아 눈물을 쏟기 시작했다.

바비가 말했다. "우린 정말 비참해. 다들 자기가 원하는 걸 해달라고 우리한테 시키는데, 우리는 말도 못 하잖아. 우리를 걱정해주는 사람도 없고."

나는 라민 형이 나에게 이런 심부름을 시키도록 내버려 둬놓고 이제는 문까지 열어주지 않는 페레슈테 누나에게 화가 났다. 몇 분 후, 누나는 스카프와 외투를 손에 든 채 라민 형과 말다툼을 하면서 문을 열어주었다. 누나의 머리가 마구 헝클어져 있었다. 누나는 계단을 내려가며 스카프를 두르고는 일 층에서 코트를 입었다. 나는 누나를 앞질러 가게 밖으로 나갔다. 집으로 돌아가는 내내 눈물이 났고, 누나가 달래주어도 마음이 좀처럼 진정되지 않았다. 더 이상 누나를 믿을 수 없었다. 마음속 깊은 곳에서 누나를 향한 배신감이 느껴졌고, 나는 다시는 누나와 외출하지 않겠다고 속으로 다짐했다. 그 후로는 누나가 찾아와도 숨어버렸고, 누나가 나를 강제로 데리고 나가려고 하면 계단 난간을 붙잡고 소리를 지르며 울었다. 엄마는 내 반응에 놀랐지만 결국에는 내 편을 들어주었다.

페레슈테 누나는 그렇게 떠났고, 여름날의 산책도 끝나고 말았다. 그해 여름 동안 나는 많은 것을 배웠지만 내 나이에 받아들이기에는 너무 이른 교훈이었다. 내 머릿속은 뒤죽박죽 엉켜 있었다. 그동안 경험한 대부분의 일들을 제대로 이해할 수조차 없었다. 이따금씩 아시와 바비와 셋이서 그 여름날에 대해 이야기하며 부끄러워하기도 했다. 한번은 샤디에게 직접 해보려고도 했지만, 우웩! 금방이라도 토가 나올 것 같았다. 그래서 아시에게 "웩, 샤디 입은 온통 침으로 가득해!"라고 말했다.

15

학기가 시작되어 아이들이 다시 학교에 나가기 시작했고, 우리 가족의 일상도 다시 예전으로 되돌아갔다. 페레슈테는 더 이상 샤허브를 보러 오지 않았다. 둘 사이에 어떤 일이 있었던 건지는 알 수 없었지만, 샤허브가 페레슈테를 따라가고 싶어 하지 않았다. 샤허브는 전보다 더 조용하고 내성적인 아이가 되었고, 이상한 놀이를 하며 방 안에서 뛰어다니던 행동도 더는 하지 않았다. 이제는 그림을 그려도 나한테 보여주지도 않았는데, 몇 번 우연찮게 기회가 되어 들여다보니 도무지 이해할 수 없는, 마구잡이로 그려진 선들만 있었다. 언젠가 그 그림을 들여다보고 있던 나를 발견한 샤허브는 곧장 그림을 움켜쥐고 찢어버렸다. 내가 보지 말았어야 할 그림이었던 것이다. 하지만 무엇보다 걱정스러웠던 것은 남편과 샤허브의 관계였다. 나세르는 가족을 위해 자신의 삶을 바치며 살아온 근면 성실하고 번듯한 사람이었지만, 그에게는 무언가가 결여되어 있었다. 나세르 본인이 어린아이였던 시절에 배웠어야 했던 무언가. 나세르는 사랑을 표현하는 방법을 몰랐다. 감정 표현을 우스운 일로 여겼고, 자신의 감정을 표현하는 것도 부끄러워했다. 순전히 논리에 기반한 것이 아니라면 무엇이든 무의미하고 불필요하다고 생각했다. 그는 완벽주의자였고, 나의 결점은 물론 아이들의 결점도 절대 용납하지 않았다. 아라쉬는 그의 그런 요구에 부응하기 위해 애쓰고 노력하더니, 그와 마찬가지로 강박적인 성향을 갖게 되었다. 아라쉬는 학교 공부와 과외에만 몰두했다. 나세르는 그런 아라쉬를 자랑스러워했고 다들 아라쉬의 노력에 박수를 보냈지만, 그럴수록 공부에 대한 아라쉬의 집착은 점점 심해졌다. 나세르가 샤허브에게 정신적인 결함이 있다고 확신한 후부터, 아라쉬를 향한 그의 기대도 더욱더 커져만 갔다. 나세르에게는 마치 덜떨어진 자식을 가졌다는 수치심을 견딜 수 있는 유일한 방법이 다른 자식을 천재로 만드는 일에 달려 있는 것 같았다.

그런 사람이 어떻게 샤허브를 이해할 수 있겠나? 나세르와 샤허브 사이에는 건강한 정서적 유대가 존재하지 않았고, 날이 갈수록 두 사람의 관계는 점점 더 멀어지기만 했다. 걱정스럽고 혼란스러웠던 나는 둘이 관계를 틀 수 있도록 갖은 수를 써보기도 했다. 어느 날에는 샤허브에게 과일 접시를 건네주면서 아빠에게 가져다주라고 했다. 그랬더니 샤허브는 그 접시를 테이블에 쾅 하고 내려놓았다.

"샤허브, 왜 그래? 아빠가 지금 막 퇴근해서 피곤해하시잖아. 과일 좀 갖다 드리고 아빠 옆에 앉아 있다가 와. 아빠가 너 보고 싶어 해."

샤허브는 기쁨과는 거리가 먼 표정을 지었다. 나는 다시 한번 과일 접시를 건네주었다.

"자 어서, 우리 아들. 고집부리지 말고. 아빠한테 갖다 드리렴. 샤허브는 아빠 안 사랑하니?"

샤허브는 입술을 꽉 앙다물더니 접시를 던져버렸다. 접시는 그대로 산산조각이 나고 말았다.

나세르가 소리쳤다. "무슨 소리야?"

나는 혼란에 휩싸인 채 샤허브를 쳐다보았다. 샤허브는 곧장 방으로 도망갔다.

"아무것도 아니야…… 내가 접시를 떨어뜨렸어."

16

엄마가 아빠 얘기를 꺼낼 때면 머리끝까지 화가 났다. 아시가
말했다. "엄마는 정말 바보야! 우리 아빠도 아닌데. 아라쉬 형
네 아빠잖아. 엄마는 말도 할 수 있고, 우리가 뭘 원하는지 알아
차릴 만큼 똑똑하면서, 왜 이렇게 단순한 사실을 이해하지 못하
는 거지? 착하고 정상적이고 똑똑하고 귀여운 애들은 아빠 자
식이고, 멍청하고 못생기고 병든 애들은 엄마 자식이라는 걸 모
르나? 아라쉬 형네 아빠한테 조금이라도 관심을 가져보면 엄마
도 그걸 이해할 수 있을 텐데. 하지만 엄마는 늘 다른 데에 정신
이 팔려 있지. 맨날 우리 걱정만 하잖아. 아라쉬 형네 아빠가 형
을 부를 때면 항상 '아들, 이리 오렴'이라고 말하고, 어딜 가든
다른 사람들한테 형을 자랑스럽게 소개한다는 사실을 엄마는
모르고 있어. 형을 바라보는 아빠의 눈빛에 다정함과 미소가 가
득한데도 말이야. 그러면서 우리는 쳐다보고 싶어 하지도 않고,
다른 사람들한테 소개하고 싶어 하지도 않아. 그리고 항상 엄마

한테 이렇게 말하지. '여보, 당신 애 좀 데리고 와봐.' 그러니까 우리는 자기 아들이 아니라, 엄마 아들이라는 거잖아. 엄마는 왜 이런 걸 이해하지 못하는 거지? 어차피 우리도 그런 아빠는 필요 없어. 우리한테는 엄마만으로도 충분해."

아빠와 내가 언제 어디서부터 이렇게 멀어진 건지 정말 모르겠다. 내가 기억하기로 우리 사이는 샤디가 집에 온 날 처음으로 멀어졌다. 아빠는 애정 어린 손길로 샤디를 품에 안고 있었다. 아빠의 두 눈이 환하게 빛나고 있었다. 그때만 해도 나는 아빠가 퇴근하면 곧장 마중을 나갔었다. 문을 열어주고, 안아달라며 아빠를 향해 양팔을 벌리기도 했다. 세상을 가장 좋고 높은 곳에서 구경할 수 있는 곳은 아빠의 품속이었다. 아빠는 내게 "자, 이제 아빠한테 뽀뽀해줘야지."라고 말하곤 했고, 그러면 나는 즐거워하며 기꺼이 뽀뽀해주었다. 그때 아빠는 내게 말 거는 것을 아직 포기하지 않은 상태였고, 내가 모자란다는 사실도 모르고 있었다. 하지만 샤디가 온 바로 그날, 아빠는 내가 아무리 매달려도 안아주지 않았다. 눈길도 주지 않았다. 마침내 아빠가 샤디에게 뽀뽀를 하고 아기침대에 내려놓았을 때, 나는 아빠의 관심을 끌기 위해 샤디에게 똑같이 뽀뽀해주려 했지만 아빠는 그런 나를 밀쳐냈다. 그래서 절망적이고 외로운 심정으로 아빠 옆에 가만히 서 있었다. 샤디가 울기 시작했다. 그러자 아빠는 황급히 일어나 엄마에게 갔고, 나가면서 내 작은 발을 밟기까지 했다. 나는 고통스러워하며 비명을 질렀지만 아빠는 이미 샤디의 젖병을 가지러 가고 없었다. 젖병을 가지고 돌아온 아빠는 나를 차갑게 쏘아보면서 말했다. "왜 이렇게 비명을 질러?" 아빠는 내 발을 밟고 지나갔다는 사실조차 모르고 있었다. 그다음 날 엄마가 "왜 발에 멍이 들어 있지?"라고 묻자, 며칠 동안 집에 머물며 육아를 거들었던 아빠는 "글쎄? 어디 부딪혔나 보지."라고 대답했다.

그렇게 예민했던 시절 내게 무관심했던 아빠의 태도는 아빠의 마음속에 내가 자리 잡을 공간은 없다는 사실을 보여주었다. 나는 아빠가 또다시 내 발을 밟진 않을지 두려워하며 아빠로부터 거리를 두기 시작했다. 퇴근 후 집에 돌아온 아빠가 나를 안아주는 걸 깜빡한다거나 양팔을 벌리고 있는 나를 보지도 못한 채 지나쳐버리는 일이 몇 번 있고 나서부터는, 옷장 문짝에 달린 거울 앞에 서서 조그맣고 무력한 나의 모습을 바라보곤 했다. 그리고 다시는 애정이 담긴 뽀뽀를 해주며 아빠를 반기는 일은 없을 거라고 다짐했다.

말문이 열리는 시기가 늦어질수록 아빠는 내게서 더 멀어져 갔다. 나라는 존재 자체가 아빠의 자부심과 남성성에 상처를 입히고, 아빠에게 모욕감을 주는 것 같았다. 아빠는 신께서 왜 나 같은 아들을 내려주신 건지 모르겠다는 듯이 혼란스러운 표정을 지으며 나를 쳐다보았다. 그러고는 두 번 다시 내게 말을 걸지 않았다. 반응을 보이지 못하는 사람에게 말 거는 일을 우스꽝스러운 행동이라고 생각한 것 같았다. 아빠가 나에게 한 모든 행동이 의도적이었다는 얘기는 아니지만, 아빠는 내 존재를 수치스러워했고 나는 어린 나이에도 그 사실을 이해했다.

엄마와 아빠가 나를 말하기 치료사 선생님에게 처음 데려갔던 날이 기억난다. 진료실은 어두웠고, 모든 것이 고동색이었다. 벽에는 어떤 미친 사람이 그린 나비처럼 보이는 무서운 그림도 걸려 있었다. 그때 샤디는 18개월이었고 많은 단어를 말할 수 있었다. 샤디가 아기 목소리로 뭔가를 말할 때마다 나는 따귀를 맞는 듯한 기분이 들었다. 다들 미심쩍은 눈빛으로 나를 쳐다보면서 궁금해했다. "왜 너는 말을 못 하니? 너보다 어린 동생도 말할 줄 아는데."

말하기와 관련된 문제는 점점 나의 고질적인 걱정거리가 되어갔다. 뭔가를 말해야 할 때면 심장이 미친 듯이 뛰면서 삑삑거리는 소리까지 들렸고, 주변 사람들의 목소리는 서서히 작아지다 못해 이해하기조차 어려운 소리로 변했다.

아빠가 치료사 선생님에게 말했다. "벌써 네 살이 다 되어가는데도 말을 못 합니다. 18개월인 여동생은 말을 폭포수처럼 쏟아내고 있는데 말이에요."

아빠의 말에 엄마는 반사적으로 "부정 타게 무슨 그런 말을." 이라고 말하며 치료사 선생님의 책상을 콩콩 두드렸다.

아빠가 말을 이었다. "저희 주치의 선생님은 아무 문제 없다고, 머지않아 말을 시작할 거라고 그러시던데, 제가 보기엔 너무 늦어지는 것 같습니다. 뭔가 조치를 취해야 할 것 같아요."

"아이한테 다른 문제는 없나요?"

엄마가 말했다. "화장실을 가리기 시작한 지는 한참 되었는데, 요즘 들어 다시 바지에 실수를 하기 시작했어요."

나는 화들짝 놀라며 엄마를 쳐다보았다. 낯선 사람 앞에서 이런 식으로 나를 난처하게 만들 거라고는 생각지도 못 했었다. 실수라고 해봐야 딱 두 번뿐이었던 데다가, 그것도 엄마 때문에 그런 거였다. 엄마가 나한테 신경도 쓰지 않고 있다가 너무 늦게 챙겨주는 바람에 일어나지 말았어야 하는 일이 일어났던 것이다.

"아이들은 보통 관심을 끌기 위해 그런 행동을 합니다. 아이에게 충분한 관심을 주고 계신가요?"

아빠가 말했다. "저희는 아들을 위해서라면 모든 걸 해주고 있습니다. 하지만 정신적으로도 문제가 있는 것 같아요. 너무 냉담하고 감정 표현이 없거든요. 저를 봐도 기뻐하는 것 같지가 않아요. 심지어는 오랫동안 떨어져 있다가 봐도 그렇고요. 제가 안으려고 하면 막 피하려고도 해요. 뽀뽀도 못 하게 하고, 그 어떤 호의도 받아주지 않아요. 장난감을 사줘도 단 일 초도 기뻐하는 일이 없고요. 장난감을 아예 쳐다보지도 않아요."

엄마가 말했다. "그렇지 않아. 당신이 없을 땐 장난감 갖고 놀아. 그냥 처음에는 관심이 없었던 것뿐이야. 뭐랄까, 새로운 물건이라는 사실을 깨닫지 못한 것처럼 말이야. 가끔 보면, 그냥 고집이 센 게 아닐까 싶어."

아빠가 말했다. "왜? 이 나이대 아이들은 고집을 부린다는 게 뭔지도 몰라."

선생님이 물었다. "신체상의 문제는 없나요? 걷기는 제때 시작했나요? 청력에 문제는 없고요?"

엄마가 대답했다. "잘 모르겠네요. 샤디는 첫돌이 되기 이 주 전부터 걷기 시작했는데, 샤허브는 15개월 때부터 걸었어요. 청력도 글쎄요. 주치의 선생님께서 진찰하셨을 때 청력은 괜찮다고 하셨고, 제 말도 알아들어요. 하지만 만화를 보거나 놀고 있을 때는 제가 불러도 못 들을 때가 있어요. 그리고 혼자 이상한 놀이를 하기도 하는데요. 하늘을 올려다보면서 수영장 주변을 몇 시간씩 내달리다가 갑자기 멈추더니, 몇 초 후에 또다시 내달리기 시작해요. 약간 미친 사람처럼요! 그렇게 놀고 있는 모습을 지켜보고 있으면 머리가 어지러워져서 그만하라고 하는데, 그때도 제 말을 안 들어요."

선생님이 나에게 다가왔다. "아이를 진찰대에 눕혀주세요."

나는 의사 선생님들을 좋아하지 않았다. 예측할 수 없는 사람들이었다. 언제는 사탕을 주다가도, 언제는 아무 이유 없이, 그것도 전혀 아프지 않을 거라고 하면서 주삿바늘로 나를 찔렀다! 주삿바늘에 찔렸다는 사실보다도, 안 아플 거라던 그 말에 더 화가 났다. 선생님을 똑같이 주삿바늘로 찔러서 아파할지 안 할지를 직접 확인해보고 싶었다. 내 주치의 선생님은 멋스러운 백발을 하고 있었다. 선생님은 친절했고, 몸집도 작았다. 하지만 숱이 많고 거무튀튀한 데다가 거대한 콧수염을 갖고 있어서 얼굴을 보고 있으면 만화 속 악당이 떠올랐다. 선생님에게는 조금의 호감도 느낄 수 없었다. 특히 나를 앞에 두고 우리 부모님과 내 모든 결점에 대해 말했기 때문에, 나와 샤디를 비교하면서 샤디가 해낸 성취들에 대해 이야기했기 때문에 더 그랬다. 아빠가 나를 안아서 들어 올렸다. 나는 진찰대에 눕고 싶은 기분이 아니었다. 그래서 일부러 다리를 뻣뻣하게 쭉 뻗었다. 아빠는 엄한 눈빛으로 쏘아보면서 나를 강제로 앉혔다.

아빠가 선생님에게 말했다. "보셨죠! 가끔씩 왜 이렇게 고집을 부리는지 모르겠어요." 선생님은 아빠의 말에 대답하지 않고 내 눈과 목, 심장, 배를 살펴보기 시작했다. 청진기가 너무 차가워서 몸이 부들부들 떨렸다.

"가만히 있으렴!" 선생님은 청진기를 들고 내 얼굴 가까이 다가왔다. "내 말 들리지?"

선생님의 까만 콧수염이 보였다. 색이 하얗게 변한 코털 두 가닥이 코에서 삐져나와 있었다. 바비가 말했다. "콧물 같아!" 웃음이 터져 나올 것 같았다. 선생님은 나에게 계속 말을 걸었지만, 내 모든 관심은 우스꽝스럽게 위아래로 움직이는 선생님의 콧수염에 쏠려 있었다. 어쩌면 코털이 하얀 것이 아니라 정말 코에서 흘러나온 콧물일지도 모르겠다는 생각이 들었다. 그래서 고개를 옆으로 돌려버렸다.

선생님은 또다시 내 이름을 부르면서, 내 얼굴을 자기 쪽으로 돌렸다. "나를 보렴."

나는 다시 힘껏 고개를 돌렸다. 바비가 말했다. "웩…… 왜 코를 안 닦고 다니는 거지? 토할 것 같아!"

"자, 여기 봐야지." 선생님은 다시 내 얼굴을 정면으로 돌렸다. "이렇게 박수 한번 쳐보렴." 그러더니 큰 소리를 내면서 손뼉을 쳤다. "이제 너도 해봐."

나는 못마땅한 표정으로 선생님을 쳐다보았다. 바비가 말했다. "선생님 멍청해! 우리가 샤디랑 동갑인 줄 아나 봐. 손뼉치기 놀이를 하자고 하다니!" 모욕감이 들었다. 나는 팔짱을 끼고 다시 고개를 돌렸다.

선생님의 화가 점점 치솟고 있었다. 대기실에서 울고 떼쓰는 아이들의 소리가 들리자, 직원이 진료실 문틈으로 고개를 들이밀면서 말했다. "선생님, 대기실이 난리예요. 대기 중인 환자가 아직도 많아요. 이러다가는……."

직원의 말에 선생님은 손으로 자신의 책상을 가리켰고, 다시 나를 향해 고개를 돌리더니 단호한 말투로 말했다. "내가 한 말 알아들었니? 이렇게 네 손뼉을 쳐보라는 거야." 나는 다시 고개를 돌리고 양팔을 가슴에 딱 붙이면서 힘껏 팔짱을 꼈다.

선생님은 분명 화가 나 있었다. 선생님은 팔짱을 끼고 있던 내 양팔을 별 힘도 들이지 않고 풀어버렸다. 내가 팔짱을 끼는 데 들였던 힘과 선생님이 나만의 공간을 함부로 침범해 들어온 행동과 결국 선생님이 나를 이겨버린 상황 때문에 얼굴이 붉게 달아올랐다. 나는 내 손을 꽉 붙잡고 있던 선생님의 손 쪽으로 고개를 숙인 다음, 작지만 날카로운 치아로 그 손을 세게 물어 버렸다.

선생님이 "아야!" 하고 소리 지르면서 내 손을 놓아주었다. 도 망가야만 했다. 그래서 그 높은 진찰대에서 뛰어내려 다른 진료실로 내달렸다. 부모님은 충격에 휩싸인 채 그저 바라만 보고 있었다. 아빠가 나를 붙잡으려고 일어났지만, 선생님은 이렇게 말했다. "그냥 두세요. 그건 중요하지 않습니다. 이건 단순히 언어상의 문제가 아니라, 제 생각에는 정신적인 문제도 있는 것 같습니다. 그래서 몇 가지 검사를 해봐야 할 텐데요. 검사 비용이 좀 들 겁니다. 자세한 내용은 접수처 직원을 통해 들으시면 됩니다. 어떻게 할지 결정되면 전화로 예약하시고요." 그러더니 우리가 나갈 때까지 기다릴 수 없다는 듯이 진료실 문을 열었다. 엄마는 서둘러 샤디를 안아 들고, 핸드백을 움켜쥐고서 진료실을 나갔다. 아빠는 나를 향해 조금 더 가까이 다가왔다. 그 러고는 나를 데리고 병원을 나섰다.

부모님은 나를 다시 병원으로 데려가 검사를 받게 하지 않았다. 엄마는 검사를 받는 것에 처음부터 반대했다. "그 선생님은 아무것도 몰라. 샤허브에겐 아무 문제도 없다고, 때가 되면 스스로 말하기 시작할 거라고 하셨던 타바타바이 선생님이 맞았어." 아빠는 검사 비용이 얼마인지를 전해 들은 후 마음을 바꾸었다. 하지만 이제 내가 말 못 하는 이유는 정신적인 문제 때문이라고 확신했다. 물론 엄마의 골치 아픈 반응을 보고 싶지 않았던 아빠는 그런 생각을 입 밖으로 꺼내지는 않았다. 그렇지만 나에게 정신적인 문제가 있는 건지 없는 건지 결단 내리려고 최후의 시도를 했다. 억지로라도 말을 하게끔 만들어보고, 그래도 안 되면 내가 지체아인지 아닌지에 대한 자기만의 생각을 최종적으로 정리해보려는 것이었다.

그 후로 내가 가진 문제는 눈덩이처럼 커다란 문제로 불어나버렸다. 퇴근 후에 집으로 돌아온 아빠는 피곤한 모습을 하고 있었다. 아빠는 샤워를 하고 난 뒤 나를 불렀다. 침착하면서도 밝은 태도를 취하려고 노력하기는 했지만, 자신에게 주어진 책임에 질색하고 있다는 사실이 분명하게 드러났다. 아빠는 거짓된 인내심을 발휘하며 나를 옆에 앉혔다. "샤허브, '사과'라고 말해봐. '사과'!" 나는 입을 꾹 다물고 바닥만 뚫어져라 쳐다보면서 도망칠 기회를 엿보았다. 아빠는 비슷한 말만 반복했다. "자, 이렇게 '사'라고 해보는 거야." 속으로 스트레스를 받고 있었는지 목소리가 점차 떨리기 시작했고, 그로 인해 나는 더욱더 겁이 났다. 머지않아 아빠의 언성이 높아지기 시작했다. "쉽잖아, 그냥 '사과'라고 해보라니까! 내 말 이해 못 해?"

그러면 나는 말문이 완전히 막혀버렸다. 심장은 미친 듯이 뛰었고, 입술을 너무 꽉 깨문 바람에 아프기까지 해서 내 앞에 있는 아빠라는 남자에게 도저히 말을 꺼낼 수가 없었다. 엄마한테 붙잡혀 있던 샤디는 마침내 자유롭게 풀려나 우리에게 달려왔다. 어쩌면 엄마는 샤디를 매개로 나를 구해주기 위해 일부러 그랬던 건지도 모른다. 샤디는 웃으면서 조금의 부끄러움도 없이 아빠 품으로 파고들었다. 아빠는 금세 미소가 번진 얼굴로 엄마에게 말했다. "그냥 둬. 방해되지 않으니까." 그러고는 샤디를 안고 머리에 뽀뽀해주었다. 그런 광경을 보는 것이 내게는 전혀 즐겁지 않았다. 샤디가 오고 나서 분위기는 달라졌지만, 아빠는 여전히 포기하지 않은 채 했던 말을 반복했다. "'사과'라고 말해봐."

그러자 샤디가 자신 있는 목소리로 외쳤다. "사과!" 샤디가 아빠 품에 안겨 있지만 않았더라도, 나는 샤디의 머리를 찰싹 때려버렸을 것이다.

"너한테도 목소리가 있다는 사실을 알고 싶은 것뿐이니까 그냥 아무 소리나 내봐. 고양이는 어떤 소리를 내지?"

이번에 샤디는 카랑카랑한 목소리로 "야옹!" 소리를 냈다. 그렇게 샤디는 계속해서 잘난 체를 했고, 아빠는 점점 더 샤디에게 푹 빠져버리더니 내 존재는 까맣게 잊고 말았다. 나는 그 순간을 기회로 삼아 몰래 빠져나와서는 내 방에 숨어버렸다. 그러다 시간이 조금 지나자 아빠는 나를 그냥 혼자 내버려 두었고, 그 형편없는 수업 시간도 끝나버렸다.

17

늦은 가을이었다. 오후 네 시 즈음 페레슈테 누나가 우리 집에 찾아왔다. 전보다 더 마르고 창백해 보였다. 나는 재빨리 계단으로 달려갔지만 일 층으로 내려가지는 않고 난간 옆에 앉아 누나의 말소리를 들었다. 누나가 엄마에게 물었다. "샤허브한테 내려오라고 해주세요. 샤허브 데리고 나갔다 오고 싶어요." 엄마는 놀란 표정으로 누나를 보면서 말했다. "또 무슨 일이니? 왜 데리고 가고 싶은 거야? 학기도 시작했고, 듣자 하니 숙제도 많다고 하던데. 요즘엔 날씨도 추운 데다가 날도 빨리 저물고 있단다. 그래서 너희 둘이 외출하는 게 이제는 별로 좋은 생각이 아닌 것 같아."

"공원에서 좀 쉬고 싶을 뿐이에요. 공원에 책을 가져가서 샤허브가 놀 동안 공부할 거예요. 집에 있으면 지루해서요. 저는 밖에서 맑은 공기를 마실 때 공부가 더 잘 돼요."

아시가 말했다. "완전 거짓말쟁이! 누나 따라가면 안 돼!"

엄마가 말했다. "글쎄, 나는 잘 모르겠구나. 네가 뭘 하든 그건 너와 네 부모님 뜻에 달려 있는 문제이지만, 내 생각에 샤허브는 그렇게 나가고 싶어 하지 않는 것 같아."

"제가 직접 물어보면 안 될까요?"

나는 곧장 방으로 들어가 이불 속에 몸을 숨기고 자는 척했다. 페레슈테 누나가 내 방으로 들어왔다. 누나는 침대 옆에 앉아서 조용한 목소리로 말했다. "어서 일어나! 어린애처럼 굴지 말고. 지금 낮잠 잘 시간이 아니야. 어서 공원에 가자." 나는 누나에게서 등을 돌렸다. "정말 공원에만 갔다 올 거야. 약속해. 라민 형이 널 정말 보고 싶어 해. 너를 위해서 끝내주는 차도 끌고 온대. 어서! 늦었어."

누나는 그렇게 말하더니 갑자기 침묵했고, 나는 누나가 왜 그러는지 궁금했다. 그래서 이불 틈으로 슬쩍 쳐다보았다. 누나는 방문 옆에 서 있는 엄마를 아까보다 더 창백해진 얼굴로 쳐다보고 있었다. 엄마가 언제부터 거기에 서 있던 건지, 누나의 말을 엿들은 건 아닌지, 누나도 나도 정확히 알 수 없었다. 누나가 말을 더듬으며 말했다. "샤허브가 자는 척하고 있네요."

엄마는 미심쩍은 표정으로 누나를 보면서 말했다. "그냥 두렴. 얼마나 고집이 센지 너도 잘 알잖니. 자기가 원하지 않는 건 절대 안 해. 나가자고 강요하면 너만 더 힘들어질 거야. 집에 있는 게 지루하면, 그냥 여기서 공부하렴."

아시가 웃으며 말했다. "엄마 진짜 바보 같다!" 우리는 이불

속에 얼굴을 감춘 채 웃어댔다.

누나는 침울해하며 침대에서 일어났고, 이불로 가려진 내 등을 톡톡 두드리며 말했다. "너까지 나를 이렇게 애태우다니……" 그러고는 방에서 나갔다.

날이 어두워지기 시작했을 때 누군가가 초인종을 울렸다. 엄마는 버튼을 눌러 문을 열어주었다. 그러자 호스로우 형이 거실로 뛰어 들어왔다. 형은 나를 보자마자 "어! 너네 돌아왔구나? 페레슈테는 어딨어? 왜 집에 안 오는 거지?"라고 말했다. 그러더니 큰 소리로 외쳤다. "페레슈테! 어딨어? 서둘러! 곧 아빠가 집에 오신단 말이야."

엄마가 형에게 다가가 말했다. "호스로우, 무슨 일이니? 페레슈테 찾는 거야?"

"어, 안녕하세요! 네. 걔 왜 여기서 놀고 있대요? 얼른 집으로 오라고 좀 전해주세요."

"페레슈테는 여기에 없어."

"그럼 샤허브는 집에 어떻게 돌아온 거예요? 둘이 같이 있던 거 아니에요?"

"아니. 오후에 페레슈테가 샤허브를 데리러 오긴 했었는데 샤허브가 안 따라 나갔거든. 페레슈테 아직 집에 안 들어왔니?"

"그럼 누구랑 간 거예요?"

"글쎄, 혼자 갔나 보네. 공원에서 공부하고 싶다고 하더라고."

호스로우 형은 인사도 없이 집 밖으로 뛰쳐나갔다. 그리고 5분

후, 파타네 큰엄마와 함께 다시 나타났다.

"마리얌, 페레슈테 어딨어?"

"모르겠어요. 오늘 오후에 샤허브를 데리러 왔었는데, 샤허브
가 몸이 안 좋았는지 따라가지 않았거든요. 그래서 집으로 돌아
간 줄 알았어요."

"아니, 안 왔어! 이제 어떡하지? 애 아빠가 알면 난리 날 텐
데."

"아직 그렇게 늦진 않았어요. 페레슈테가 책을 가지고 왔었어
요. 공부하고 싶다면서요."

큰엄마가 답답해하며 말했다. "지금 밖은 춥고 어두컴컴하단
말이야! 거짓말한 게 뻔하지. 토요일에만 학교 간다는 애들처
럼 말이야!"•

"친구랑 공부하러 갔을지도 모르죠."

"어떤 친구?"

"제가 어떻게 알겠어요? 형님이 알고 계시겠죠. 페레슈테 친
구들 번호 모르세요? 전화해서 같이 있는지 확인해보시는 건
어때요?"

"이 밤중에?"

"어린애들은 시간 가는 줄도 모르고 놀잖아요."

• 해야 할 일을 부적절한 시간에 하는 행동의 무의미함을 지적하는 페르시아어
　속담.

호스로우 형이 말했다. "또 수산네 집에 갔을지도 몰라요. 그 애 번호 갖고 있어요. 한번 걸어봐요."

"그러자. 동서, 방해해서 미안해. 나세르한테는 말하지 말고. 어머님께서 집에 안 계셔서 천만다행이지, 계셨으면 그이한테 다 말씀하셨을 거야. 애가 어디 간 건지는 모르겠지만 곧 나타나겠지."

"페레슈테가 돌아오면 저한테도 알려주세요."

"알겠어."

큰엄마와 형이 떠나자마자 엄마가 나에게 말했다. "네가 페레슈테를 따라가지 않아서 다행이야. 그런데 왜 안 갔던 거니? 혹시 누나 어디에 있는지 알아?" 나는 어깨를 한번 으쓱해 보이기만 했다.

한 시간 후, 아빠와 아라쉬 형이 집으로 돌아왔다. 불쌍한 아라쉬 형은 피곤에 찌든 나머지 제대로 걷지도 못 했다. 엄마는 형에게 달려가 가방을 들어주면서 말했다. "자, 어서 가서 씻으렴. 저녁 준비돼 있단다. 너무 피곤하지?"

아라쉬 형은 저녁 밥상 앞에서 꾸벅꾸벅 졸았다. 엄마가 말했다. "아라쉬, 얼른 먹고 가서 자."

"안 돼요. 내일 볼 시험 공부해야 돼요."

"괜찮아, 아들. 그냥 자. 지금은 너무 피곤해서 공부 못 해. 내일 아침 일찍 엄마가 깨워줄게."

형은 밥을 몇 숟가락 더 뜨더니 몸을 질질 끌며 느릿느릿 방으로 들어갔다. 엄마가 아빠에게 물었다. "왜 이렇게까지 애한테 부담을 주는 거야? 수학 과외를 추가로 받아야 하는 이유가 뭔데? 학교에서 충분히 잘하고 있잖아."

"잘하다니, 전혀! 수학에서 B학점을 받아왔다니까."

"아라쉬 수준에서는 좋은 점수야. 이제 초등학생도 아니잖아. 지금 배우는 과목들은 예전보다 훨씬 어려워. 항상 A만 받을 수는 없어."

"아니, 얼마든지 받을 수 있어! 내 아들은 수학 경시대회에 나가야 해. 지금 우리가 잘 관리해주지 않으면 절대 일등 못 할 거야."

"일등해서 뭐할 건데? 어떤 상을 받든 건강이 더 중요하다고! 도대체 왜 이렇게 일등에 집착하는 거야?"

"난 아라쉬의 미래를 걱정하고 있는 거야. 이 녀석은 우리의 자부심과 기쁨이 되어야 해."

"고작 그거 때문이라니! 아라쉬의 미래 따위는 그냥 당신 평계일 뿐인 거잖아. 당신은 지금 당신 생각만 하고 있는 거야. 아라쉬가 반에서 일등했다고 자랑하고 동네방네 떠벌리고 싶은 것뿐이지. 당신은 아라쉬가 부담감에 짓눌려 쓰러지든 말든 신경도 안 쓰는 사람이야."

엄마는 화를 내며 접시들을 싱크대에 넣었다.

아시가 말했다. "엄마 최고! 이럴 때 보면 우리 엄마 진짜 똑똑하다니까."

양치질을 하고 있는데 또다시 초인종이 울렸다. 이번에는 아빠가 인터폰 수화기를 들고 누가 온 건지 확인했다. 아빠가 말했다. "형이네! 이 밤중에 여긴 웬일이지?" 아빠는 조금 전에 잠그고 들어왔던 문을 열었다. 큰아빠와 호스로우 형과 큰엄마가 다 같이 집으로 들어왔다. 아빠가 물었다. "무슨 일이에요?"

"큰일 났어! 페레슈테가 사라졌어!"

엄마가 큰엄마에게 물었다. "친구네 집에 없대요? 전화해보셨어요?"

"어, 페레슈테 주소록에 적혀 있는 번호마다 전부 전화를 걸어봤는데, 애가 어디에 있는지 아는 사람이 한 명도 없어!"

아빠가 물었다. "형, 애가 어디 간다고도 말 안 했어? 허락 없이 그냥 나간 거야? 언제 나간 거야?"

"나도 몰라! 애 엄마한테나 물어봐!"

큰엄마가 눈물을 터뜨렸다. "평소처럼 샤허브랑 놀겠다고 나갔었어. 우리 불쌍한 딸. 마음이 너무 착해서 샤허브를 위해 뭔가 해주고 싶었던 거야. 그 애는 샤허브가 말을 하게 만들 수 있다고 생각했어. 그래서 여름부터 내내 하루에 몇 시간씩 샤허브랑 같이 있으면서 이것저것 가르쳐줬고. 나는 이제 그만하라고, 학교 공부에나 더 집중하라고도 했었어. 하지만 내가 시간 낭비라고 해도 페레슈테는 샤허브를 안쓰럽게 여겼어. 누군가는 뭔가를 해야 한다면서. 작은아빠를 기쁘게 해드리고 싶다면서. 오늘도 평소처럼 샤허브를 데리러 온 건데, 샤허브가 따라가지 않았을 뿐이야. 도대체 혼자 어디로 가버린 건지!"

엄마는 큰엄마의 말에 화들짝 놀라더니 화가 난 목소리로 물었다. "그게 무슨 말씀이세요? 매일이라뇨? 페레슈테가 샤허브랑 마지막으로 외출한 지가 벌써 석 달은 더 됐는걸요!"

"뭐라고? 샤허브랑 공원에 갔던 게 아니란 말이야? 내가 여기 와서 동서한테 직접 물어본 적도 있잖아!"

"그건 여름 동안에 그랬던 거고요. 한 달인가, 한 달하고도 보름 동안은 저희 집에 찾아와서 샤허브를 데리고 공원에 갔었어요. 하지만 그 후로는 샤허브가 따라가고 싶어 하지 않았고, 그래서 한동안 오지 않다가 오늘 오후에 왔던 거예요. 샤허브는 이번에도 따라가지 않으려 했던 거고요."

큰아빠와 큰엄마, 호스로우 형이 전부 혼란스럽다는 표정으로 엄마를 빤히 응시했다. 큰엄마와 호스로우 형보다 먼저 상황을 파악한 큰아빠는 점점 더 열을 올렸다. 그러고는 큰엄마에게 "그래서, 페레슈테가 매일 낮마다 어디에 갔던 건데?"라며 쏘아붙였다. 큰엄마는 말을 더듬거리기 시작했다. 그리고 새파랗게 질린 얼굴로 대답했다 "정말 나도 모른다니까! 마리암, 방금 한 말 확실해? 동서가 모르는 사이 샤허브를 길에서 만났을 수도 있잖아."

엄마는 이제 누가 봐도 화가 난 모습이었다. "그게 무슨 말씀이세요? 저희 애들이 저도 모르는 사이에 길거리에 나가 있던 적이 있었나요? 저는 애들이 뭐 하고 있는지를 5분마다 확인하는 사람이에요. 어떻게 제 눈을 피해서 두 시간씩이나 나가 있을 수 있겠어요? 그건 불가능해요! 페레슈테가 어디를 갔든 자기 혼자 간 거지, 저희 아들이랑 간 거 아니에요."

큰아빠가 큰엄마에게 호통을 쳤다. "이게 다 당신 때문이야! 당신이 애를 이 모양으로 키워놔서 그런 거라고! 한 놈 망쳐놓더니 나머지 한 놈까지 망쳐놓고. 당신 애 엄마 맞아? 딸이 매일 두 시간씩이나 밖에 나가 있는데 어디 있는지도 몰랐다는 게 말이 돼?"

"나더러 어쩌라는 거야? 페레슈테가 내 딸이기만 한 건 아니잖아! 당신은 왜 애한테 관심 한번 안 준건데? 내 가엾은 딸이 자기 친척 동생 좀 도와주고 싶다는데, 그럼 안 된다고 해?"

"지금 그거 핑계밖에 안 된다는 거 아직도 몰라?"

아빠가 두 사람의 대화에 끼어들었다. "지금 싸울 때가 아니에요. 페레슈테를 찾는 게 중요하죠. 어디 갈 만한 곳 생각 안 나세요?"

"페레슈테 친구들한테 전부 전화를 걸어봤는데 그 애들은 만난 적 없대."

"친척들 집은요? 어머님 댁에 있을지도 모르잖아요?"

큰엄마가 말했다. "그건 안 돼! 어머님께서 아시면 큰일 나. 마리얌, 이번 일은 혼자만 알고 있어야 해. 절대 아무한테도 얘기하지 마."

"걱정 마세요. 어차피 저는 만나는 사람도 없고, 시가 식구들이랑 매일 한 시간씩 통화하지도, 무슨 일이 있었는지 미주알고 주알 얘기하지도 않으니까요!"

큰엄마가 불안해했다. 그러자 아빠가 말했다. "화가 났던 거라면 친척들 집에 갔을 거예요. 두 분 부부싸움 같은 거 하셨었어요? 페레슈테가 외출할 때 화가 난 상태이기라도 했나요?"

"아니. 싸움 같은 거 안 했어. 그냥 샤허브를 내버려 두라는 말만 했어. 나아질 애였다면 이미 나아졌을 거라고. 하지만 대꾸 없이 나가버리더라고. 요즘 들어 애가 평소답지 않긴 했어. 전보다 내성적으로 변하고, 살도 빠졌어. 우울해했고, 샤허브 걱정하느라 그랬던 것 같아." 그 말에 엄마는 헛웃음을 쳤다.

큰아빠가 말했다. "엄마한테 전화를 걸어봐야 할 것 같아. 이러쿵저러쿵 설명할 필요 없어. 그냥 목소리 들어보면 무슨 일이 있었는지 알 수 있을 거야."

큰엄마가 말했다. "오후에 어머님이랑 한 시간 동안 통화했었어. 내가 또 전화를 걸면 의심하실 거야. 이번에는 마리얌이 걸어봐야 할 것 같아."

"제가요? 제가 하면 더 의심하실걸요? 저는 중요한 일이 있을 때만 연락드리거든요."

아빠가 말했다. "그럼 내가 연락해서 어떻게 지내시느냐고 물어볼까?"

큰아빠가 말했다. "그래, 나세르. 네가 걸어. 뭐든 아는 게 있으면 말씀해주실 거야."

아빠가 전화기를 들고 할머니와 샤힌 고모와 통화했다. 큰엄마는 본가 식구들에게도 전화를 걸어보았지만 별 소용이 없었다. 큰엄마는 결국 울기 시작했고 큰아빠는 걱정스러운 마음에 거실에서 계속 서성거렸다. 나는 어리둥절했다. 아시와 바비도 조용했다. 그러던 중 아빠가 말했다. "경찰에 신고해야겠어요."

큰엄마가 말했다. "어머, 안 돼!"

불현듯 엄마가 해결책이라도 찾은 듯이 벌떡 일어났다. "알겠어요! 그 사람들이 데려갔을지도 몰라요."

"그 사람들이라니?"

"도덕경찰들 말이에요! 걱정 마세요. 큰일 아니에요. 요즘 도덕경찰들이 공원을 돌면서 젊은 애들을 시도 때도 없이 체포해 간다고 하더라고요."

"뭐 때문에 체포를 해?"

"구실은 다양하대요. 히잡을 제대로 안 썼다면서 데려가는 경우가 가장 흔하고요."

아빠가 말했다. "마리얌 말이 맞아요. 저희 집에서 나간 후 공원으로 갔을 거예요. 도덕경찰들이 한 시간 간격으로 십대 아이들을 잡아다가 경찰서로 데려가던데, 못 보셨어요?"

큰아빠가 화를 내며 말했다. "이년이 부끄러운 줄도 모르고! 체포된 거면 그냥 내버려 둘 거야! 옷은 어떻게 입고 나갔어?"

엄마가 큰아빠를 진정시키려고 했다. "꼭 옷차림에 문제가 있어야 하는 건 아니에요. 도덕경찰들은 어떻게든 트집을 잡거든요."

"그래서 뭐, 그럼 이제 어떡해야 해?"

아빠가 말했다. "아무것도. 우리가 경찰서에 가서 찾아볼게."

"이 녀석 가만 안 둘 거야."

"형, 진정해. 일단은 애를 찾아야지."

엄마가 말했다. "아주버님, 너무 걱정하지 마세요. 요즘 십대 아이 키우는 부모들한테는 흔한 일이에요. 제가 회사를 다니던 시절에는 자기 자식이 도덕경찰에 체포됐던 경험이 없는 동료가 한 명도 없을 정도였어요. 요즘은 꽤 흔하게 벌어지는 일이에요. 너무 심각하게 받아들이지 마세요. 경찰서에 있는 거라면 그래도 다행이죠. 더 끔찍한 일이 벌어질 수도 있는 거니까요." 다들 어떤 무시무시한 상상이라도 하고 있는 듯한 표정으로 엄마를 멍하니 바라보았다.

어른들은 페레슈테 누나가 돌아오거나 전화라도 할까 봐 호스로우 형만 먼저 집에 보냈다. 아빠와 큰아빠는 경찰서 곳곳을 들러보려고 차를 타고 떠났다. 큰엄마는 혼자 있다가는 페레슈테 누나를 걱정하다가 미쳐버릴 것 같다며 엄마 곁에 머물렀다. 샤디는 어느새 소파에서 잠들어 있었다. 엄마가 샤디를 안아 들고 이 층으로 올라왔다. 나는 내 방 안으로 뛰어 들어가 자고 있는 척했다. 엄마는 샤디를 침대에 눕혀놓은 다음, 내 침대에 걸터앉았다. 그리고 그 상태로 내 양말을 벗겨주고 이불을 덮어주었다. 내 머리를 쓰다듬고서 볼에 살며시 뽀뽀도 해주었다. 엄마가 그렇게 해주는 게 정말 좋았다.

18

한밤중에 초인종 소리와 말소리가 들려와 잠에서 깨고 말았다. 잠이 들기는 했었던 건지도 긴가민가했다. 계단으로 가보니 엄마와 큰엄마가 아빠와 큰아빠에게 질문을 쏟아내고 있었다.

"무슨 일 있었어? 페레슈테는 찾았고?"

나는 계단 난간에 몸을 기댄 채 어둠 속에 앉았다. 큰아빠가 몸을 앞으로 숙이자, 아빠는 큰아빠를 소파까지 부축했다. 큰엄마는 머리를 쥐어뜯으면서 눈물을 흘렸다. "무슨 일 있었던 거야?"

"아무 일도 없었어요. 허리에 또 무리가 온 것뿐이에요. 페레슈테는 찾지 못했고요."

엄마가 초조한 목소리로 물었다. "경찰서에 없어? 당신은 어디 갔다 온 거야?"

"사방을 돌아다녔지. 경찰서도 전부 다 가봤어. 이 근처에 있는 병원까지 다 확인해봤고. 결국 경찰에 신고할 수밖에 없었어. 뭐든 알고 있는 사람이 하나도 없더라고. 아침에는 영안실에 가보려고 해."

큰엄마가 비명을 지르다가 소파에 쓰러졌다.

엄마가 말했다. "형님이 이렇게 힘들어하시는데, 말 좀 조심해!"

영영 끝나지 않을 것 같은 고된 밤이었다. 어른들은 딱딱한 바닥에 이불을 펼치고 그 위에 큰아빠를 눕혔다. 큰아빠는 이불에 누워서 천장을 뚫어져라 응시했다. 다른 어른들은 소파에 앉았다. 큰엄마는 울음을 멈추지 않았다. 나는 자리에서 일어나 내 방으로 돌아갔다.

다음 날 나는 악몽을 꾸다가 온몸이 땀에 흠뻑 젖은 채로 일찍이 잠에서 깨버렸다. 샤디는 아직 자고 있었다. 사방이 고요했다. 나는 방에서 나와 안방 문을 살짝 열어보았다. 침대에 엄마 아빠가 없었다. 둘 다 집을 나간 걸까 봐 마음이 불안했다. 살금살금 계단을 내려가보았다. 소파에 잠들어 있는 아빠를 발견하고는 안심이 되었다. 엄마를 찾으려고 부엌에 가보았지만 엄마의 모습은 보이지 않았다. 그때 아라쉬 형의 방 문 아래로 희미한 불빛이 새어 나오고 있는 것이 보였다. 문틈으로 얼굴만 밀어 넣어 안을 살펴보았다. 형이 책상 앞에 앉아 공부를 하고 있었다. 그리고 엄마는 형의 침대에 누워 있었다. 나는 천천히 방 안으로 들어가 침대 옆에 섰다. 엄마가 나를 보고 화들짝 놀랐다. "왜 이렇게 일찍 일어났어? 여섯 시 반밖에 안 됐는데! 어젯밤에 엄청 늦게 잤잖니." 나는 엄마 옆에 누워서 딱 달라붙었다. 엄마 옆에 있으면 안전하다는 느낌이 들었다. 아라쉬 형이 뒤돌아보더니 엄마에게 물었다. "큰아빠 오셨을 때도 깨어 있었어요?"

"어. 샤허브가 어제 언제 잠들었던 건지도 모르겠네."

"그럼 페레슈테가 샤허브를 '걱정'했다는 게 전부 거짓말이었던 거예요?"

엄마가 말했다. "처음부터 수상쩍기는 했었어."

"그럼 왜 샤허브를 데려가게 내버려 두셨던 거예요?"

"그야 페레슈테는 다른 애들과 다르니까. 페레슈테는 다정한 애야. 샤허브가 아주 어렸을 때 정말 예뻐해줬었어."

"그건 맞지만, 샤디가 태어난 후에는 버려버렸잖아요. 그럼 이제 어떻게 되는 거예요? 큰아빠네가 페레슈테를 찾을 수 있을까요?"

"그건 아무도 모르지. 찾는다 해도 페레슈테가 어떤 상태일지, 그것도 알 수가 없고. 우리가 할 수 있는 건 기도뿐이란다. 불쌍한 페레슈테. 신께서 보살펴주셔야 할 텐데."

"아빠는 오늘 저 학교에 데려다주신대요?"

"어쩌지, 그건 안 되겠네. 조금만 더 주무시게 두자. 밤새 한숨도 못 잤는데 여덟 시에는 큰집에 가야 한댔거든. 오늘도 고단한 하루를 보내게 될 거야."

"알겠어요. 학교는 혼자 갈게요. 오후에는 영어 수업이 있어서 데리러 오지 않으셔도 돼요. 끝나면 집으로 올게요."

"오후 수업은 빠지렴. 네가 밤중에 혼자 집에 오는 건 내키지 않아."

"전 여자애가 아니에요. 저는 납치 안 당해요!"

"그건 알지만, 이번 한 번만 그렇게 해주렴. 수업 한 번 빠진다고 세상이 끝나는 건 아니잖니."

"저도 그러고 싶지만, 수업 빠지면 아빠한테 혼날까 봐 무서워요."

"아빠는 엄마가 알아서 할게. 그러니까 집에 일찍 오렴. 네 도움이 필요할 수도 있어."

아침에는 아무것도 먹을 수가 없었다. 토할 것 같았다. 페레슈테 누나는 어떻게 된 걸까? 라민 형이 무슨 짓을 한 건 아닐까? 둘이 그 방에서 뭘 했던 걸까? 그 역겨운 방에 처음부터 가지 않으면 좋았을 텐데. 경찰들은 왜 형이랑 누나가 공원에서 만나지 못하게 한 걸까? 이상한 행동도, 나쁜 짓도 하나도 안했는데. 그냥 대화를 나눴을 뿐이었는데.

아빠와 큰아빠가 떠난 후, 큰엄마가 우리 집에 찾아왔다. 큰엄마는 여전히 울고 있었다. 엄마는 큰엄마를 위로해주려고 했지만, 엄마가 하는 말에는 분명 진심이 담겨 있지 않았다. 엄마가 아침 식사가 담긴 쟁반을 거실로 가져왔다. 그리고 샤디를 앞에 앉혀두고 밥을 먹여주었다. 큰엄마가 말했다. "이 일을 누구한테 털어놓을 수 있을까? 어쩌다 이렇게 망신스러운 일이! 너무 비참해! 대체 내가 무슨 짓을 했길래 나한테 이런 일이 일어난 거지?"

엄마는 희망적인 말들로 큰엄마를 위로해주려고 했다. 큰엄마와 엄마가 처음으로 친구 사이처럼 보이는 순간이었다. 둘 중 누구도 자신이 상대방보다 더 우월하다는 점을 증명해 보이려 하지 않았다. 서로를 모욕하는 말도 하지 않았다. 둘 다 진심으로 고통을 느끼며 슬퍼하고 있었다. 큰엄마가 안쓰러웠다. 샤디는 아침 먹기를 거부하고 놀고 있었다. 엄마는 큰엄마와 대화를 하다가 손에 토스트와 잼을 들고 있다는 사실조차 까맣게 잊고 말았다. 큰엄마가 물었다. "그러니까 페레슈테가 공원에 간다고 했을 때마다 거짓말을 했던 거잖아? 샤허브가 언제부터 안 따라갔던 거야?"

"오래됐어요. 8월이 마지막이었던 것 같아요. 어느 날에는 둘이 집에 돌아올 때 보니까 샤허브가 울었던 흔적이 있더라고요. 그리고 바로 다음 날 페레슈테가 공원에 가자고 찾아오니, 샤허브가 안 가겠다면서 방에서 내려오지도 않았어요. 페레슈테가 아이스크림이랑 장난감을 사주겠다고 해도 소용없었고요. 그때 페레슈테가 가자고 고집을 부려서 저도 조금 놀랐었어요."

"동서 생각에는 무슨 일 때문이었던 거 같아?"

"페레슈테한테 직접 물어봤었어요. 그랬더니 샤허브가 그네를 타고 있을 때 옆에 앉아 있다가 친구들을 몇 명 마주쳤대요. 그리고 그 친구들이랑 노점상에서 먹을 것 좀 사려고 갔는데, 페레슈테가 사라진 걸 모르고 있었던 샤허브가 뒤늦게 화가 났던 거래요. 샤허브는 페레슈테가 자기를 버리고 떠난 줄 알았던 거고, 그래서 더 이상 같이 안 다니려고 한다는 말이었어요."

"그럴듯한 설명이기는 하네."

"진짜인지는 모르겠어요. 샤허브는 혼자 남겨지는 것에 예민한 아이거든요. 제가 직장 생활을 하던 시절에는 출근할 때마다 매일같이 울었어요. 마치 혼자 남겨지는 경험을 처음 하는 아이처럼요. 저희가 자기를 혼자 내버려 두고 떠날지도 모른다는 두려움을 항상 갖고 있었던 것 같아요. 밖에 나가면 항상 제 손을 꼭 붙잡고 다녀요. 제가 도망가버리기라도 할 것처럼요! 하지만 샤허브가 페레슈테에게 화가 났던 건 그것보다 훨씬 이전부터 지속됐었어요. 제 생각에는 다른 이유가 있었던 것 같아요."

"샤허브가 말을 할 수 있으면 좋을 텐데. 다른 애라면 좋을 텐데."

엄마가 그 말에 화를 냈다. "다르다니요? 어떻게요?"

"아, 미안해! 화내지 말아줘. 나도 모르게 튀어나온 말이었어. 지금 상태가 말이 아니라서. 제발 나한테 화내지 말아줘. 지금 내가 기댈 수 있는 유일한 사람은 동서뿐이야. 단지, 샤허브가 말을 할 수 있으면 정말 좋겠다는 의미로 한 말이었어. 뭔가 도움이 될 만한 사실을 알고 있을 수도 있잖아."

"잠시만요! 샤디에게 토스트 좀 먹여주고 계세요. 제가 샤허브한테 가서 얘기해볼게요."

엄마와 큰엄마가 대화를 나누는 내내, 나는 계단 맨 아래 칸에 앉아서 엿듣고 있었다.

아시가 말했다. "이제 어떡하지? 말해줘야 하나? 그 가게로 데려가야 하나?"

바비가 말했다. "안 돼! 혹시라도 누군가가 그 가게에 대해 알게 될까 봐 페레슈테 누나가 얼마나 걱정했는지 기억 안 나? 엄마랑 큰엄마한테 말해줬다가 큰아빠가 거길 찾아내기라도 하면 어떡해? 큰아빠가 누나 찾으면 가만 안 둘 거라고 그랬잖아."

아시가 말했다. "맞다, 이스마엘 아저씨도 있잖아! 아저씨가 또 우리를 끌어안고 쫓아오기라도 하면 어떡해? 난 그 아저씨 너무 싫어."

엄마가 계단 쪽으로 다가왔다. 나는 계단을 올라 내 방으로 들어간 다음, 엄마가 정리해줄 시간이 없었던 터라 구깃구깃한 상태로 널브러져 있던 이불 속에 숨어버렸다. 엄마가 살며시 이불을 들어 올리면서 말했다. "샤허브, 우리 아들. 일어나보렴. 안 자고 있는 거 알아."

나는 몸을 일으켰지만 엄마를 쳐다보지는 않고 고개를 푹 숙였다. 그러자 엄마는 손가락 두 개를 내 턱에 대고 천천히 얼굴을 들어 올렸다. 그러고는 내 눈을 똑바로 쳐다보면서 말했다. "샤허브, 지금 무슨 일이 일어나고 있는지 알고 있니? 누군가가 페레슈테 누나를 납치해 간 것 같아. 그래서 누나를 찾아야 하는데, 네가 도와줄 수 있겠니?"

아시가 말했다. "우리가? 도와준다고? 하지만 우린 멍청한 데

146

다가 말도 못 하잖아!"

엄마가 말을 이었다. "아가, 엄마가 지금부터 너한테 몇 가지 질문을 할 건데, 대답할 필요는 없고 그냥 잘 들어줬으면 좋겠어. 대답하고 싶으면, 엄마가 하는 말이 맞을 때 고개를 끄덕여주면 돼. 알겠지? 페레슈테 누나랑 외출했을 때, 공원에만 갔니?" 내가 '아니요'라는 의미로 고개를 살짝 움직이자 엄마가 그 의미를 해석했다. "공원 말고 또 어디에 갔었니?" 나는 입술을 꾹 다문 채 얼굴을 획 돌려버렸다. "아, 미안. 내가 질문을 잘못했네. 네가 공원 말고 갔던 그 다른 곳, 혹시 어디인지 알고있니?" 그 질문에 나도 모르게 눈을 깜빡였다. 엄마는 그런 내반응에 굉장히 초조해진 것 같았다. "엄마를 거기로 데려가줄수 있어?" 내가 느끼는 두려움이 내 눈을 통해 고스란히 드러나고 있는 것 같았다. 엄마가 "무섭니?"라고 물었기 때문이다. 나는 고개를 끄덕였다. "걱정 마. 엄마가 옆에 있을 거야. 아무도 널 해치지 못하게 할 거야. 아빠를 부를 수도 있어." 그 말을 들으니 더더욱 두려웠다. 나는 엄마를 밀쳐내면서 내 얼굴을 붙잡고 있던 엄마 손도 뿌리쳤다. "그래, 알겠어. 아무한테도 말 안할게. 엄마랑 샤허브만 아는 거야. 약속할게. 알겠지? 엄마 거기로 데려가줄래? 페레슈테 누나 찾고 싶지 않니? 우리가 페레슈테를 찾아서 구해주면 정말 좋은 일이 생긴 거야, 다들 행복해하고, 네가 얼마나 착한 아이인지도 깨닫게 될 거야."

엄마가 아닌 다른 사람이 내가 얼마나 착한 아이인지를 깨닫게 되든 말든, 나한테는 상관없는 일이었다. 엄마는 내가 입고 있던 꼬질꼬질하고 쭈글쭈글한 웃옷을 서둘러 갈아입혔다. 그리고 나를 데리고 아래층으로 내려갔다. 큰엄마는 우유가 담긴 컵을 들고 멍하니 계단을 바라보고 있었다. 샤디가 우유를 먹으려 하고 있었지만 큰엄마는 그걸 전혀 눈치채지 못한 채 컵을 기울여주지도 않았다. 엄마가 코트를 챙겨입고 말했다. "형님, 샤디랑 집에 계세요. 샤허브랑 나갔다가 금방 돌아올게요."

"페레슈테가 어디에 있는지 안대?"

"가봐야 알겠죠."

"나도 같이 갈래. 여기 있다간 미쳐버릴 것 같아."

"아뇨, 안 돼요. 그럼 샤디는 어떡해요? 게다가 페레슈테가 전화를 걸지도 모르잖아요. 누군가는 여기 남아서 전화를 받아야 해요. 제가 금방 갔다 올게요."

"그 애 말을 정말 믿어도 될까?"

"정 의심스러우시다면 그냥 여기 있을게요. 페레슈테가 6개월 전 샤허브랑 갔던 곳에 있을지도 모르는 일이지만요."

"아, 아냐! 미안해, 용서해줘. 어서 가봐. 실마리를 찾을 수도 있잖아!"

19

나는 샤허브를 믿었다. 샤허브는 내 손을 붙잡고 자신 있게 앞장섰다. 중요한 존재로 여겨지고 있다는 사실에 너무도 기뻐서 그 기쁨이 두려움까지 압도한 것이었다. 거리 몇 군데를 지나고 나자 내가 움켜잡고 있던 샤허브의 손이 떨리기 시작했고, 발걸음도 조금씩 느려졌다.

"아들, 무슨 일이니? 다 온 거야? 무슨 문제 있어? 두렵니? 걱정 마. 엄마 여기 있잖아. 그냥 엄마한테 건물만 보여줘."

샤허브는 파르르 떨리는 손가락으로 한 건물을 가리켰다.

"어떤 거야? 저 빨간 건물?" 샤허브는 고개를 끄덕이더니 몇 걸음 가까이 다가가 건물 위에 있는 간판을 가리켰다. "가게 말하는 거야?" 샤허브가 다시 한번 고개를 끄덕였다. "샤허브, 우리 아가, 혹시 여기 다른 사람이랑 같이 왔었어? 아니면 너랑 페레슈테뿐이었어?" 샤허브는 '아니요!'라는 의미로 고개를 세차게 흔들었다. "그래, 다른 누가 있었던 거구나. 그게 누구였어? 남자였어? 얼굴 보면 누군지 알아볼 수 있겠니? 이거 꽝장히 중요한 문제야." 그러자 샤허브는 '네'라는 의미로 고개를 끄덕였다. "우리 착한 아들. 진짜 바보들은 너를 바보라고 생각하는 사람들인데!"

가게로 다가가자 샤허브가 손을 잡아 뺐다.

"왜 그래? 가보자. 가서 무슨 일이 벌어지고 있는 건지 확인해보자. 무서우면 여기서 기다리고 있어도 돼. 엄마가 금방 갔다 올게."

내가 먼저 몇 발자국 떼자, 샤허브는 내게 달려와 다시 손을 붙잡았다. 곧 가게 문 앞에 다다랐다. 문은 닫혀 있었다. 당황한 나머지 주변을 살펴보면서 나는 속으로 혼잣말을 했다. 대체 어떤 가게가 이 시간에 문을 닫지? "이제 어쩌지? 문이 닫혔네. 여기가 확실하니?" 샤허브는 있는 힘껏 고개를 끄덕였다. "그래, 잘했어. 지금은 안에 아무도 없나 봐. 여기서 기다려야겠다." 그러자 샤허브는 고개를 저었다. "아니면 돌아갔다가 나중에 다시 와야겠네."

샤허브는 불안해 보였다. 계속해서 고개를 가로저었는데 무슨 말을 하고 싶은 건지 도통 이해할 수가 없었다. 잠시 망설인 끝에 샤허브의 손을 잡고 집을 향해 걷기 시작했다. 그러자 샤허브는 다시 손을 잡아 뺀 다음 가게를 향해 달려갔다. 그리고 조그마한 주먹으로 가게 문을 두드렸다. 나는 어쩔 줄 몰라 하며 샤허브를 따라갔다. "뭐 하는 거니? 문이 닫혀 있잖아. 여긴 아무도 없어. 왜 문을 두드리는 거야?" 샤허브는 내 말에 전혀 신경 쓰지 않은 채 계속해서 가게 문을 두드리고 발로 찼다. "가게 안에 누가 있다고 생각하는 거야?" 샤허브가 고개를 끄덕였고, 나는 샤허브가 나에게 전하려 했던 말을 마침내 이해했다는 사실에 기뻤다. 나는 샤허브를 도와 가게 유리창과 문에 덧대어진 쇠창살을 집 열쇠로 두드리기 시작했다. 그러는 동시에 누군가가 정성껏 쳐둔 것 같은 하얀 커튼 사이로 가게 내부를 들여다보려고 했다.

그때 어떤 남자가 우리 옆을 지나가면서 말했다. "거, 가게 문 닫힌 거 안 보여요? 다른 가게 가면 될 것을!"

나는 그 남자를 외면하고 계속 문을 두드렸다. 잠시 후, 옆집에 사는 여자가 창문 밖으로 고개를 내밀고 항의를 하기 시작했다. "대체 이게 무슨 짓이에요! 아줌마, 문 닫힌 거 안 보여요? 시끄러우니까 좀 그만해요!"

"급한 일이라서 그래요."

"그 가게 사장 보통 정오는 지나야 일어나요."

"주인이 가게 안에서 자나요?"

"네, 그런 거 같던데요."

"죄송해요. 하지만 지금 좀 깨워야 해서요."

"거기에 뭐 두고 왔어요?"

다행히 변명할 거리가 있었다. "네, 핸드백에 소지품이 전부 다 들어 있는데 어젯밤 그걸 가게 안에 두고 와서요." 샤허브가 나를 보며 만족해하는 미소를 지었다. 옆집 여자는 고개를 가로 젓더니 고개를 돌리고 창문을 닫았다. 나는 계속해서 열쇠로 가게 문을 두드렸다. 하지만 아무 소용이 없었다. 좌절감이 몰려왔다.

그때 샤허브가 인도에 마련된 작은 화분에서 흰 돌멩이를 하나 집어오더니 그걸로 쇠창살을 두드렸다. 내가 말했다. "소용없단다. 가자. 한 시간 후에 다시 와보자."

샤허브가 화를 내면서 다른 돌멩이를 던졌다. 그 돌멩이는 쇠창살 사이로 날아 들어가서는 유리를 산산조각 내버렸다. 놀라서 말문이 막힌 상태로 뒤를 돌아보니, 샤허브가 내 등 뒤에 숨으려 하고 있었다. 몇 분 후, 표정은 몽롱하고 머리칼은 헝클어진 한 남자가 모습을 드러냈다. 눈부신 햇살에 우리를 제대로 쳐다보지도 못 했다. 그는 쉰 목소리로 고래고래 소리쳤다. "여기서 뭐 하는 거야? 뭐 하고 있는 거야?" 지나가던 행인 몇 명이 싸움 구경을 하려고 멈추어 섰다. 나는 정신을 가다듬었다.

남자는 열쇠고리를 뒤적거리면서 쇠창살 문을 열기 위해 열쇠를 찾기 시작했다. 마침내 열쇠를 찾아 문을 열고 나서는 우리에게 또다시 소리를 지르기 시작했다. "이 여편네가! 이게 무슨 짓이야! 다 물어내야 할 줄 알아. 내가 그냥 넘어갈 줄 알았어?" 그는 순식간에 밖으로 나와 내 손목을 잡아챘다.

나는 그의 손아귀에서 손목을 빼낸 다음 떨리는 목소리로 말했다. "이게 무슨 짓이에요!"

"이거 물어내야 할 거 아냐! 당신이 뭐라도 돼?"

"알겠어요, 물어낼게요. 하지만 먼저 물어볼 게 좀 있어요. 페레슈테라는 아이가 어제 오후에 여기 왔었나요?"

내 질문에 남자는 얼어붙어버렸다. 그는 잠시 침묵한 끝에 입을 열었다. "하루에 손님이 백 명씩 왔다 가는데, 내가 그 사람들 이름을 어떻게 다 알겠어요?"

"그건 그렇겠지만, 그거랑은 다른 얘기예요. 이 아이한테 들어보니, 그쪽이 페레슈테라는 아이를 잘 알고 있다던데요."

남자가 눈을 내리깔더니, 내 등 뒤에 숨어 상황을 엿보고 있던 샤허브의 존재를 마침내 알아차렸다. 그러더니 화들짝 놀랐다. 남자는 계속해서 주위를 살폈다. 그는 주변에 모여든 사람들에게 "뭘 쳐다봐? 구경났어?"라고 소리쳤다. 그런 다음에는 한층 차분한 목소리로 내게 "이런 애가 참견할 일 아닙니다. 말도 할 줄 모르면서!"라고 말했다.

마음속에 확신이 차올랐다. 찾아와야 할 곳에 온 것이 분명했다. "그렇게 말씀하시는 거 보니까 이 아이도 꽤 잘 알고 계시나 보네요! 그런데 잘못 아셨어요. 이 애는 당신 같은 사람들한테나 말을 안 하는 거지, 저나 경찰 앞에서는 아주 유창하게 말할 수 있거든요."

경찰이라는 말에 남자는 당황한 기색이 역력했다. 그는 한쪽으로 비켜서면서 말했다. "일단 들어와보세요. 뭘 원하는 건지 들어나 봅시다."

막상 가게로 들어가려니 망설여졌다. 자신감이 넘치는 것처럼 행동하기는 했지만, 실은 두려웠다.

"그쪽이랑은 할 말 없어요. 페레슈테가 어디에 있는지만 말씀하세요."

"내가 어떻게 알겠어요? 비행 가출 청소년들이 다 나한테 찾아오는 것도 아닌데."

"페레슈테가 여기에 왔었다는 거 다 알고 있어요."

"여기 오는 사람들은 많아요. 그중에서 누가 그 애인지 저는 모른다고요. 보시다시피 지금 여기엔 아무도 없습니다. 보세요."

나는 주변을 둘러보았다. 벽에 붙어 있는 벤치에는 베개 하나와 침구 하나가 놓여 있었다. 가게 주인이 밤새 그 침대에서 시간을 보낸 것 같았다. 나는 가게 안쪽까지 들어가보았지만 숨을 만한 곳은 전혀 찾을 수 없었다. 어떻게 해야 할지 확신이 서지 않았다. 그때 샤허브가 내 손을 놓더니 가게의 구석진 곳으로 달려갔다. 주인이 샤허브를 쫓아갔고, 나도 그 뒤를 따라갔다. 무척이나 어두운 공간이었다. 앞이 제대로 보이지도 않았다. 그러다가 갑자기 주인이 어떤 계단에 반쯤 올라가 있는 모습이, 그의 한쪽 팔에 결박된 채 발버둥을 치고 있는 샤허브의 모습이 보였다.

남자는 샤허브를 내팽개치다시피 내 쪽으로 던져버렸다. 나는 샤허브를 공중에서 받아 안고 그 남자를 향해 떨리는 목소리로 말했다. "페레슈테 넘겨줄래요, 아니면 경찰 부를까요?"

"이미 경찰서에 연락했을지 안 했을지 내가 어떻게 알아요? 이래놓고 나중에 부를지도 모르지."

이제는 확신할 수 있었다. 페레슈테가 바로 이 건물 안에 있다고. 가게 주인은 나와 협상을 하고 싶어 하는 것 같았다. 그래서 나는 조금 차분한 목소리로 말했다. "페레슈테를 난처하게 만들고 싶지 않아요. 그 애 부모님한테도 아직 말 안 했어요. 그러니 페레슈테를 넘겨주면, 집에 데리고 가서 친구랑 있었던 거라고 말할게요. 그쪽 얘기는 안 할 거예요. 그래봤자 애한테 안좋을 테니까요. 하지만 페레슈테가 지금 당장 저랑 같이 가지 않는다면, 이 동네에 있는 모든 경찰서에 신고할 거예요. 그럼 그쪽은 페레슈테를 알게 된 일 자체를 후회하게 될 거고요. 그쪽의 편익을 생각해서라도 지금 넘겨주는 게 나을 거예요. 페레슈테가 지금 저를 따라간다면, 아무 일도 일어나지 않은 것처럼 지나갈 거예요. 하지만 조금이라도 뜸 들이면, 그 애의 아버지와 작은아버지까지 상대해야 할 거예요."

가게 주인은 말이 없었다. 자신에게 주어진 선택지의 장단점을 저울질해보고 있는 것이었다. 몇 분 후에야 "그렇게 해요! 하지만 나에 대해서든 이 가게에 대해서든 한마디라도 입 밖에내면, 나도 그쪽 가만 놔두지 않을 겁니다."라고 말했다.

"누가 오기 전에 빨리 데려오세요."

주인이 계단을 올라가더니 문을 열고 말했다. "서둘러. 짐 다챙기고. 당장 꺼져. 다시는 발도 들이지 마! 꺼져버려!"

155

머리카락이 지저분하게 엉켜 있는 몰골의 페레슈테가 방에서 걸어 나왔다. 핼쑥하고 여윈 모습의 페레슈테는 혼란과 두려움이 담긴 표정으로 문간에 서 있었다. 페레슈테에 이어, 열여덟이나 열아홉 정도 되어 보이는 남자아이도 따라 나왔다. 둘다 너무 어리고 취약해 보였다.

"어머, 페레슈테! 여기서 뭐 하고 있는 거니?"

페레슈테가 바들바들 떨리는 목소리로 물었다. "혼자 오셨어요?"

"그래. 걱정 말렴. 어서 가자. 다들 너를 찾고 있어. 대체 뭘 한 거니?"

"안 갈래요! 무서워요!"

"겁먹지 마. 우리 집으로 갈 거야. 네가 어디에 있었는지는 너희 엄마는 물론이고 아무한테도 말 안 할 거야. 네가 엄마한테 화가 나서 여자인 친구네 집에서 머물고 있었다고 말할게. 그러다가 마음이 불편해져서 우리한테 전화를 걸었다고 하면 돼."

페레슈테가 천천히 남자아이의 손을 놓더니, 머뭇거리며 계단을 내려왔다. 나는 페레슈테가 코트를 입고 스카프를 두를 수 있도록 도와주었다. 집으로 돌아가는 내내 페레슈테는 말없이 울기만 했다. 샤허브는 자랑스럽게 페레슈테의 손을 잡고 앞장서서 집으로 향했다.

20

전날 밤부터 지속된 혼돈의 상황은 페레슈테 누나가 돌아오면서 급변했다. 큰엄마는 페레슈테 누나를 손바닥으로 찰싹 때리더니 갑자기 기절해버렸다. 엄마가 큰엄마의 얼굴에 물을 뿌리자 큰엄마는 곧 의식을 되찾았다. 페레슈테 누나는 쉼 없이 울기만 했다. 큰엄마도 눈물을 터뜨리더니, 난생처음으로 나를 안아주었다. 그리고 내게 입맞춤을 해주며 "얘야, 너는 복 받을 거야. 네가 내 운명의 수호천사였구나."라고 말했다.

엄마는 페레슈테 누나를 욕실로 보낸 다음, 큰엄마에게 자초지종을 설명해주었다. 이야기를 듣던 큰엄마는 공포에 질린 표정을 지으며 머리카락과 얼굴을 자꾸 만지작거렸다. 그리고 이야기가 끝나자 엄마한테 말했다. "마리얌, 부탁할게. 제발 애 아빠한테는 아무 말도 하지 말아줘. 이걸 알게 되면 정말 죽이려 들 거야."

"걱정 마세요. 형님한테 화가 나서 친구네 집에 가 있던 거라고 말할 거예요. 그러다가 시간이 늦어졌는데 한밤중에 혼자 돌아올 수 없어서 못 온 거라고요. 그리고 형님을 더 괴롭히고 싶어서 일부러 하룻밤 자고 간다는 말도 하지 않은 거라고 할게요. 그러다가 아침이 되니 후회가 됐고, 저희한테 전화해서 어디에 있었던 건지 알려준 거라고 하면 돼요." 엄마의 거짓말은 완벽했다. 엄마가 정말 자랑스러웠다.

아시가 말했다. "최고야! 우리 엄마는 정말 용감해. 그런데 엄마는 왜 아빠나 할머니한테는 용감하게 맞서지 않는 거지?"

큰엄마가 말했다. "두 사람 지금 어디에 있을까? 호세인이 걱정돼. 요즘 허리가 정말 안 좋아서 말이야."

"곧 전화 올 거예요. 제가 남편한테 정오 전에 전화 한번 하라고 했었거든요."

페레슈테 누나가 머리카락은 축축하게 젖어 있고 안색은 무척이나 창백한 모습으로 계단을 내려와 엄마와 큰엄마를 마주보고 앉았다. 큰엄마가 말했다. "너 뭐 하고 돌아다닌 거야? 너 때문에 우리가 얼마나 고생했는지 알기는 해? 우리가 느낄 수치심은 생각도 안 해봤어?"

페레슈테 누나가 울기 시작했고, 엄마는 큰엄마에게 그만하라는 신호를 보냈다. 그러고는 목소리를 높여 누나에게 물었다. "페레슈테, 지금 상태가 별로 안 좋아 보이는데 가서 낮잠 좀 잘래?"

페레슈테 누나가 훌쩍거리면서 물었다. "이제 어떻게 되는 걸까요?"

큰엄마가 독기를 품은 말투로 대답했다. "네 생각엔 어떻게 될 것 같은데? 우리를 이렇게 망신시켜놓고서! 네 아빠한테 대체 뭐라고 설명해야 하니?"

"저 그냥 죽어버릴래요!"

엄마가 말했다. "그게 무슨 소리니? 이거 별일 아니야. 그냥 네가 엄마랑 말싸움하다가 어린애처럼 아무한테도 말하지 않고 친구네 집으로 도망가버린 거야. 그러다 오늘 아침에 후회가 돼서 우리한테 전화를 건 거고."

"집으로 돌아가기 무서워요."

"형님, 페레슈테가 무서워할 만한 상황인 것 같아요. 며칠간은 저희 집에서 머물게 해주세요. 상황이 잠잠해지고 아주버님 화도 좀 누그러졌을 때 가는 편이 나을 것 같아요."

"그래. 그게 좋겠어."

그때 전화벨이 울렸고, 엄마가 서둘러 전화를 받았다. 엄마는 흥분된 목소리로 말했다. "그럼 당연하지! 좋은 소식이 있어…… 그래, 진짜야. 시금 여기, 바로 내 앞에 앉아 있어…… 응, 멀쩡해. 친구네 집에 있었대. 오늘 아침에 우리한테 전화했어…… 당신이 어디에 있는지 몰라서 말해줄 수가 없었어." 그러다가 엄마의 말투가 바뀌었다. "네, 아주버님. 좋은 소식이…… 얼마나 다행인지 몰라요! 페레슈테가 무사하니 기뻐하셔노……."

엄마의 말이 끝나기도 전에 상대편에서 전화를 끊어버렸다.

엄마는 천천히 수화기를 내려놓았다. 큰엄마가 물었다. "뭐래?"

"굉장히 화가 나셨어요. 그러실 만도 하죠. 하지만 오래가진 않을 거예요. 당분간은 페레슈테랑 아주버님을 떨어뜨려놓아야겠어요. 페레슈테, 이 층으로 올라가서 샤허브 침대에 좀 누워 있으렴. 당분간 너희 아빠랑은 좀 거리를 두고."

페레슈테 누나가 나를 쳐다보았다. 나는 만족스러워하며 자리에서 일어나 누나의 손을 잡고 내 방으로 이끌었다. 누나가 내 침대에 누웠다. 나는 이불을 당겨 누나에게 덮어주려 했다.

그러자 누나가 말했다. "하지 마!" 그러더니 또다시 눈물을 쏟았다. 그 순간만큼은 누나에게 화가 나지 않았다. 나는 누나 옆에 앉아 머리를 살살 쓰다듬어주었다. "난 망했어. 난 정말 나쁜 년이야. 아빠가 날 죽이고 싶어 할 만해." 나는 격렬하게 고개를 저었고, 눈물로 젖은 누나의 뺨에 뽀뽀를 해주었다. 누나가 몸을 일으켜 나를 꽉 끌어안았다. "샤허브, 나에겐 너뿐이야. 나와 가까운 유일한 사람, 모든 걸 아는 유일한 사람. 난 정말 네가 모든 걸 이해하고 있다고 생각해. 내가 거기 가고 싶어 하지 않았다는 거, 너는 알잖아. 하늘에 맹세코, 정말 가고 싶지 않았어! 가지 않으려고 안간힘을 썼었는데."

차고 문이 열리는 소리가 들리자마자 누나와 나는 덜덜 떨기 시작했다. 큰아빠가 고함을 치면서 집으로 들어왔다. "이 아무 짝에도 쓸모없는 년 어딨어?"

큰엄마가 큰아빠에게 애원했다. "여보, 제발 진정해. 페레슈테는 위에서 낮잠 자고 있어. 앉아서 물 좀 마셔."

"그년 죽여버리기 전까지는 진정 못 해! 어떻게 감히 내 집에서 도망을 쳐? 가출해서 무슨 짓거리를 하고 다녔는지 누가 알겠어! 공원에 가는 척하고는 밤새 밖에서 싸돌아다니는 딸 같은 건 필요 없어."

"형, 진정해. 허리 조심하고. 좀 쉬어. 안 그러면 마비가 올지도 몰라."

"내가 어떻게 쉬겠어? 쉬게 내버려 두지를 않는데 말이야! 배은망덕한 자식 먹여 살리느라 하루 종일 뼈 빠지게 일하고 있건만, 결국 나를 이딴 식으로 취급하는 거 봐!"

엄마가 말했다. "아주버님, 별일 아니에요. 앉아보세요. 제가 다 설명해드릴게요. 너무 심각하게 받아들이지 마시고요."

호스로우 형이 처음으로 입을 열었다. "'별일 아니에요'라니, 그게 무슨 말씀이세요? 페레슈테가 어디에 갔었을지, 누구랑 있었을지, 누가 알겠어요?"

큰엄마가 화를 내며 말했다. "호스로우, 조용히 해! 페레슈테는 샤허브랑 공원에 가는 대신 친구네 집에서 공부하고 있었어. 네가 너무 괴롭히니까 속상해서 나간 거였단 말이야."

"제가 왜 조용히 해야 하는데요? 저는 어쨌든 걔 오빠예요."

엄마가 말했다. "그래서 어떻다는 거니? 좋은 오빠였다면 페레슈테를 그렇게 속상하게 만들지도 않았을 거고, 그럼 친구네 집으로 도망갈 일도 없었을 거 아니니."

"제가요? 이게 지금 저랑 무슨 상관인데요? 전 아무 짓도 안 했는데요?"

"네가 뭘 했는지 잘 알고 있잖니. 말꼬리 잡고 늘어지지 말렴. 아주버님, 앉아서 이거 좀 마시세요. 여보, 아주버님 좀 앉으시게 도와드려."

이런 대화가 지속되는 동안 페레슈테 누나는 덜덜 떨면서 나를 꽉 안고 있었다. 숨을 제대로 쉴 수도 없을 지경이었다. 아래층에서 들리는 말소리가 조용해지자 누나의 팔도 힘없이 늘어졌고, 그제야 나는 누나의 품에서 빠져나올 수 있었다. 누나는 다시 침대에 누웠다. 나는 천천히 계단을 내려가 엄마 옆에 서서 치맛자락을 붙잡았다. 엄마의 몸을 감싸고 있는 뭔가를 만지고 있으면 마음이 차분해졌다. 엄마가 큰아빠에게 상냥한 말투로 말했다. "아주버님, 애들은 지금 한창 중요한 시기를 보내고 있어요. 융통성 있게 대해줘야 해요. 지금 이 나이대의 아이들은 정말 사소한 것에 의해서도 엇나갈 수 있어요. 경솔하고 어린애 같은 반응을 보이더라도, 금방 그런 행동을 했던 것을 후회해요. 페레슈테는 예민한 소녀예요. 엄마와 말다툼을 했는데 오빠는 괴롭히니까 습관처럼 친구네 집으로 도망갔던 거예요. 하지만 금방 후회하고 돌아왔고요. 그게 다예요."

"그게 다라고? 나는 어젯밤에 지옥을 맛봤어. 온종일 영안실에 놓인 시체들을 보면서 온갖 생각을 하다가 심장마비까지 올 뻔했었고. 하루에도 백 번 넘게 생사를 오갔단 말이야. 그런데

'그게 다'라고?"

"아직 애잖아요. 자기가 어떤 일을 저지르고 있는지 몰랐던 거예요. 아주버님 말씀이 전적으로 옳고, 페레슈테는 두 번 다시 그런 일을 저지르지 않을 거예요. 이번에는 감사하게도 큰 문제 없이 상황이 잘 풀렸으니, 부디 진정하시고 다행으로 여기세요. 아주버님 건강도 챙기시고요."

큰엄마가 큰아빠에게 물을 건네준 후, 눈물을 흘리며 말했다. "당신이 화내는 건 당연해. 하지만 마리암 말도 맞아. 지금이 한창 방황할 나이잖아. 페레슈테도 어쩔 수 없었던 거야. 페레슈테는 지금도 계속 울면서 사죄하고 있어. 너무 안쓰러워."

"그건 그렇고, 대체 정확히 어디에 있었던 거야?"

"친구네 집에 있었다고 했잖아."

"어떤 친구? 어젯밤에 전화 다 돌려봤다고 하지 않았어?"

호스로우 형이 가까이 다가가더니 화를 내며 말했다. "아빠, 다들 거짓말하고 있는 거예요! 어떤 친군데요? 저도 다 전화해봤다고요. 그 친구 이름이 뭔데요? 주소 줘보세요. 제가 가서 직접 물어볼게요."

심장이 빠르게 뛰기 시작했다. 큰아빠가 호스로우 형의 말에 동의하고 그 친구네 집에 찾아가려고 하면 어쩌지?

엄마의 목소리가 조금 떨렸다. "호스로우, 소란 좀 그만 피우렴! 페레슈테와 친한 친구들이 누구인지, 같은 반 아이들이 누구인지까지 네가 전부 다 안다고 생각하는 거니? 아주버님, 제가 그 집에 갔다 왔어요. 좋은 분들이었어요. 그 애 엄마와 얘기도 나눴고요."

큰아빠가 피곤해하면서도 흥분한 목소리로 말했다. "그렇게나 좋은 분들이면서, 왜 어젠 우리한테 연락도 안 해줬대?"

엄마가 말했다. "페레슈테가 집에 알리지 않았다는 사실을 모르고 계셨대요. 친구네 집에서 자고 가도 된다는 허락을 받았다고 생각하셨던 거예요."

호스로우 형이 말했다. "제가 맹세하는데, 이거 다 거짓말이에요! 그 친구라는 애는 어디 출신인데요? 그 정도로 친한데 왜 저희 중에 아는 사람이 없어요?"

"사실 샤허브가 아는 애야. 페레슈테랑 몇 번 놀러 가본 적이 있더라고. 샤허브가 그 집 가는 길을 알아서 나를 데리고 갔어. 샤허브가 도와주지 않았다면 못 찾았을 거야."

모든 사람이 일제히 나를 쳐다보았다.

호스로우 형이 역겹다는 듯한 표정을 지으며 말했다. "샤허브요? 저 멍청이가요? 이것 봐요, 제가 다 거짓말이랬잖아요! 저 멍청이는 아무것도 몰라요. 야, 진짜라면 네가 그 집으로 날 안내해봐!" 호스로우 형이 내게 다가오더니 내 손목을 붙잡고 현관으로 끌고 갔다. 엄마와 큰엄마는 두려운 눈빛으로 그 광경을 지켜보며 어쩔 줄 몰라 하고 있었다. "어서 앞장 서봐, 이 멍청이야. 나를 그 집 앞에 데려다주기 전까지 안 놔줄 거야."

머리부터 발끝까지, 온몸이 격렬한 분노로 가득 차오르기 시작했다. 내 눈앞에는 호스로우 형이 지금까지 내게 했던 모든 행동이 스쳐 지나가고 있었다. 나는 내 자그마한 몸에 남아 있는 모든 증오와 힘을 끌어모아 형의 손을 뿌리치고 소리쳤다. "형네 엄마는 갈색이고, 형은 포주야!"

그건 내가 아는 가장 심한 말들이었다. 가끔 머릿속으로 그 말들을 내뱉으며 못된 사람들을 향해 욕을 하기도 했었다. 그런데 이번에는 내 말이 끝나기가 무섭게 침묵이 뒤따랐고, 그로 인해 내가 그 말들을 단지 머릿속으로만 내뱉은 것이 아니라 실제로 큰 소리로 말해버렸다는 사실을 깨닫게 되었다. 호스로우 형이 기겁했다. 나는 몇 초간 가만히 서 있다가, 사람들의 시선을 피하기 위해 황급히 계단을 올랐다. 방금 무슨 일이 벌어진 건지를 스스로 이해하려면 조용한 공간이 필요했다. 이 층으로 올라가고 있는데 엄마가 기쁨의 탄성을 내지르는 소리가 들렸다.

"샤허브가 말을 했어요! 들었죠?"

큰아빠가 입을 실룩거리며 웃었다. "그래, 말을 했네! 그것도 아주 기가 막힌 말을!" 그러더니 폭소를 터뜨렸다. 큰아빠의 웃음소리에 전염되기라도 한 것처럼 곧 다른 사람들도 따라 웃기 시작했다. 처음에는 다들 편안한 표정으로 웃더니, 금세 배를 붙잡고 웃었다. 나는 계단에서 놀란 표정으로 그들을 바라보았다. 큰아빠의 얼굴 위로 눈물이 흐르고 있었다. 큰아빠는 계속 눈물을 닦아내면서 말했다. "나세르, 네 아들이 하는 말이 이런 거라면 그냥 조용히 있는 게 낫겠는데! 안 그러면 아주 가족들 이름에 먹칠을 하겠어!"

아빠는 여전히 놀란 마음을 감추지 못했고, 믿기지 않는다는 듯한 표정을 지었다. "애가 그런 말을 어디서 배운 거지?"

"다른 애들이랑 똑같겠지 뭐."

방으로 들어가니 페레슈테 누나가 자고 있었고, 그래서 내 친구들이랑만 있을 수가 없었다. 나는 발코니로 향하는 문을 열었다. 그리고 한동안 모퉁이에 서 있었다. 그곳에 서서 아래를 내려다보니 큰아빠네 가족이 떠나는 모습이 보였다. 아빠는 큰아빠의 팔을 붙잡으며 부축하고 있었다. 큰아빠는 더 이상 화가 난 표정이 아니었고, 큰엄마는 아빠한테 연거푸 고맙다고 했다. 호스로우 형은 짜증이 나 있는 것 같았다.

큰아빠네 가족이 떠나자 집안은 조용해졌다. 나는 계단을 통해 옥상으로 올라가 앉았다. 너무 피곤했다.

아시가 말했다. "네가 사람들 앞에서 욕을 했어!"

"맞아! 게다가 사람들이 그걸 들었고! 네 입에서 목소리가 나왔던 거야?"

"다들 얼마나 깜짝 놀라던지, 너도 봤어? 찍소리도 못 하던데. 마치 네가 호스로우 형을 때려버린 것 같았어."

바비가 말했다. "그거 나쁜 말이었던 거지?"

"그럼. 아라쉬 형네 아빠가 물었잖아. 그런 말 어디에서 배운 거냐고."

어깨를 짓누르던 짐이 사라진 것처럼 가뿐한 기분이었다. 내가 첫걸음을 내디딘 것이었다. 겨울날의 햇살은 더없이 만족스러웠다. 모든 것이 아름다워 보였다. 나는 옥상 끄트머리로 가서 나무로 가득하고 널찍한 이웃집의 정원을 내려다보았다. 나뭇가지가 우리 집 옥상까지 뻗어 있는 나무 두 그루에는 아직도 잎이 붙어 있었고, 나머지 나무들은 전부 벌거벗고 있었다. 그 나무들을 옥상에서 내려다보는 건 처음이었다. 위에서 보니 나뭇가지들은 더 생기 넘치고 푸르러 보였다. 그런데 나뭇가지들 사이에서 무언가가 움직였다. 이럴 수가! 새 둥지가 있었다. 나는 그 둥지를 본 순간 넋을 잃고 말았다. 어떤 소리를 듣기는 했지만 눈앞에 펼쳐진 생명체들의 아름다움에 흠뻑 빠져 있던 터라, 주변에서 무슨 일이 일어나고 있는지 전혀 눈치채지도 못했다. 나는 그 나뭇가지와 둥지에 좀 더 가까이 다가가보려고 난간에서 최대한 몸을 밖으로 뺐다. 그러다가 갑자기 등에 심한 통증을 느꼈다. 누군가가 나를 들어 올린 것이었다. 나는 아빠의 품에서 발버둥 치고 있었다. 무슨 일이 일어난 건지 이해할 수 없었다. 나는 충격을 받고 얼떨떨한 상태였다. 아빠는 그런 나를 몇 차례 더 때렸다. 내가 느끼는 통증이 진짜 통증인지, 아니면 아빠가 나를 때리는 게 쓸데없는 일인 데다가 예상치 못한 일이어서 느껴지는 통증인지, 정확히 알 수도 없었다. 그리고 지금도 나는 옥상으로 올라가는 계단을 바라볼 때면 그때와 같은 통증을 느끼곤 한다.

잠시 후 아빠가 나를 내려놓았다. 나는 어안이 벙벙한 표정으로 아빠의 화난 얼굴을 쳐다보았다. 아빠가 왜 그렇게 화가 나 있는 건지 이해할 수 없었다. 아빠는 내 얼굴에다 삿대질을 하면서 말했다. "누가 여기 올라와도 된댔어? 여기는 아무도 올라오면 안 된다고, 내가 말하지 않았어?"

엄마는 계단 맨 위 칸에 서 있었다. "휴, 큰일 날 뻔했네."

"난간에 배를 대고 매달려 있었어! 운이 좋았으니 망정이지!" 아빠가 다시 나를 쳐다보면서 말했다. "다음번에 또 여기 있다가 걸리면 그때는 평생 못 잊을 매를 맞게 될 테니 그런 줄 알아. 그 주둥이도." 그러면서 내 입을 가볍게 톡 쳤다. "나쁜 말 하면 가만 안 둘 거야. 이제부터는 예쁜 말만 써야 해. 알겠어?"

엄마가 말했다. "그냥 둬. 지금은 그럴 때가 아니잖아." 엄마는 내 손을 잡고서 조심조심 같이 계단을 내려갔다. "여보, 계단이 너무 위험해. 어떻게 좀 해야겠어."

내 머릿속에는 여러 생각이 뒤죽박죽 뒤엉켜 있었다. 내가 느꼈던 충격과 당혹감은 점점 증오와 분노로 바뀌고 있었다. 아빠한테 맞았을 때의 고통도 점점 커져갔다. 그렇게 때리는 건 너무 부당했기 때문이다. 계단을 다 내려갔을 때, 나는 욕실로 뛰어 들어가 문을 닫아버렸다.

아시가 말했다. "저렇게 멍청할 수가! 페레슈테 누나가 우리 방에서 자고 있어서 옥상에 갔던 거잖아!"

바비가 말했다. "엄마 아빠가 옥상은 너무 위험하댔잖아."

"하나도 안 위험해. 그 계단을 오르는 법을 몰라서 위험하다고 그러는 거야! 그런데 입은 왜 맞은 거지?"

"우리가 나쁜 말을 써서 그렇다잖아."

"멍청하기는! 나쁜 말을 했다고 맞는 사람은 없어. 아빠는 맨날 '개자식'이며 '지옥불에나 떨어져라'*라고 하잖아. 그런 말은 어린애들도 길거리에서 다 해. 게다가 샤디가 '개짜식 당나귀'**라고 할 때마다 다들 웃잖아. 그런 말을 들었을 때 당황하는 사람은 욕을 먹고 있는 사람뿐이야. 다른 사람들은 아무렇지도 않아한다고. 우리가 욕을 한 사람은 호스로우 형이었지, 아빠가 아니었잖아. 그런데 왜 그렇게 화를 내는 거지? 호스로우 형을 너무 사랑해서 감싸주고 싶은 건가? 호스로우 형은 우리를 멍청이라고 부르는데, 왜 우리는 안 감싸주는 거야? 이제부터는 좋은 말만 써야 한다고 그러던데. 글쎄. 그래야 한다면 누가 말하고 싶겠어? 특히 아빠한테 말이야. 그러니까 명심해. 다시는 아빠한테 한마디도 하면 안 돼!"

---

* "지옥불에나 떨어져라pedar-sookhteh"의 사전적 의미는 '불타버린 아버지(상대방의 아버지더러 지옥불에 떨어지라고 저주하는 말)'를 가리킨다. 욕으로 쓰일 때는 '악동', '악당'이라는 말과 비슷한 의미를 갖고, 어린아이들에게 애정을 표하는 방식으로 쓰이기도 한다.

** '개자식pedar-sag'을 어린아이처럼 된소리로 발음한 것. '당나귀'는 페르시아어로 'Khar'라고 하며, 페르시아어에서는 동물 이름이 비속어로 쓰이는 경우가 흔하다.

169

샤허브가 내뱉은 욕은 상당한 효과를 불러일으켰다. 파타네 형님은 샤허브의 욕을 통해 반전된 분위기를 기회로 삼아 아주버님의 팔을 잡고 "서둘러. 어서 집에 가자. 당신 좀 누워 있어야 해."라고 말했다.

그러자 호스로우는 "페레슈테는요? 왜 같이 안 가요?"라고 물었다.

형님은 호스로우의 등을 찰싹 때리면서 말했다. "내가 말 했지. 네가 참견할 일 아니라고. 며칠 동안 여기에 머물면서 공부하고 싶대."

"아하, 잘도 그러겠네요! 공부라니!"

"사실대로 말해줘? 그래! 공부하고 싶다고 한 거 아니야. 페레슈테가 너랑 며칠 떨어져 있었으면 해서 그래. 그래야 안정도 누리고 조용히 있을 수 있지 않겠니. 내가 페레슈테였더라도 똑같이 도망치고 싶었을지 누가 알겠니!"

다들 떠나고 나자 집안은 다시 조용해졌다. 나세르가 소파에 몸을 뉘면서 말했다. "다 잘 마무리돼서 다행이야. 페레슈테를 못 찾았으면 무슨 일이 벌어졌어도 알 방법이 없잖아. 형이랑 내가 어젯밤에 뭘 봤는지 당신은 상상도 못 할 거야. 그건 그렇고, 모든 게 정말 당신이 말한 대로인 거야?"

나는 머뭇거리며 나세르를 쳐다보았다. 그가 진실을 얼마나 감당할 수 있을지, 확신이 서지 않았다. 할머니께서는 내게 이렇게 말씀하시곤 했다. "남자들한테는 모르는 게 약이란다!" 나는 태연하게 대답했다. "그럼, 물론이지."

"페레슈테는 지금 어딨어?"

"샤허브 방에서 자고 있어. 상태가 그렇게 좋은 것 같지는 않아."

"감기 걸렸어?"

"아니. 안색이 창백하고 우울해서. 그렇게 외향적이고 활기찼던 아이가 계속 울기만 하는 내향적인 아이로 변해버렸네."

"어째서? 무슨 일 있었대?"

"나도 잘 모르겠어. 호스로우가 괴롭혀서 그런 건가 싶어."

"그건 원래 그랬잖아."

"형님도 페레슈테를 이해하지 못하시는 거 같아. 며칠 동안은 우리 집에서 쉬게 두자. 왜 그런 건지 내가 알아내볼게. 올라기서 어떤지 좀 봐야겠다. 당신도 갈래?"

"아니. 그 애가 얼마나 못된 짓을 저질렀는데. 우리 형은 스트레스를 받다 못해 거의 죽을 뻔했어. 나는 페레슈테한테 좀 냉정한 태도를 유지하는 게 좋겠어. 아, 당신도 샤허브 봤지?!"

"우리 아들이 말을 했잖아! 지난번에도 진짜였어. 정말 나를 '엄마'라고 불렀다고."

"그럼 이게 무슨 상황인 거지? 진짜 말할 수 있는 건가?"

"뭐랄까, 자기가 내키면 말하는 것 같은데!"

"와! 그렇게 말 한마디 없던 애가 욕을 쏟아내다니! 정말 이해가 안 가. 얼마나 말할 수 있는 거지? 왜 말을 안 하려고 하는 거지? 문제가 뭐지? 정말 복잡한 아이야. 정신과에 데려가봐야겠어."

"이제 말하기 시작했으니 문제없어. 점점 모든 말을 구사하기 시작할 거야. 그런데 아까 정말 웃겼어! 얼어붙어 있던 마음도 녹아내렸다니까!"

"하지만 당신 조심해야 해. 애가 욕할 때마다 웃기 시작하면, 다시는 바로잡을 수 없게 될 거야. 그럼 굉장히 난처한 상황이 펼쳐질 거고. 처음부터 신중하게 대해야 해. 단지 말을 했다는 이유만으로 껴안아주고 뽀뽀해주기 시작하면 안 돼. 좋은 말을 할 때만 우리가 행복해질 수 있다는 사실을 애가 이해할 수 있게 해야 해."

"하지만 그건 정말 어려운 일이야. 뽀뽀를 백만 번은 더 해주고 싶은걸!"

"정말 웃기긴 했어. 특히 그때 샤허브가 짓고 있던 표정도. 하지만 우리는 자제해야 해. 그런데 지금 샤허브는 어디에 있지?"

"이 층으로 올라갔어. 내가 가서 데려올게. 같이 얘기해보자."

방으로 올라가보니, 페레슈테가 샤허브는 방에 없었다고 말했다. 우리는 샤허브를 찾으려고 침대 밑이며, 방이며, 욕실이며, 모든 곳을 파헤쳐보았다. 나세르는 점점 걱정을 하기 시작했다.

"집 밖으로 나갔을 리는 없어. 이 층 어딘가에 있을 거야. 발코니로 나간 거면 어쩌지?"

우리는 다시 계단을 올라가보았다. 발코니로 향하는 문은 잠겨 있었다. 나세르가 말했다. "옥상으로 올라간 거라면?" 우리는 두려움에 질린 표정으로 서로를 바라보았다. 옥상으로 향하는 계단과 옥상에 설치된 낮은 난간은 무척이나 위험했다. 우리는 천천히 계단을 올랐다. 그리고 난간에 매달려 있는 샤허브를 보자마자 숨이 턱 막혀버렸다.

나는 손을 심장에 가져다 댄 상태로 그 자리에서 얼어붙어버렸다. 나세르는 천천히, 그리고 조용히 샤허브에게 다가갔다. 샤허브가 무엇에 정신이 팔려 있는 건지 알 수 없었다. 다만 무언가를 향해 난간 바깥으로 몸을 쭉 뺀 상태로 매달려 있었다. 나세르는 공중에 떠 있는 샤허브의 몸을 붙들었고, 다시는 그 계단을 오르지 못하게 하겠다며 손찌검을 했다.

22

상황이 급박하게 흘러가자 다들 내가 욕을 했던 일도 잊어버렸고, 내가 말을 할 수 있는지 없는지에 대해서도 관심을 끊었다. 중요한 것은 페레슈테 누나가 끊임없이 운다는 사실과 누나가 우리 엄마한테만 몰래 털어놓은 진실이었다. 매일 아침이면 아라쉬 형과 아빠가 외출하자마자 큰엄마가 우리 집에 찾아왔다. 큰엄마는 몇 시간씩 엄마와 이야기를 했다. 그리고 마찬가지로 쉬지 않고 울었다. 나는 두 사람의 대화를 엿들어보려고 했지만 무슨 말을 하고 있는 건지 이해할 수 없었다. 가끔은 엄마 혼자 외출하기도 했다. 그러던 어느 날, 엄마는 아빠가 집에서 나가자마자 몹시도 피곤해 보이는 표정으로 옷을 차려입었다. 그런 다음 샤디와 나를 큰엄마에게 맡겨두고, 잎사귀처럼 파들파들 떨고 있는 페레슈테 누나를 데리고 나갔다. 뭔가 중요한 일을 하러 가는 것이 분명했다. 큰엄마는 우리에게 아무런 관심도 기울이지 않았다. 쉴 새 없이 서성거리고, 두 손을 비비면서 기도를 했다. 큰엄마의 불안감이 온 집안에 감돌았고, 나 역시 불안해졌다. 무슨 일이 있었던 걸까? 엄마와 페레슈테 누나는 어디에 간 걸까? 무엇을 숨기고 있는 걸까? 엄마는 왜 요즘의 외출에 대해 아빠한테 말하지 않는 걸까? 아시와 바비는 말이 없었다.

정오가 되었을 무렵에도 엄마와 페레슈테 누나는 돌아오지 않았다. 큰엄마는 여전히 쉬지 않고 서성거리고 있었다. 우리에게 점심을 차려줄 것 같지도 않았다. 샤디는 아침으로 먹고 남은 마른 빵 한 조각을 찾아내서는 입에 넣고 오물오물 먹으려고 했지만, 나는 배가 고프지 않았다.

그렇게 무시무시할 정도로 두려웠던 시간도 머지않아 끝이 났다. 담요로 온몸을 감싼 페레슈테 누나와 함께 엄마가 집으로 돌아온 것이다. 누나는 얼굴이 창백했고 처량해 보였다. 온몸을 떨면서 제대로 걷지도 못 했다. 큰엄마는 엄마와 누나를 보자마자 울음을 터뜨렸다. 그러자 엄마는 평소답지 않게 권위적인 말투로 말했다. "형님, 그만 우세요! 전 오늘 천당과 지옥을 백번이나 오갔다고요. 형님 때문에 제가 무슨 짓을 한 건지!"

큰엄마와 엄마는 페레슈테 누나를 부축해 이 층으로 올라갔고, 한동안은 누나의 것이나 마찬가지였던 내 침대에 눕혔다. 큰엄마는 수프를 조금 가지와 누나에게 몇 숟가락 먹여주었다. 나는 엄마 방으로 갔다. 엄마는 침대에 누워 있었다. 완전히 지쳐버린 표정이었다. 그렇게 몇 분이 지난 후, 엄마는 침대에서 일어나 옷을 갈아입었다. 엄마는 나를 보며 슬픈 미소를 짓더니 내 머리를 쓰다듬었고, 피곤한 목소리로 "샤디랑 얌전하게 있었니?"라고 물었다. 나는 침대로 올라가 엄마의 무릎을 꼭 끌어안았다. 엄마는 몸을 일으켜 앉은 자세로 나를 껴안아주며 울먹이는 목소리로 말했다. "네가 얼마나 이해하고 있는지는 모르겠지만, 분명 너도 걱정했다는 거 알아. 자랑스럽고 소중한 내 아들. 오늘 엄마는 네가 상상도 할 수 없을 만큼 힘든 하루를 보냈단다." 엄마는 내게 뽀뽀해주고 나를 침대에서 내려놓은 다음, 방문 사이로 페레슈테 누나의 모습을 살펴보았다. 그리고 나를 데리고 일 층으로 내려갔다.

큰엄마는 부엌에서 식탁을 닦고 있었다. "내가 이 빚 평생 갚을게. 동서가 없었으면 난 아무것도 못 했을 거야. 그런데 왜 그렇게 오래 걸린 거야? 한 시간밖에 안 걸린다고 하지 않았었나?"

"저희가 무슨 일을 겪었는지 형님은 상상도 못 하실 거예요. 아기가 꽤 자라 있었어요. 그런데 필요한 장비가 전부 갖춰져 있지도 않고, 마취전문의도 없었어요. 페레슈테가 피를 정말 많이 흘렸어요. 운이 좋았죠. 페레슈테를 잃을 뻔했었으니까요. 그걸 하자고 동의한 저 자신에게 저주를 퍼부었어요. 페레슈테에게 무슨 일이 생겼다면, 저 자신을 용서할 수 없었을 거예요. 혹시라도 나세르가 알게 된다면……."

"신이시여, 다 끝났다니 정말 다행이야. 동서가 많이 고생했다는 거 알아. 하지만 동서가 없었다면 난 정말 아무것도 못 했을 거야. 그냥 기절해버렸을 거야. 그러면 동서가 나까지 돌봐야 했겠지! 지금은 페레슈테 상태가 어떤 거야?"

"지혈은 됐는데 몸이 너무 약해져 있어요. 기운을 차릴 수 있게 해줘야 해요."

나는 세 사람이 위험한 일을 겪었고 페레슈테 누나가 어딘가 다쳤다는 사실은 이해했지만, 페레슈테 누나의 기분이 어떤지, 어떻게 아기가 자란 건지는 알 수가 없었다.

페레슈테 누나는 상태가 좋아질 때까지 우리 집에 열흘간 더 머물렀다. 그 열흘 동안 부모님은 낮시간의 대부분을 큰집에서 보냈고, 나는 집에서 페레슈테 누나와 함께 있었다. 누나는 서서히 다시 말을 하기 시작했다. 교과서도 가지고 왔지만 공부를 하지는 않았다. 책을 펼쳐놓고 빈 공간만 뚫어져라 쳐다보았다. 그리고 마침내 목요일 오후가 되자 짐을 챙겼고, 우리는 다 같이 큰집으로 갔다. 큰아빠는 페레슈테 누나와 호스로우 형과 큰엄마 사이의 불화가 해소되었다며 기뻐했다. 큰아빠가 페레슈테 누나에게 입을 맞추어주자, 누나는 울면서 죄송하다고 했다. 큰엄마는 무척이나 흡족해했고, 쉴 새 없이 돌아다니면서 사람들에게 달콤한 주전부리를 나눠주었다.

할머니와 샤힌 고모와 고모의 남편, 그리고 큰엄마의 엄마와 큰엄마의 언니 파리데 아주머니까지 전부 큰집으로 모여들었다. 다들 페레슈테 누나의 상태에 대해서는 언급하지 않았다.

그건 우리 가족과 큰엄마만 아는 은밀한 비밀이었다.

할머니는 꼬박 한 달 동안 우리 중에서 아무도 만나지 못했다며 계속 불만을 토로했다. 그러자 다들 이런저런 변명을 내놓았지만 진심 어린 대답을 한 사람은 아무도 없었다. 엄마와 큰엄마는 부엌에서 소곤소곤 귓속말을 하면서 차를 따랐다. 할머니는 두 사람을 의심스럽다는 눈빛으로 쳐다보았다. 큰엄마는 내 옆을 지나가면서 내게 뽀뽀를 해주었다. 큰아빠는 나를 볼 때마다 웃어주었고, 두 번이나 불러서 간식을 주기도 했다. 페레슈테 누나는 내게 페이스트리 빵을 주었고, 몸을 굽혀서 내 볼에 뽀뽀도 해주었다. 그런 다음 샤힌 고모에게도 페이스트리 빵을 나눠주자, 고모는 이렇게 말했다. "지금 무슨 일이 벌어지고 있는 거지? 왜 다들 샤허브한테 이렇게까지 관심을 주는 거예요? 애 버릇 나빠지기 전에 그만해요. 그러다가 또 못된 짓을……."

"어머, 아니에요, 고모. 샤허브가 얼마나 천사 같은 아인데요."

고모는 페이스트리 빵을 받아 들고, 페레슈테 누나가 자리를 비우자마자 할머니에게 속삭였다. "이게 무슨 일이래요? 다들 너무 다정해 보이는데요."

할머니는 고개를 숙이더니 입꼬리가 축 늘어진 얼굴로 말했다. "다행이네. 형제들끼리 사이좋게 지내기만 하면 난 기쁘단다. 행복해하니 그냥 둬야지. 내가 상관할 바 아니야."

아라쉬 형은 아빠 옆에 앉아서 아빠가 큰아빠와 하고 있는

백개먼 놀이*를 구경했다. 호스로우 형이 아라쉬 형을 몇 차례 불렀지만 그때마다 아라쉬 형은 고개를 가로저었고, 방으로 가자고 해도 따라가지 않았다. 호스로우 형이 말했다. "넌 지옥에나 가라! 자, 가자 애들아." 파리데 아주머니의 아들인 바박 형과 바흐람 형은 호스로우 형을 따라 방으로 갔다. 바흐람 형은 방으로 가다 말고 뒤를 돌아보더니 나를 불렀다. "너도 와. 호스로우 형이 재밌는 거 보여준대." 나는 호스로우 형을 조금도 믿지 않았기 때문에 따라가는 게 그리 내키지는 않았지만, 혼자 있자니 너무 따분했다. 샤힌 고모는 노래를 부르고 있었고, 샤디는 춤을 추고 있었으며, 다른 사람들은 두 사람에게 박수를 보내며 웃고 있었다. 엄마는 큰엄마를 도와 부엌에서 일을 하고 있었다. 아빠는 아라쉬 형과 상의하면서 말을 움직였다. 나는 부러운 눈빛으로 두 사람을 바라보았다. 아빠가 나를 불러주기를, 나도 아빠 옆에 앉으라고 해주기를 바랐다. 온 세상이 나를 알아보고 내게 관심을 주어도, 나는 여진히 아빠의 관심을 애타게 원하고 있었다. 나는 고개를 푹 숙인 채 형들을 따라 천천히 계단을 올랐다.

호스로우 형은 방문을 닫고 잠금장치까지 잠가버렸다. 그리고 지난번과 마찬가지로, 서랍장에서 담배와 성냥을 꺼냈다. 바

---

* 두 사람이 하는 보드게임으로, 주사위를 교대로 던져서 각자가 가진 15개의 말을 움직이는 방식으로 진행된다. 말을 자기 쪽 진지에 먼저 모으는 사람이 승자가 된다.

박 형과 바흐람 형은 감탄하면서 그 모습을 지켜보았다. 바흐람 형이 말했다. "형 아직 애잖아! 그거 못 피워!"

"나 애 아니야! 내가 너보다 세 살이나 많거든. 담배 피운 지도 좀 됐어. 쟤가 알아." 호스로우 형이 나를 가리키며 말했다. "하지만 애들은 못 피우지. 쟤가 저번에 한 모금 빨더니 내 방에 토해버렸어."

바박 형과 바흐람 형은 호스로우 형에게 존경의 눈빛을 보냈다. 호스로우 형은 담배를 능숙하게 입술 사이에 끼우고 불을 붙였다. 그리고 창문을 열어서 담배 연기가 빠져나가게 했다. 두 형은 호스로우 형의 용기에 넋이 나간 표정이었다. 그때 문 밖에서 누군가의 목소리가 들리면서 손잡이가 돌아갔다. 페레슈테 누나였다. "다들 여기 있어? 왜 불러도 대답을 안 해? 저녁 준비됐으니까 내려와. 문은 왜 잠가둔 거야? 얼른 열어!" 호스로우 형은 겁에 질려 허둥지둥하더니, 담배를 옷장 안에 던져버리고 대답했다. "나가고 있어!" 그런 다음에야 문을 열어주었다. "빨리 나와. 얼른 내려와서 저녁 먹어."

나는 간식을 너무 많이 먹어서 배가 고프지 않았다. 그래서 접시를 들고 엄마를 따라 부엌으로 갔다. 다들 큰엄마 주변에 몰려들어 있었다. 큰엄마는 내가 욕을 했던 일화를 들려주고 있었다. 내가 왜 그랬는지에 대해서는 아무 설명도 하지 않은 채로. 엄마는 웃고 있었다. 할머니와 샤힌 고모는 놀란 표정을 지었다. 나에게는 충격적인 광경이었다. 내가 나쁜 말을 했다는 이유로 다들 아라쉬 형네 아빠처럼 나를 때리면 어떡하지? 했던 말을 또 해보라고 시키면 어떡하지? 어른들은 변덕쟁이다. 언제는 내가 어떤 말을 했다는 이유로 때리고, 언제는 그 말을 다른 사람들한테 들려주면서 웃고 기뻐하니까! 나는 이 층으로 뛰어 올라갔다. 호스로우 형 방의 문틈으로 짙은 연기가 새어 나오고 있었다.

바비가 말했다. "윽! 또 담배 피우나 봐."

페레슈테 누나의 방 문을 열어보았다. 방 안에는 아무도 없었다. 나는 누나의 방으로 들어갔다. 내 방에서 물건을 챙기던 날, 누나는 내게 이렇게 말했었다. "네 방을 쓸 수 있게 해줘서 고마워, 너는 언제든 내 방에 들어와도 돼." 나는 누나 침대에 드러누웠다. 아시와 바비도 내 옆에 앉았다.

아시가 말했다. "너도 담배 피우는 법을 배워야 해. 그러면 호스로우 형이 더는 잘난 척 못 할 거 아니야."

바비가 말했다. "웩! 그건 냄새도 너무 구리고 토 나온단 말이야."

그때 고함과 비명이 들려와서 나는 화들짝 놀라고 말았다. 다들 비명을 지르면서 이리저리 뛰어다니고 있었다. 방 밖으로 나와보니 사방에 연기가 가득했다. 계단이 보이지도 않았다. 기침이 나기 시작했다. 누군가가 말했다. "샤어브아! 저 위에 있어!" 누군가가 이 층으로 뛰어 올라오더니 나를 안아 들고 일 층으로 내려보냈다.

큰아빠가 외쳤다. "다들 밖으로 나가! 안에 있으면 위험해!"
우리는 황급히 집 밖으로 나갔다.

큰엄마가 머리채를 붙잡으면서 울었다. "내 집! 내 집!"

아빠, 샤힌 고모의 남편, 파리데 아주머니의 남편, 그리고 형들은 물이 가득 찬 양동이를 들고 쉼 없이 왔다 갔다 했다. 그 상태로 몇 분이 지나자 소방차 소리가 들렸다. 정말이지 너무 흥미진진했다. 기다란 호스가 붙어 있는 빨간색 트럭들이 마치 영화에서처럼 큰집으로 몰려왔다. 그렇게 화려한 장관을 그토록 가까이서 보는 것은 처음이었다. 소방차들은 불을 꺼놓고도 계속 하얀 거품 같은 물을 사방에 뿌려댔다. 가구들이 물에 떠다니고 있었다. 몇몇 소방관들은 호스로우 형 방에 있던 러그와 침구를 정원으로 던졌다. 그 러그와 침구에서는 아직도 연기가 나고 있었다. 나는 눈앞에서 펼쳐지고 있는 온갖 희한한 광경을 흥분에 차서 바라보며 즐거워했다. 그리고 조심스럽게 소방차에 올라가보았다. 소방차 안에는 이상하고 흥미로운 물건들이 가득했다. 나는 그 물건들을 만져보았다. 큰아빠는 양손으로 머리를 감싼 채 땅바닥에 앉아 있었다. 아빠는 큰아빠 옆에 서 있었다. 소방관들을 지휘하는 역할을 맡고 있는 듯한 사람이 화재에 대해 아빠와 이야기를 나누고 있었다. 다른 사람들은 전부 주변에 서서 두 사람의 대화를 듣고 있었다.

"화재는 이 층 옷장에서 시작된 것 같습니다. 아이들이 불을 갖고 놀았었나요?"

큰엄마가 가까이 다가와서 말했다. "아이들은 전부 저희와 일 층에 있었어요."

갑자기 모든 사람이 침묵했다. 그러다가 모두의 마음속에 있었던 것 같은 생각을 할머니가 끄집어냈다. "샤허브만 빼고. 그 애는 이 층에 있었잖아."

다들 고개를 돌려 나를 쳐다보았다. 아빠는 경악했고, 엄마는 얼굴이 창백해져 있었다. 엄마가 말을 더듬으며 말했다. "하지만 샤허브는 성냥에 불붙이는 법도 모른다고요! 게다가 성냥을 어디에서 구했겠어요?"

그때 한쪽 구석에 숨어 있던 호스로우 형이 갑자기 앞으로 나오더니 "제 방에 성냥이 있었어요! 저녁 먹기 전에 샤허브한테 보여줬었고요. 그렇지?"라고 말했다.

바흐람 형과 바박 형이 아무 말 없이 호스로우 형을 쳐다보았다.

"제가 성냥 보여주고 서랍장에 다시 넣어뒀어요. 바박, 그렇지? 너도 봤지?"

"네. 서랍장에 넣었어요."

"그때 샤허브도 서서 지켜보고 있었지?"

"그긴 그렇긴 한데……."

"저희가 저녁 먹으러 일 층으로 내려왔을 때, 샤허브는 다시 이 층으로 갔었어요. 샤허브가 그 성냥으로 불을 피운 거예요!"

다들 아무 말이 없었다. 나는 너무 혼란스러웠고, 사람들이 하는 말을 전부 이해할 수도 없었다. 모든 사람이 나를 험악한 눈빛으로 쳐다보는 것이 무서웠던 나는 위로를 받고 싶어서 엄마를 쳐다보았다. 그런데 엄마는 나보다 훨씬 더 공포에 사로잡혀 있었다. 아빠는 얼굴이 백지장처럼 하얗게 질려 있었다.

모두가 지켜보는 와중에 할머니가 가장 먼저 아빠에게 다가가 깊은 원한이 담긴 목소리로 말했다. "이제 알겠니, 나세르? 지난번에 네가 그랬지. 저 애 짓이 아니라고. 어디에선가 벽돌이 날아와 내 머리를 친 거라고. 자, 이번에는 뭐라고 할 거니? 지금 여기에는 증인들도 다 모여 있어. 이제 그만하고 현실을 직시해. 저 아이는 위험해. 더 심각한 피해를 입히거나 누군가를 죽이기라도 하기 전에 조치를 취해야 한다고." 엄마는 눈물을 흘리기 시작하더니 큰아빠네 집에서 뛰쳐나갔다.

아빠가 나에게 다가왔다. 온몸이 마비된 것 같았고, 움직일 수가 없었다. 아빠는 나를 마주 보고 앉았다. 그리고 내 양팔을 붙잡고 있는 힘껏 움켜쥐더니, 내 몸을 앞뒤로 흔들며 고함을 쳤다. "네가 했어? 이 나쁜 자식, 네가 한 거야?" 내 몸은 아빠의 손에 붙잡힌 채 계속 앞뒤로 휘청거렸다. 그 어느 때보다도 초라하고 무력한 기분이 들었다. "자, 말해봐, 이 자식아. 너 말할 수 있는 거 다 알아. 네가 무슨 짓을 했는지 말해보라고!" 아빠는 나를 세게 한 대 때렸고, 맞고 나자 어지러움이 밀려왔다. 입술에서 피 맛이 났다. 무서워서 죽을 것 같은 기분이 들었던 그때, 페레슈테 누나가 내 쪽으로 몸을 던지며 나를 끌어안아주었다. "작은아빠, 제발요! 그만하세요! 그래봤자 무슨 소용이 있겠어요? 아직 어린 애잖아요." 누나는 나를 아라쉬 형에게 넘겨주었고, 아라쉬 형은 아무 말 없이 나를 집으로 데려갔다.

23

어둠의 날들이 지나가는 동안 아무도 내게 말을 걸지 않았다. 화가 나기는커녕, 심한 무력감과 외로움이 느껴졌다. 사람이 그 렇게 쉽게 거짓말을 할 수 있다는 사실을 여전히 믿을 수가 없 었다. 엄마도 가끔 거짓말을 하긴 했지만, 그건 나를 해치는 것 이 아니라 지켜주기 위한 거짓말이었다. 나는 서서히 거짓말의 의미를 이해하게 되었고, 이해하고 나자 입을 완전히 다물게 되 었다. 더는 아시와 바비에게도 말을 걸지 않았다. 아시와 바비 가 갈 곳을 잃고 내 마음으로부터 영원히 떠나버린 것 같았다.

부모님은 끊임없이 말다툼을 했다. 큰아빠네 집에 불이 났던 다음 날, 아빠는 몇몇 일꾼을 데리고 큰아빠네 집에 찾아가서 모든 수리비를 부담하겠다고 했다. 그러자 엄마가 화를 내며 말 했다. "당신이 그러면 샤허브가 불을 지른 거라고 인정하는 게 되잖아."

"당연히 걔가 한 짓이지! 걔가 아니면 누가 그랬겠어? 증인들도 다 있는데. 자칫하면 우리 가엾은 엄마가 돌아가실 수도 있었어!"

"샤허브는 누가 자기를 해치거나 화나게 만들지 않는 한, 나쁜 짓은 절대 안 하는 아이야."

"헛소리 좀 집어치워! 어젯밤에는 다들 평소보다 샤허브한테 훨씬 잘 대해줬어. 페레슈테는 계속 뽀뽀를 해주었고, 형은 틈날 때마다 간식도 줬어. 심지어 형수까지 샤허브를 입이 마르게 칭찬했어. 다들 샤허브한테 할 만큼 했다고! 이런 굴욕까지 감당해야 한다니, 차라리 죽고 싶은 심정이야. 그 애는 지체아야. 어떤 이유가 있다거나, 뭔가를 이해하고 행동하는 게 아니라고. 설령 누군가가 자기한테 상처를 줘서 복수하려고 그런 짓을 한다고 해도, 위험한 아이인 건 마찬가지야. 나한테 정말 두려운 게 뭔지 알아? 언젠가 샤디가 샤허브의 신경을 건드리기라도 하면 당신은 어떡할 거야? 그냥 가만히 앉아서 아무것도 안 하고 지켜보기만 할 거야? 어느 날 집에 돌아왔더니 샤디가 죽어 있을지도 모르는데? 정말 그럴 거야?"

아빠의 말에 엄마는 두려움을 느꼈고, 나 또한 공포에 몸을 떨었다. 어리석게도, 나는 부모님이 나의 멍청함을 알게 된 순간부터 시작된 다툼과 엄마의 나약함, 아빠의 무관심이 이제는 다 끝났다고 생각하고 있었다. 하지만 이제 그런 다툼과 나약함과 무관심이 다시 모습을 드러냈고, 심지어는 예전보다 더 심각해져 있었다. 혼자서 페레슈테 누나를 구해주었던 엄마의 모습은 흔적조차 찾아볼 수 없었다. 엄마는 더 이상 내가 예상했던 방식대로 나를 보호해주지도 않았다. 엄마도 화재를 일으킨 범인이 나라고 받아들인 것 같았고, 내가 샤디를 해칠 수 있다는 상상도 한 것 같았다. 엄마가 나약해지자 나는 점점 더 비참해졌고, 내 정신에 문제가 있다는 생각을 나조차도 의심하지 않게 되었다. 언젠가 내가 동생을 죽일지도 모른다는 상상을 하면 심한 공포가 밀려왔다. 나는 계속 그 생각에 사로잡혀 있었고, 그 때마다 손이 근질근질했다. 그래서 손을 꽉 움켜쥐고 주머니 안에 숨긴 다음 밖으로 빠져나오지 못하게 했다.

그러던 어느 날 아빠가 평소보다 일찍 집에 들어왔다. 엄마는 아무 말 없이 내게 옷을 입혔다. 엄마는 한쪽 손으로 샤디의 손을 붙잡았고, 우리는 다 같이 차에 탔다. 샤디는 계속 노래를 불렀다. 샤디의 노랫소리와 유치한 목소리로 내뱉는 헛소리를 들으니, 여느 때처럼 미쳐버릴 것 같았다.

바비가 말했다. "샤디가 너를 약 올리려고 노래를 부르고 있어!"

나도 모르게 손을 들어 올려 샤디의 머리를 후려갈겨버리는 일이 없도록 조심했지만, 한 대 때려버리고 싶은 유혹은 점점 커지고 있었다. 그러다가 샤디의 목소리가 커져서 더 이상 엄마 아빠의 말소리가 들리지도 않는 지경이 되자 더는 참을 수가 없었다. 나는 샤디의 머리통을 손으로 픽 때려버렸다. 샤디가 비명을 질렀다. 엄마가 뒤를 돌아보더니 나를 혼냈고, 샤디를 안아 올려 앞좌석으로 데려가 엄마 무릎에 앉혔다. 아빠는 의미심장한 눈빛으로 샤디를 쳐다보았다.

아시가 말했다. "어쩌겠어? 우리는 미쳐서 자제를 못 하는데."

아빠가 물었다. "당신 왜 아무 말이 없어? 애를 병원에 데려가는 게 무슨 나쁜 짓을 하는 것도 아니잖아. 부모로서 책임을 지는 거지. 현실적으로 생각해야 해. 내년이면 학교에 입학해야 하니 애를 어떤 학교에 보내야 할지도 알아야 할 거 아니야. 어떤 문제가 있는 건지 알면 더 잘 도와줄 수 있을 거야. 정신적인 문제가 얼마나 심각한 수준인지 병원에서 파악할 수 있다면, 뭔가 조치를 취해줄 수도 있을 거야. 듣자 하니 이런 애들을 위한 국제 기숙학교도 있대."

"이런 애들이라니? 나는 샤허브가 불을 질렀다는 말은 지금도 믿지 않아! 단지 말을 못 한다는 이유로 모든 잘못을 뒤집어쓰고 있는 거야."

"도대체 언제 진실을 받아늘일 거야? 재한테는 문제가 있어. 의사 선생님이 그렇다고 하면 그때는 믿을 거야?"

"왜 아무도 샤허브를 이해해보려고 하지 않는 건지 모르겠어. 가끔은 당신이 샤허브를 조금도 사랑하지 않는 것 같다는 생각조차 들어. 지금껏 한 번이라도 샤허브를 안아주려고 했던 적 있어?"

"내가 그럴 시간이라도 있었으면 몰라! 당신이랑 병원 가는 이 한 시간을 얻어내려고 온갖 고생을 하고 왔어. 왜 항상 문제를 복잡하게 만드는 거야? 당신은 늘 모든 게 내 책임이라며 나를 비난하지. 하지만 쟤는 태어날 때부터 덜떨어졌었어, 알겠어?"

"나는 샤허브가 이런 게 우리 잘못이라고 생각해. 어쩌면 충분히 관심을 주지 않아서일지도 몰라."

"왜 지금 자책을 하고 그래? 우리는 다 동등하게 대우했어. 안 그랬으면 다른 두 아이는 왜 멀쩡하겠어? 둘 다 평균 이상이야. 자식들 부양하려고 매일 밤낮으로 일하고 있는데, 대체 내가 뭘 더 해야 하는 거야?"

"어쩌면 당신이 늘 일만 하는 것도 문제일 수 있어. 우리에게는 당신이 필요해. 예전에는 이렇지 않았잖아. 가족들이랑 시간 보내는 걸 즐거워했잖아. 그런데 지금은 우리를 피하고 있어. 우리와 떨어져 있을 때 행복해하는 것 같아. 샤허브를 보고 싶어 한 적도 없잖아. 마치 존재만으로도 창피하다는 듯이."

"그게 무슨 소리야? 그런 헛소리 좀 그만해. 나는 그저 감정적이지 않고 논리적으로 행동하려고 노력하고 있을 뿐이야. 이 아픈 애한테 무얼 해줄 수 있을지 시도 때도 없이 고민하고 있다고. 정신질환은 치료에도 훨씬 오랜 시간이 걸리는 데다가, 신체질환보다 더 심각한 문제야. 그래서 돈도 더 필요하고 지원해줘야 할 것도 많아. 직장 동료한테 들어보니 정신과는 진료비도 비싸대. 나도 저녁에 일찍 들어오고 싶지만, 돈을 벌어야 하는데 뭐 어쩌겠어. 치료를 해주려면 돈을 모아둬야 해. 특히 외국으로 나가야 하는 일이 생길 수도 있으니까."

"외국으로? 샤허브가 무슨 불치병에라도 걸렸다고 생각하는 거야?"

"마리얌, 그만 좀 물고 늘어져! 나는 그저 애가 받아야 하는 치료를 받게 해주고, 먼 훗날 떳떳하고 싶을 뿐이야. 외국에는 이런 애들을 위한 특수학교가 있대."

"아니, 당신은 정확히 애한테 무슨 문제가 있다고 생각하는 건데? 나병이나 암에 걸린 것도 아니잖아!"

"정확히? 정신질환이지 뭐겠어. 신체적으로는 아무 문제 없어 보이잖아. 당신은 아무런 죄책감도 없이 살인을 저지르는 사람들이 정상이라고 생각해? 당연히 아니지! 그런 사람들이 갖고 있는 병이 나병이나 암보다 백배는 더 심각해. 그 사람들도 제때 치료를 받았다면 살인자가 되지 않았을지도 몰라."

"당신 지금 무슨 말 하고 있는 건지 알고는 있어? 지금 우리 애를 살인자랑 비교하는 거야?"

"현실적으로 생각해. 벌써 두 번이나 사람을 죽이려고 했었어. 우리는 부모로서 책임을 져야 해. 어떤 끔찍한 일이 벌어질 때까지 그저 앉아서 아무것도 안 할 수는 없다고."

"그만해! 더는 듣고 싶지 않아!" 엄마는 울기 시작했다.

"또 이러네! 이래서 당신한테는 아무 말도 할 수가 없어. 조금도 현실을 직시하지 못하잖아. 당신이 이러니까 아무도 당신 앞에서 애를 혼내지 못하는 거야. 병원 가보면 의사 선생님이 다 정리해주시겠지."

"의사 선생님 만나기 싫어."

"논리적으로 생각해! 쟤한테는 문제가 있어. 내년에 학교는 어떻게 보낼 건데? 지금 상태라면 아무 학교에서도 안 받아줄 거야. 왜 전문가의 도움을 받으면 안 되는 건데?"

병원은 북적거렸다. 엄마와 아빠는 나란히 앉아 있었고, 나는 엄마와 아빠를 마주 보고 앉았다. 심장이 빠르게 뛰고 있었다. 대기실에 있는 아이들은 전부 이상해 보였다. 한 아이는 몸집이 큰데도 아직까지 유모차를 타고 있었다. 팔다리도 전부 뒤틀려 있었다. 또 다른 아이는 뚱뚱하고 피부가 창백했는데, 반쯤 감긴 생기 없는 눈으로 나를 뚫어져라 응시했다. 그 아이의 엄마는 아이의 얼굴에 묻은 침을 계속 닦아주고 있었다. 그런 광경을 보고 있자니, 내 마음속에 자리해 있던 부정적인 감정들에 공포도 덧씌워졌다.

아시가 말했다. "여기 의사 선생님은 분명 우리가 멍청하고 덜떨어졌다는 사실을 알아차릴 거야. 그러고는 아라쉬 형네 아빠가 우리를 특수학교에 보내버리려고 모아뒀던 돈을 가로채 가겠지. 그러면 우리는 여기에 있는 이 애들이랑 같은 곳에 갇혀버리게 될 거야. 다시는 엄마를 보지도 못 할 거고."

엄마와 헤어질 생각을 하니 심장이 찢어질 듯 아팠다. 엄마도 다른 사람들처럼 내가 불을 지른 범인이라고 믿고 있었지만, 그래도 마음이 아팠다. 그렇다. 엄마도 분명 그렇게 믿었던 것이다. 그렇지 않았다면 지난번처럼 거짓말을 해서라도 나를 구해

췄을 테니까. 하지만 이번에는 엄마도 아빠처럼 나를 정말 아프게 했다.

바비가 말했다. "다들 우리를 없애버리고 싶어 해. 우리가 눈앞에 보이지 않는 게 더 낫다고 생각할 거야."

언젠가는 다들 정말 그럴 것이라는 확신이 들었다. 아라쉬 형네 아빠는 나 같은 아들을 가졌다는 수치심도 더는 느끼지 않게 될 것이다. 그러면 다들 예전처럼 다시 행복해지겠지. 서로 대화를 나누고, 다시는 말다툼을 벌이게 되지도 않을 것이다.

아시가 말했다. "아라쉬 형네 아빠가 우리를 없애버리려고 세워둔 계획인 거야."

바비가 말했다. "의사 선생님이 아라쉬 형네 아빠의 말에 동의해버리면 우리가 할 수 있는 건 아무것도 없어. 우리를 학교로 보내버리고 말 거야."

엄마가 자리에서 일어나 샤디의 손을 잡고 화장실로 향했다. 그러더니 내게 다정한 목소리로 물었다. "샤히브, 너도 화장실 갈래?"

나는 어깨를 으쓱하고 말았다. 엄마는 그 질문을 하루에 백번쯤 했다. 엄마와 샤디는 다시 화장실로 발걸음을 옮겼다. 아빠는 신문을 읽고 있었다. 나는 조용히 자리에서 일어나 병원 밖으로 나갔다.

24

길거리는 혼잡했고, 행인들은 나보다 몸집도 크고 키도 컸다. 얼굴을 보려면 고개를 뒤로 한껏 젖혀야 했다. 사람들은 마치 벽처럼 나를 둘러싸고 있었다. 나는 대부분의 사람들이 가는 방향으로 정처 없이 걸었다. 날씨는 춥고 흐렸다. 헤드라이트를 켜기에는 시간이 일러서 어떤 운전자들은 켜고, 어떤 운전자들은 켜지 않았다. 환한 조명을 발하는 어떤 가게를 지나치면서 유리창 안쪽을 들여다보았지만 진열품들에 관심이 생기지 않았다. 내 심장은 슬픔으로 가득 차 있었고, 목구멍은 잔뜩 수축되어 있는 듯한 느낌이었다. 늘 버림받을까 봐 두려워했던 나는 이제 모두를 떠나 혼자가 된 상태였다. 나는 계속 아시와 바비에게 말을 걸었다.

바비가 무서워하면서 말했다. "이제 어떻게 할 거야? 길을 잃을지도 몰라! 돌아가자. 집으로 가자."

아시가 말했다. "아니. 엄마 아빠는 우리를 집으로 데려가지 않을 거야. 어디 머나먼 곳으로 보내버리겠지. 겁먹지 마. 내가 여기 있잖아." 하지만 아시의 목소리도 두려움으로 떨리고 있었다.

간혹가다 사람들이 나를 쳐다보면서 무슨 말을 하기도 했지만, 나는 말을 할 줄 모른다는 사실을 들키지 않기 위해 재빨리 지나쳐 갔다. 혼잡한 교차로를 지나 가게들이 훨씬 적은 어두운 거리로 들어가보았다. 그곳에는 인적이 더 드물었다. 어느덧 날도 어두워진 상태였다. 너무 무섭고, 발도 아팠다. 마른 침을 계속해서 꾹꾹 삼켰지만 눈물은 주체할 수 없을 정도로 흐르고 있었다. 너무 외로웠다. 누군가가 나를 알아보고 집으로 데려다주었으면 했다. 춥고 배가 고팠다. 나는 환영받지 못하는 버려진 존재가 된 심정으로 벽에 몸을 기댔다. 아무도 나를 사랑해주지 않았다. 나의 마지막 희망이었던 엄마조차 나를 포기하고 멀리 보내버리고 싶어 했던 것이다. 그런 깊은 생각에 잠겨 있는 동안, 어떤 아주머니가 나도 모르는 사이에 가까이 다가와 있었다. 아주머니는 장갑을 낀 손으로 내 머리를 쓰다듬으면서 다정한 목소리로 말했다. "이름이 뭐니? 무슨 일 있니? 길 잃었어? 엄마는 어디 계셔?"

나는 훌쩍이면서 내가 온 방향을 손으로 가리켰다. 그 친절한 아주머니는 내 손을 잡고 내가 가리킨 방향을 향해 걷기 시작했다.

"잘 찾아보렴. 주변을 잘 살펴보다가 엄마 발견하면 알려주고."

그런데 거리 끝에 다다르기도 전에 아주머니가 갑자기 제자리에 멈춰 섰다. 그리고 내 옆에 무릎을 굽히고 앉아 이렇게 말했다. "얘야, 네 이름을 이 아줌마한테 말해줘야 한단다. 집 주소는 아니?"

나는 아무 말 없이 아주머니를 쳐다보았다.

바비가 말했다. "우리가 멍청하고 말도 못 한다는 걸 아직 모르시나 봐."

나의 대답을 기다리다 지친 아주머니가 말했다. "어떻게 해야 할지 모르겠구나. 너는 말을 안 하고, 나는 시간이 없는데 말이다. 그럼 여기에서 부모님 오실 때까지 기다리렴." 그러고는 내 손을 놓고 떠나버렸다. 물에 빠져 죽어가고 있는데 마지막 구명보트까지 떠내려가는 것 같았다. 금세 공포에 사로잡힌 나는 아주머니를 쫓아가 치맛자락을 붙잡고 애원하는 눈빛으로 바라보았다. 아주머니가 속도를 늦추었다. 그러고는 다시 무릎을 굽히고 내게 말했다. "엄마를 찾고 싶으면 네 이름이랑 주소를 알려줘야 해. 이름이 뭐니?"

나는 금방이라도 눈물을 쏟을 것 같은 눈으로 아주머니를 응시했다. 아주머니는 숨을 깊게 들이마셨고, 더 이상 나를 다그치지 않았다. 그냥 내 손을 붙잡고 경찰과 사람들이 둘러싸여 있는 곳으로 걸어갔다. 너무 혼란스러웠던 나는 아주머니가 경찰에게 하는 말을 알아들을 수가 없었다. 경찰은 내게 다가와 내 이름과 주소, 아빠의 이름을 물었다.

아주머니가 말했다. "귀가 안 들리는 것 같아요."

"아이고, 뭐 이런 경우가. 그럼 경찰서로 데려가셔야 합니다."

"그런데 제가 지금 너무 바빠서요! 이 아이를 데리고 한 시간 동안 걸어 다녔어요. 손님도 있는데 벌써 늦었어요. 다들 걱정할 거예요."

"그럼 저는 어떻게 합니까? 지금은 임무 수행 중이라 여기를 지키고 있어야 합니다. 이렇게 추운 데서 제가 아이와 같이 있을 순 없고요."

"저도 경찰서까지는 못 가요. 그런데 이 아이가 저를 안 놔줘요. 경찰서로 데려가면 아이를 보살펴주기는 할까요?"

"그럴 리가요! 가능하면 안 데려가는 게 낫죠."

경찰은 자신을 에워싸고 있는 사람들에게 다시 시선을 돌렸다. 아주머니는 고민을 하기 시작했다. 그리고 몇 분 후, 군중 속으로 파고 들어가 다시 경찰에게 다가갔다. 경찰은 아주머니가 몇 번 부른 후에야 마침내 고개를 돌렸다.

"저기요. 이 아이는 지금 피곤하고 배고픈 상태예요. 저를 믿고 있고요. 경찰서에 그냥 내버려 두고 갈 수는 없어요. 그래서 말인데, 괜찮으면 제가 이 아이를 일단 집으로 데려가고, 제 이름이랑 번호를 남겨두면 좋을 것 같아요. 아이 부모님이 나타나면 저희 집으로 찾으러 오라고 전해주시고요."

경찰은 고개를 끄덕이더니 다시 군중을 향해 시선을 돌렸다. 아주머니는 다른 거리에 주차되어 있던 차로 나를 데려갔다. 나를 뒷좌석에 태운 다음 아주머니는 운전석에 앉더니 핸드백에서 펜을 꺼내 종이에 뭔가를 적고 나에게 말했다. "여기에 있으렴. 주소 전해주고 바로 돌아올게."

아주머니가 나를 내버려 두고 떠나버릴까 봐 겁이 났다. 아주머니를 따라가고 싶었지만 차 안은 포근하고 따뜻했고, 안전하다는 느낌도 들었다. 머리가 너무 복잡하고 피곤했던 나는 차가 움직이기 시작하자마자 잠들어버렸다.

25

화장실에서 돌아오니 샤허브가 보이지 않았다. 나는 정신없이 주위를 살펴보다가 나세르에게 물었다. "샤허브한테 어디 가라 그랬어?"

"당신이랑 있던 거 아니었어?"

"아니. 바로 여기 앉아 있었잖아. 어디 갔는지 못 봤어?"

"못 봤어!"

처음에 우리는 약간 짜증이 난 상태로 병원 안을 둘러보았다. 그러나 곧 걱정이 밀려들기 시작했다. 결국 거리로 뛰쳐나가서 주변에 있는 가게와 건물들을 샅샅이 살펴보았다. 지나가는 행인들에게 남색 코트를 입고 빨간색과 파란색으로 된 니트 모자를 쓴 다섯 살 정도의 아이를 보았느냐며 계속해서 묻고 다니기도 했다. 그러나 어디에도 샤허브의 흔적은 없었다. 우리는 괴로워하며 사방을 뛰어다녔다. 나세르가 차에 올라탔다. 그는 불안하고 혼란스러운 상태였다. 나세르가 말했다. "어서 타. 차로 돌아다녀봐야겠어."

나는 눈물을 흘리며 차에 올라탔다. "뭐 때문에 무서웠던 걸까? 당신 애한테 무슨 말 했어?"

"내가? 내가 뭘 어쨌다는 거야? 걘 미쳤어. 걔가 하는 행동에 이유 같은 건 없어."

"그렇지 않아! 화가 났는데 아무 말도 할 수 없어서 그랬던 걸 거야. 애가 슬퍼해도 당신은 전혀 다정하게 대해주지 않잖아."

우리는 날이 어두워질 때까지 도보로 움직이다가 차로 돌아다녔다가 하기를 반복했다. 나세르는 계속 콧수염을 잘근잘근 씹었고, 나는 눈물을 멈출 수가 없었다. 샤디도 뭔가가 잘못되었음을 깨달았는지 뒷좌석에 조용히 앉아 있었다. 샤디도 걱정을 하고 있는 듯했다.

"누가 납치해 간 거면 어떡하지? 어디든 혼자 가는 거 무서워하는 아이인데. 어떻게 이렇게 멀리 가버릴 수가 있지? 어디에 있는 걸까? 아, 신이시여! 점점 어두워지고 있는데, 우리 불쌍한 아가 피곤하고 배고플 텐데! 대체 어떻게 된 거지?"

우리는 어쩔 수 없이 경찰서로 갔다. 필요한 서류를 작성해 제출하니, 경찰서에서 몇몇 군데에 전화를 걸었다. 담당 경찰은 친절한 사람이었다. 그는 연민이 느껴지는 말투로 말했다. "걱정 마세요. 저희가 찾을 겁니다. 댁에 가 계세요. 제보 들어오면 곧바로 연락드리겠습니다."

우리가 집에 들어가는 소리가 들리자마자 아라쉬가 문으로 마중 나왔다.

"무슨 일이에요, 엄마? 왜 이렇게 오래 걸렸어요?"

나는 여전히 훌쩍이며 계단을 올랐다. 나세르는 스트레스와 혼란에 휩싸여 있는 표정이었다. 그는 차에서 잠든 샤디를 카우치에 눕힌 다음 쉰 목소리로 말했다. "샤허브가 사라졌단다."

"사라졌다니, 그게 무슨 말이에요? 아빠랑 같이 간 거 아니었어요?"

"병원 대기실에 같이 앉아 있었어. 네 엄마가 화장실에 간 사이 나는 신문을 읽고 있었고, 샤허브가 화장실에 따라간 줄로만 알고 있었는데, 듣자 하니 병원 밖으로 나갔더구나. 지금은 어디에 있는 건지 모르겠어."

"얼른 찾으러 가요!"

"우리가 지금까지 뭘 하고 왔겠니? 경찰서에도 갔다 왔어. 제보가 들어오면 연락해주겠대."

나는 불안해하면서 계단을 내려왔다. "가만히 앉아 있지를 못하겠어. 밖에 나가서 찾아볼게." 온몸이 사시나무 떨듯 했나.

아라쉬가 내게 가까이 다가오며 말했다. "저도 같이 갈래요. 불쌍한 샤허브, 말도 못 하잖아요. 경찰서에서 샤허브를 찾는다고 해도 우리 집 애인지 어떻게 알겠어요?"

"마리얌, 좀 진정해. 어딜 가려는 건데? 다 찾아봤잖아. 뭐 좀 먹어. 내가 경찰서에 가서 뭔가 알아낸 게 있는지 확인해볼게."

그때 전화벨 소리가 울렸고, 우리는 전부 제자리에 얼어붙었다. 나세르가 허겁지겁 전화를 받았다.

두려움과 희망이 동시에 차오르는 바람에, 소리를 지르지 않으려고 손으로 입을 틀어막아야 했다. "경찰서야?"

"아니…… 응, 형…… 아니, 방금 집에 왔어…… 샤허브가 실종돼서 찾고 있었어."

그로부터 5분이 지나자 호세인 아주버님 댁 식구들이 우리 집에 찾아왔다.

"무슨 일이야?"

"뭘 어떻게 해야 할지 모르겠어!" 그리고 처음으로 나세르의 두 눈이 눈물로 가득 차올랐다. 나세르는 아주버님의 어깨에 머리를 기대고 흐느꼈다.

파타네 형님은 내 옆에 앉아서 손을 잡아주었다. "경찰서에서 찾아줄 거야. 내가 장담해."

페레슈테는 금방이라도 눈물을 쏟을 것 같은 걱정스러운 표정으로 문 옆에 서 있었다. 호스로우는 아라쉬에게 "정말 실종된 거야?"라고 물었다.

아주버님이 말했다. "전부 설명해봐. 어디에서 잃어버린 거야? 몇 시였어?"

나세르가 모든 일을 간략하게 설명해주었다. 머릿속에서 끔찍한 생각들이 스쳐 지나가는 동안 나는 계속 기도를 했다. "내 불쌍한 자식! 죄지은 것도 없는데! 저희가 너무 상처를 줘서 도망가버린 거예요. 저 없이는 아무 데도 안 가는 아이인데, 지금 이렇게 도망가버린 거예요. 저희를 떠나기로 한 거라고요! 자기 혼자 떠나버리기로 하다니, 정말 얼마나 화가 났던 건지 상상이나 하실 수 있겠어요? 저희가 너무 매정하게 굴었던 거예요! 형님, 저이가 샤허브를 안아주거나 뽀뽀해준 지도 족히 일 년은 넘은 거 아세요? 정말이에요."

나세르가 매몰차게 대꾸했다. "내 잘못 아니야. 샤허브는 내가 안으려고 하는 것도 싫어했어. 마치 내가 낯선 사람인 것처럼 말이야. 사실 낯선 사람에게 더 친절했지. 가끔은 나를 증오하는 눈빛으로 빤히 쳐다보기도 했어. 나를 아예 없는 사람처럼 취급할 때도 있었고."

"그야 당신이 애한테 조금이라도 관심을 주거나 친절하게 대해준 적이 없었으니까 그렇지! 애가 그걸 눈치채지 못할 거라고 생각했어? 내 불쌍하고 가엾은 아이가 당신이나 당신 어머님한테는 골칫거리나 마찬가지였잖아. 어머님은 우리를 볼 때마다 샤허브가 덜떨어졌다거나 미쳤다고 하셨어. 그리고 당신은 그 말을 믿었고. 내가 장담하는데, 샤허브는 그런 말 다 알아듣고 이해했어. 저희가 오늘 병원에 샤허브를 데리고 간 것도 이 사람이 고집을 부려서였어요. 샤허브는 병원 가는 걸 싫어하는데도 말이에요. 샤허브는 화재가 났던 날 이후로 놀지도 않았어요. 어찌나 우울해하던지, 차마 눈 뜨고 볼 수 없을 지경이었어요. 온갖 수단을 동원해서 기분 전환도 좀 해주고 행복하게 해주려 했지만 소용없었어요. 어린아이가 그렇게 오랫동안 슬

품에 잠겨 있을 수 있다니. 어디 의지할 데도 없는 우리 불쌍한 아이가 이 추운 날 도대체 어디에 있는 걸까요? 길거리에서 머물다간 얼어 죽고 말 텐데! 누가 납치해 간 거면 어쩌죠? 아이들을 납치해서 장기를 팔아버리는 사람들도 있다잖아요!"

페레슈테가 꺼이꺼이 울기 시작했다. 파타네 형님이 말했다. "무슨 그런 소리를! 그런 소리는 하지도 마! 동서 마음을 내가 헤아릴 수는 없지만, 신께서 도와주시리라고 믿어야 해."

"저는 샤허브 찾으러 가봐야겠어요. 그냥 이렇게 앉아 있을 수만은 없어요."

"지금 열한 시야. 게다가 웬만한 데는 다 찾아봤잖아."

"길거리에 있으면 어떡해?"

아주버님이 말했다. "제수씨 말이 맞아. 같이 샅샅이 찾아보자고. 여기 앉아 있는 것보단 낫잖아."

"경찰서에서 전화라도 오면?"

"그럼 애들은 여기 남고, 우리가 30분마다 전화해서 확인해보자."

26

아침에 일어나니 낯선 방 안의 풍경이 보여 덜컥 겁이 났다. 그래서 나는 이불을 머리끝까지 덮어써버렸다. 어젯밤에 일어난 일들을 떠올려보니 슬픔이 가득 밀려왔지만, 그 슬픔은 금세 엄청난 두려움으로 뒤바뀌었다. 잠시 후 나는 이불 밖으로 고개를 내밀어 호기심 어린 눈으로 방 안을 둘러보았다. 커다랗고 밝은 방이었다. 한쪽 벽면에는 옷장과 서랍장, 흰색 목재로 제작된 책장이 있었다. 다른 쪽 벽면에는 서랍이 몇 개 달린 커다란 책상, 탁상용 달력, 휴지걸이, 연필과 펜이 꽂혀 있는 갈색 가죽 통이 있었다. 자줏빛이 감도는 분홍 커튼과 침대보는 침대 위 창문을 통해 들어온 빛을 받아 반짝거렸다. 마음에 드는 공간이었다. 방에는 모든 것이 갖춰져 있었지만, 오랫동안 방치되어 있던 것 같았다.

침대에서 몸을 일으켜 앉았다. 엄마가 그리웠다. 엄마가 없는 곳에서 깨어나는 것은 생전 처음 겪는 일이었다. 목이 메어왔다. 밖에서는 어떤 소음이 들렸다. 침대 위 창문을 통해 밖을 내다보니 나무가 무성한 널찍한 정원이 있었다. 시간이 조금 지나자 거울 앞에 진열되어 있는 인형들이 눈에 들어오기 시작했다. 예쁜 인형들이 정말 많았다. 나는 침대에서 빠져나와 인형 하나를 집어 들어보았다. 파란 유리 눈을 가진 인형에 흠뻑 빠져 있던 그때, 방문이 열리더니 어젯밤에 봤던 아주머니가 들어왔다. 나는 겁에 질려 인형을 떨어뜨리고 침대로 뛰어 올라가 이불을 머리끝까지 뒤집어썼다. 아주머니는 내 옆에 앉아 웃으면서 이불을 덮고 있는 나를 어루만져주었다.

"얘야, 일어나렴. 어젯밤에 피곤해서 저녁도 못 먹고 잤잖니. 세수하고 아침 좀 먹으렴."

그 말에도 나는 이불 밖으로 나오지 않았다. 그러자 아주머니는 이불을 천천히 옆으로 당기더니 미소를 지으며 말했다. "아가, 일어나야지. 무서워하지 않아도 돼."

아주머니의 다정한 두 눈과 미소 띤 얼굴이 보였다. 아주머니는 어젯밤보다 더 나이 든 사람처럼 보였다. 머리카락은 바닥에 떨어져 있는 인형처럼 거의 금발에 가까운 아름다운 색깔이었다. 입술에는 색깔이 연한 립스틱이 발려 있었다. 우리 엄마는 립스틱을 바르는 일이 거의 없었다. 아주머니는 바깥에 있는 정원처럼 기다랗고 헐렁한 꽃무늬 드레스를 입고 있었다. 나는 침대 밖으로 나와 아주머니의 손을 잡고 욕실로 갔다.

"착한 아이구나. 혼자 씻을 수 있겠니? 아니면 도와줄까?"

나는 고개를 가로젓고 욕실 안으로 들어간 다음 문을 닫았다.

바비가 말했다. "우리가 이제 나이도 먹었고 혼자 씻을 수 있다는 걸 모르시나 봐."

부엌으로 가보니 어떤 나이 많은 아저씨가 식탁에서 신문을 읽고 있었다. 아저씨를 본 나는 깜짝 놀라고 말았다. 아주머니 말고 다른 사람이 있을 것이라고는 전혀 예상하지 못해서였다. 내가 아주머니 등 뒤로 숨자, 아주머니는 기뻐하며 말했다. "좋은 아침! 이제 다 모였네!"

아저씨가 신문을 내려놓으면서 "오, 정말 귀여운 아이를 데려왔네! 얘야, 기분은 어때? 이름은 뭐야?"라고 말했다.

아저씨도 친절했다. 아저씨가 친절한 사람이라는 사실은 단번에 알아차릴 수 있었다.

아시가 말했다. "우리가 말 못 하는 멍청이라는 사실을 모르시나 봐. 그래서 우리를 좋아하시는 거야."

아주머니가 말했다. "귀찮게 하지 마. 말을 못 하는 것 같아. 이제 우리의 '어린왕자'라고 부르는 거 어때?" 아주머니가 웃었다. "네 생각은 어떻니? 마음에 드니?"

바비가 말했다. "'어린왕자'래. 만화 주인공 같네."

나는 수줍게 미소를 지었다.

"좋아하는구나. 이 꼬마가 '어린왕자'가 마음에 든다고 하니 이제 그렇게 불러도 되겠어. 아주 좋아. 이제 앉아서 아침 먹자." 아주머니는 끊임없이 수다를 떨었고, 나를 위해 빵과 버터를 작게 잘라주었다.

아저씨가 말했다. "타스타란이 한 입 먹는 것 가지고도 얼마나 난리를 쳤었는지 기억나?"

"그럼. 하지만 키반은 타스타란과 달리 식성이 정말 좋았지."

"아냐. 당신 잊었나 본데, 키반도 이 어린왕자랑 같은 나이였을 때는 안 먹겠다고 난리 쳤었어. 조금 크면서 잘 먹게 된 거지."

"음식을 잘게 잘라서 기차처럼 쭉 늘어놓고는 경적소리 냈던 것도 생각나네. 터널로 기차 지나가게 해달라고 하면 입을 벌렸었지."

"맞아. 이 귀여운 녀석한테도 해줘봐."

"아냐, 어린왕자는 착하고 밥도 잘 먹는걸."

아침 식사가 끝나자 아주머니는 접시를 치우고 식탁을 닦기 시작했다. 아저씨는 식탁 의자에서 일어나 신문을 한쪽으로 치우더니, 깍지를 끼고 스트레칭을 했다. 아저씨가 아주머니에게 물었다. "수다베, 가게에서 뭐 살 거 있어?"

"우유랑 아이스크림 좀 사다줘."

"겨울인데 아이스크림을?"

"애들은 아이스크림 좋아하잖아."

"아, 그래. 그럼 데리고 갔다 올게."

"좋은 생각이야. 옛날에는 키반도 데리고 다녔었는데."

"맞아. 좋은 시절이었지. 자, 어린왕자. 외투 입고 가게 갔다 올까? 나랑 같이 가고 싶니?"

나는 부끄러워하며 고개를 끄덕인 다음 외투를 가지러 침실로 갔다.

외투를 가지고 돌아왔을 때 아저씨는 부엌 옆에서 아주머니와 이야기를 나누고 있었다. "애 부모한테 아직도 연락이 없는데, 좀 이상한 것 같지 않아?"

"아니, 아직 그렇게 오래 안 됐어."

"불쌍한 것. 이렇게 착한데. 그런데 말은 아예 못 하는 것 같아? 우리랑 있어서 안 하는 게 아니고?"

"못 하는 것 같아. 말을 할 수 있었으면 어젯밤에 그렇게 무섭고 피곤하고 추워하면서 한마디도 안 하진 않았겠지."

"무서워서 말이 안 나왔을 수도 있지. 우리가 하는 말은 다 알아듣고 이해하잖아."

"잘 모르겠어. 뭐 어쨌든, 확실히 뭔가에 화가 나 있는 것 같아. 눈이 너무 슬퍼 보여."

"그야 당연하지. 나였어도 슬프고 무서웠을 거야."

"아니, 단순히 그 정도가 아니야."

아저씨가 뒤를 돌아보더니 나를 발견했다. 아저씨는 웃으면서 내게 말했다. "어린왕자 왔구나! 어린왕자는 모자랑 외투도 찾아왔는데, 나는 아직 면도도 안 했네. 일단 갔다 와서 면도 같이 하자, 알겠지?"

아저씨가 내 손을 잡았다. 안전하다는 느낌이 들었다. 잠시 후 우리는 어떤 공원에 도착했다. 아저씨는 내게 "공원에서 놀고 싶니?"라고 묻더니, 내가 대답하기도 전에 놀이터로 데려갔다. 아저씨는 나를 그네에 앉히고 뒤에서 밀어주었다. 그리고 벤치에 앉아 슬픈 미소를 지으며 나를 쳐다보았다. 아저씨가 행복해질 수 있도록 뭔가를 해야 할 것 같은 기분이 든 나는 힘껏 발을 굴러 가능한 한 높이 솟아올랐다. 내가 민첩하고 날렵하다는 사실을 아저씨에게 보여주고 싶었다. 아저씨로부터 인정받는 것이 내게 왜 그렇게 중요했었는지는 모르겠다. 내가 손을 흔들자, 아저씨는 미소 지으며 나를 향해 똑같이 손을 흔들어주었다. 내가 용감하게 그네에서 뛰어내리자, 아저씨는 박수를 쳐주었다. 아저씨는 공원을 나서면서 내게 이렇게 말했다. "이제 수다베를 위해 쇼핑을 하자꾸나."

가게 주인이 말했다. "카리미 씨, 축하해요! 아이가 있었네요!"

"어, 그래! 그런데 뭐 문제 있나?"

"카리미 씨 나이에, 아 아니에요, 손주일 수도 있는데! 손주인 거죠?"

"그랬으면 좋겠네! 이 어린왕자 같은 손주만 있으면 다른 건 아무것도 필요 없을 텐데."

아시가 말했다. "우리 같은 손주라고?! 우리 같은 애를 갖고 싶으시다는 거야? 되게 멍청한 아저씨네. 우리가 덜떨어졌다는 걸 모르시나 봐."

아저씨가 허리를 숙여서 나를 들어 올리더니 카운터 앞에 서서 말했다.

"어린왕자, 사탕 먹고 싶니, 초콜릿 바 먹고 싶니?" 그런 친절에 익숙하지 않았던 나는 고개를 푹 숙이고 말았다. 그러자 아저씨는 내 볼에 뽀뽀를 하면서 "부끄러워하지 말고. 어서 말해보렴. 허리가 아파서 내려놓아야겠네, 꽤 무겁구나!"라고 말했다. 나는 아저씨의 아픈 허리가 걱정돼서 내려가려고 몸부림쳤다. 아저씨는 깜짝 놀라며 나를 내려놓았다. "왜 그러니? 안아주는 거 싫어?" 나는 고개를 저었다. "내가 허리 아프다고 해서 그래?" 나는 안도하며 고개를 몇 차례 끄덕였다. 아저씨는 너무나 다정한 눈빛으로 나를 쳐다보면서 머리를 쓰다듬어주었다. "정말 사랑스러운 아이구나! 자바드, 그럼 알아서 맛있는 것 좀 골라주고 우유랑 아이스크림도 부탁할게."

자바드라는 사람이 우유를 비롯한 음식들을 비닐봉지에 넣고 말했다. "그런데 카리미 씨, 이 아이가 누구인지는 아직 말씀을 안 해주셨는데."

카리미 아저씨는 목소리를 낮추고 모든 상황을 설명했다. 아저씨가 나에 대해 말하고 있다는 것은 알 수 있었지만, 그런 이야기를 속삭이듯이 하고 있다는 사실에 감사했다. 아라쉬 형네 아빠는 나에 대한 안 좋은 이야기를 할 때도 항상 큰 소리로 말했다. 내가 말을 못 하니 듣지도 못 한다고 생각했다. 그런데 이름이 카리미라는 사실을 이제 막 알게 된 이 아저씨를 보고 있으면, 왠지 모르게 아라쉬 형네 아빠가 생각났다. 두 사람은 너무 달랐는데도 말이다. 아라쉬 형네 아빠가 카리미 아저씨처럼 나에게 관심을 가져주었으면 해서 그랬는지도 모르겠다. 집으로 돌아가는 내내 아저씨는 내게 말을 걸었고, 신기한 것들도 보여주었다.

집에 도착하자 수다베 아주머니가 우리를 맞이해주고서 비닐봉지를 부엌으로 가져갔다. 아주머니는 내 외투를 벗겨주면서 "너를 위해 점심으로 스파게티를 만들었단다."라고 말했다. 그리고 카리미 아저씨에게 이렇게 말했다. "애들이 스파게티를 어찌나 좋아했던지, 당신 기억나? 당신은 어젯밤에 먹고 남은 쌀밥 먹어도 돼."

"나도 스파게티 먹을게. 연락은 왔어?"

"아니!"

우리는 웃으면서 즐겁게 점심을 먹었다. 아주머니는 입으로 경적소리를 내면서 마지막 남은 스파게티 몇 가닥이 담긴 숟가락을 마치 기차처럼 움직였고, 엄마가 가끔 샤디에게 밥을 먹일 때 했던 것처럼 내 입에 넣어주었다.

점심을 먹고 난 후 아주머니는 설거지를 했고, 아저씨는 나를 아저씨 옆에 있는 침대에 앉혔다. 그러고는 아저씨네 아이들에 대해 이야기해주었다. 아저씨의 동굴 같은 목소리를 듣는 건 즐거운 일이었다. 얼마 후 아주머니가 오더니 나를 분홍 침대로 데려가서 눕혔다. "여기는 나스타란의 방이란다. 내가 손댄 건 아무것도 없어. 나스타란은 이란으로 돌아왔을 때 자기 방이 원래 모습 그대로 남아 있기를 바라거든. 어릴 때는 책 읽는 걸 정말 좋아했단다. 네가 읽을 만한 책도 있는지 한번 찾아봐야겠구나." 아주머니는 두께가 얇은 책을 한 권 꺼내 내게 건네주었다. 한 번도 본 적 없는 아름다운 그림들이 있었다. 엄마가 주는 책들은 너무 지루했고, 내게 책을 읽어주려고 한 적도 거의 없었다. 그런데 수다베 아주머니는 책을 처음부터 끝까지 읽어주었다. 아주머니가 책을 다 읽었을 때 나는 눈을 감고서 자는 척을 했다. 이렇게 친절한 아주머니를 더 이상 귀찮게 하고 싶지 않았다. 졸음이 몰려왔는지 아주머니가 책을 읽어주는 동안 몇 번 꾸벅꾸벅 졸았던 것이다. 게다가 잠시 혼자 있고 싶기도 했다. 아주머니가 방에서 나간 후에야 나는 눈을 떴다.

바비가 말했다. "엄마는 지금 어디에 있지? 우리를 보고 싶어 할까?" 목이 메어오는 느낌이었다. "아라쉬 형네 아빠는 지금 뭘 하고 있을까? 우리가 사라져서 기뻐하고 있을지도 몰라. 엄마랑 아빠가 우리를 찾고 있기는 한 걸까? 샤디는 아마 우리 침대에서 자고 있겠지." 나는 베개에 얼굴을 파묻고 눈물을 터뜨렸다.

27

다음 날이 밝았을 때 나는 나세르와 호세인 아주버님과 함께 경찰서를 찾아갔다. 하루가 지나 근무조가 바뀌어 있었다. 그래서 모든 상황을 처음부터 다시 설명했다. 담당 경찰은 우리를 집으로 보내면서 어떤 제보든 들어오는 즉시 연락을 주겠다고 약속했다.

나는 소파에 누워 아이들이 아라쉬 방에서 나누는 대화를 듣고 있었다. "엄마 말이 맞아. 샤허브한테 무슨 일이 일어난 게 확실해. 어떤 멀쩡한 사람이 샤허브를 발견했다면 지금쯤 경찰서로 데려갔을 테고, 우리에게도 소식이 전해졌을 거 아냐. 누군가가 샤허브를 납치해 간 게 분명해."

페레슈테가 훌쩍거리기 시작했다. "정말 착한 아이였는데. 샤허브가 아니었다면 다들 나를 찾지도 못 했을 거야. 샤허브는 내 생명의 은인이야."

호스로우는 화를 내고 비웃으며 대꾸했다. "닥쳐. 내가 찾았을 거야. 그 덜떨어진 애가 무슨 슈퍼맨도 아니고!"

아라쉬가 고함을 쳤다. "샤허브는 전혀 멍청하지 않아. 그런 별명을 지어준 건 너잖아. 샤허브는 네가 너무 괴롭혀서 늘 슬퍼했던 아이라고."

"걔가 슬퍼하든 말든, 나랑은 아무 상관 없어. 너네 식구들은 다 맨날 슬퍼하잖아. 너네 엄마도 맨날 우울해하기만 하지, 말도 안 하고 거의 웃지도 않으시잖아. 게다가 너네 아빠는 집에 거의 있지도 않고, 있어 봐야 화를 내거나 피곤해하실 뿐이잖아. 그리고 너는 네 방에서 쉬지도 않고 공부만 하고. 사실 나도 여기 올 때마다 우울해져. 우리는 맨날 싸우고, 서로한테 윽박지르고, 가끔은 아빠한테 언어맞기도 하지만, 적어도 아빠는 우리한테 말도 걸고 가끔은 농담도 해."

정오가 되자 온 식구가 우리 집 정원으로 모여들었다. 나는 더 이상 말할 힘도 남아 있지 않은 상태였다. 형님이 손님들을 챙기면서 자초지종을 모르는 식구들에게 상황을 설명해주었다. 페레슈테는 샤허브 방에서 나오지 않았다. 어머님은 화가 나신 상태였지만 샤허브 때문인지, 본인의 아들 때문인지는 확실히 알 수 없었다. 그저 계속 "내 아들한테 어쩌다 이런 일이! 우리 나세르 그새 폭삭 늙었네!"라고 말씀하실 뿐이었다.

파타네 형님의 언니 파리데 씨도 찾아와 나를 안아주면서 경찰이 꼭 샤허브를 찾아줄 거라고 말했다.

의사 선생님도 방문해 안정제를 투여해주었다. 혹시라도 뭔가를 놓칠까 봐 두려운 마음에 이 층으로 올라가고 싶지도 않았다. 하지만 다들 나를 아라쉬의 방으로 데려가 침대에 눕혔다. 나는 침대에 누운 채로 밖에서 들리는 모든 소리를 주의 깊게 들었다.

샤힌 아가씨가 말했다. "어쩌다 잃어버렸대? 엄마 없이는 아무 데도 안 가는 애잖아."

파리데 씨가 말했다. "누가 납치해 간 게 분명해."

샤허브에 대해 모순적인 감정을 갖고 있던 어머님은 "말도 안 되는 소리! 듣지도 말하지도 못 하는 애를 누가 데려가고 싶어 하겠어?"라고 되받아쳤다.

파타네 형님은 설명을 덧붙였다. "저희 집에 불을 낸 이후로 굉장히 속상해했었대요. 그래서 병원에 데려갔는데 거기에서 그만 도망을……."

바흐람은 호스로우를 비난하고 있었다. "샤허브가 한 거 아니라고 말해야 할 거 아니야. 이건 부당해. 사람들한테 말해줘야 한다고!"

나는 침대에서 몸을 일으켜 둘의 대화를 더 유심히 들어보았다.

"샤허브가 아니라는 걸 네가 어떻게 알아? 우린 거기 없었잖아. 다시 이 층으로 올라가서 내 성냥 가지고 불을 냈을지도 모르지."

"그렇지 않아. 불은 네 옷장에서 시작된 거라고 소방관이 말했잖아. 네 옷에 옮겨붙어서 방 전체로 번져나간 거라고."

나는 방 밖으로 나가보았다. 나세르와 형님과 아라쉬는 식탁에 둘러앉아 있었지만, 그들도 바흐람과 호스로우의 대화를 듣고 있었다. 나세르가 자리에서 일어나 바흐람에게 다가갔다. "바흐람, 네가 아는 대로 말해보렴. 그날 밤에 무슨 일이 있었던 거야?"

호스로우는 당황해서 어쩔 줄 몰라 했다. "아무 일도 없었어요. 그냥 쟤 상상이에요. 그런 이야기를 지어내면 샤허브를 찾을 수 있다고 생각하나 봐요."

"샤허브를 못 찾는다고 해도 적어도 진짜 무슨 일이 있었는지는 알게 되겠지. 그 일로 샤허브가 굉장히 속상해했어. 그 가엾은 애는 말을 못 해도 너희들은 할 수 있잖아. 그러니까 너희들은 진실을 말해야 할 책임이 있어."

바흐람과 호스로우는 쥐 죽은 듯 말이 없었다. 그러나가 바흐람이 결심했다는 듯이 입을 열었다. "처음부터 말씀드리고 싶었어요. 처음에는 저도 정말 화가 났었는데, 가만 생각해보니까 샤허브는 무슨 일이 일어난 건지 이해도 못 하고 있고 상황은 이미 다 정리되어버린 거예요. 그래서 그냥 내버려 뒀어요. 괜히 소란을 피우고 싶지도 않았고, 파타네 이모를 속상하게 만들고 싶지도 않았어요. 그러다가 샤허브가 실종됐다는 소식을 들었을 때, 자기가 불을 냈다는 책임을 뒤집어쓴 게 너무 분해서 도망간 거라는 생각이 들었어요."

"그러니까 그날 무슨 일이 있었던 건지 말해봐."

모두가 바흐람을 뚫어져라 쳐다보고 있었다. 호스로우는 그 순간을 기회로 삼아 슬그머니 사라져버렸다.

"저녁 먹기 전에 다 같이 호스로우 형 방에 모여 있었어요. 그때 호스로우 형이 담배에 불을 붙였어요. 그냥 재미로요. 그걸 피우려던 건 아니었어요. 그런데 페레슈테가 찾아와서 왜 문이 잠겨 있냐면서 열어보라고 했고요. 그러자 호스로우 형이 당황해서 담배를 옷장 속으로 던져버렸고, 저희는 전부 방에서 나왔어요. 저는 담뱃불이 꺼졌을 거라고 생각했었어요. 하지만 그로부터 30분 정도 후 옷장에 불이 붙어버린 거예요."

아주버님의 얼굴이 붉게 달아올라 있었다. "그런데 나는 그 죄 없는 아이를 모두가 보는 앞에서 비난했던 거잖아!" 아주버님은 뒤로 돌아 식탁에 앉더니 양손으로 머리를 감쌌다. 어깨가 위아래로 들썩거리고 있었다. 다른 사람들도 전부 충격에 빠져 있었다. 내 아들의 무죄가 이미 형이 집행된 후에야 밝혀진 것 같았다.

28

그날 오후, 수다베 아주머니는 카리미 아저씨에게 사다리를 타고 다락으로 올라가 옛날에 쓰던 여행 가방을 전부 꺼내달라고 했다. 아주머니는 여행 가방을 하나하나 살펴보더니, 마침내 찾고 있던 가방을 발견했다.

"아! 찾았다! 내가 안 버렸을 줄 알았어. 이 셔츠랑 재킷 기억나? 키반에게 주려고 런던에서 사 왔었잖아. 정말 잘 어울렸는데."

"맞아, 기억나. 세월 참 빠르네! 그 옷 입혀서 당신 언니네 집에 데려갔던 게 바로 어제 일 같으데."

아시가 말했다. "저분들은 자기 자식들을 사랑하시네. 그런데 왜 도망간 거지?"

바비가 말했다. "부모님이 자기를 얼마나 사랑하는지 몰랐나 봐."

카리미 아저씨는 나를 손수 씻겨주었다. 나는 아저씨가 받아둔 따뜻한 목욕물에 한동안 몸을 담그고 있었고, 아저씨는 아저씨네 아이들에 대해 이야기해주었다. 아주머니와 아저씨에게 는 아이들 말고는 달리 말할 거리가 없는 것 같았다. 아저씨와 나는 물장난을 치고 거품을 만들면서 웃었다. 아주머니는 욕실 밖에서 수건을 들고 기다리고 있었다. 아주머니는 내 몸을 말려 주면서 죽 훑어보았다. 그러더니 아저씨에게 속삭였다. (아주머 니는 내가 청력이 아주 좋아서 속삭이는 말도 들을 수 있다는 사실을 모르고 있었다.) "몸에 상처가 하나도 없어."

아주머니는 나에게 나프탈렌 향이 살짝 나는 깨끗하고 예쁜 옷을 입혀주었다. 내 머리도 빗겨주었다. 그러고는 몇 발자국 뒤로 물러나서 감탄하는 눈빛으로 나를 쳐다보았다. "정말 아름 답구나. 이 옷을 입으니 아주 도련님 같네! 카리미, 당신도 와서 한번 봐봐!"

"정말 그렇네!"

그날 밤 우리는 아주머니와 아저씨의 친구분들 댁에 방문했 다. 그곳에 모인 사람들 가운데 주인공은 나였다. 다들 나를 호 기심 어린 눈빛으로 바라보았다. 다정한 미소를 지으면서 내 머 리를 쓰다듬기도 했지만, 나는 너무 부끄러웠다. 고개를 들 수 도 없었다. 입술을 얼마나 깨물었던지, 쓰라리기까지 했다. 거 기에 있는 아이들은 전부 나보다 나이가 많았는데 다들 내 주 위로 모여들었다. 수다베 아주머니가 말했다. "얘들아, 우리 집 에 온 정말 사랑스러운 아이란다. 이름은 '어린왕자'야. 아가, 가 서 같이 놀렴. 나자닌, 네가 이 아이를 좀 보살펴줄래? 네 방에 가서 같이 놀아, 알겠지?"

나자닌 누나를 쳐다보았다. 페레슈테 누나랑 똑같이 생긴 누나였다. 나는 누나의 새하얀 손을 붙잡고 방으로 따라갔다.

저녁 식사 시간에는 한 아주머니가 "정말 이상한 부모들이네! 자기 자식을 찾지도 않아? 아직 경찰서에도 안 간 건가? 우리였으면 지금쯤 경찰서를 뒤집어놨을 텐데!"라고 말했다.

수다베 아주머니는 그 아주머니에게 내 앞에서 그런 말을 하지 말라는 신호를 보냈다. 그리고 내게 뽀뽀해주더니 나를 위해 접시에 음식을 덜어서 방 한구석으로 데려갔다. 아주머니는 나를 소파에 앉히고 음식을 먹여주었지만 나는 입맛이 하나도 없었다. 너무 슬펐다.

그날 밤, 나는 아주머니네 집으로 돌아가는 차 안에서 잠이 들었다. 다음 날 아침에 깨어보니 아직 아무도 일어나지 않은 상태였다. 방은 이제 낯설게 느껴지지 않았지만, 내 방과 엄마의 목소리가 그리웠다. 나는 베개에 얼굴을 파묻고 울었다.

아침 식사 시간이 되자 아주머니가 아저씨에게 말했다. "아이가 속상해하고 있어. 엄마를 보고 싶어 해. 아침부터 울고 있더라고. 경찰서에 데려가보자."

"당신이랑 대화했던 경찰 이름은 뭐였어?"

"쇼쿠히 순경."

"안내데스크에 연락해서 번호부터 알아내볼게. 그런 다음 경찰서로 아이를 데려가서 우리가 뭘 해줄 수 있을지 확인해봐야겠어."

아저씨는 몇 차례 전화를 걸어본 후에야 경찰서에 연락을 취할 수 있었다. 나는 아저씨가 하는 모든 말과 행동을 안절부절못하며 관찰하고 있었다. 심장도 빠르게 뛰고 있었다.

"여보세요. 쇼쿠히 순경이랑 통화하고 싶은데요…… 지금 없다고요? 그럼 어떻게 연락해야 하죠? ……내일이요? ……아니 그럼 너무 늦을 것 같은데요. 급한 일이라서요. 그럼 다른 담당자와 통화할 수는 없나요? ……네? 주말에는 닫는다고요? ……알겠습니다, 한 시간 후에 다시 걸게요."

아주머니도 나만큼 초조해하고 있었다. "뭐래?"

"당신이 들은 말이 다야. 아무 소식도 없네. 주말이라 그렇대. 주말은커녕 주중에도 일 안 하면서! 쇼쿠히 순경은 오늘 비번이라 하고."

"그럼 이제 뭘 해야 하지?"

"아무것도. 우리가 할 수 있는 건 다 했어. 아이도 발견했고, 경찰서에 신고도 했고, 부모가 나타날 경우를 대비해서 전화번호랑 주소도 남겨뒀잖아. 우리가 뭘 더 할 수 있겠어? 그런데 당신 왜 이렇게 걱정하는 거야? 걱정해야 하는 건 그 사람들이잖아. 무슨 부모가 이렇대! 아무튼 우리는 지금 즐겁게 지내고 있잖아. 어린왕자, 피곤하니?"

"걱정은 무슨! 나는 이 아이가 여기에 있어서 좋은걸. 부모가 찾아와서 데려가면 정말 슬플 거야."

"자, 이제 준비해. 마흐무드 만나러 갈 시간이야."

"우리가 없을 때 아이 부모한테 전화라도 오면 어떡해? 경찰서에 가서 상황 좀 확인해보자."

"경찰서에 가자고? 절대 안 돼! 지난번에 교통사고 당한 남자를 경찰서에 데려갔을 때 우리가 어떤 봉변을 겪어야 했었는지 기억 안 나? 경찰들이 우리를 어떻게 취급했는지, 당신은 기억 안 나? 나는 단지 도와주려고 했던 것뿐이고 아무 관련도 없는 사람인데 나를 감방에 보내버리려고 했었잖아! 천만다행으로 그 남자가 살아서 내 결백을 증명해주기는 했지만, 안 그랬으면 아무 짓도 안 하고 범죄자가 될 수도 있었다고! 그때 나는 두 번 다시 내 두 발로 경찰서를 찾아가는 일은 없을 거라고 맹세했어."

"당신이 과장해서 기억하고 있는 거야. 그렇게까지 심각하진 않았어."

"심각하지 않았다고? 당신이 잊어버린 거겠지……."

"아무튼, 그럼 이 아이를 어떻게 할 건데?"

"아무것도. 소식이 올 때까지 기다려야지."

"하지만 벌써 이틀이나 지났잖아. 우리가 집에 없을 때 전화가 왔던 거면 어떡해?"

"그랬으면 메시지를 남겼을 거야. 내가 자동응답기 확인해봤어. 지금 우리가 아이 부모를 찾아다녀야 할 입장은 아니야. 부모가 자기 자식을 찾으러 다녀야지. 자, 이제 어서 나갈 준비 해."

"어디 가는 건데?"

"어젯밤 마흐무드랑 다라케에서 산책하기로 했잖아. 거기서 같이 점심 먹을 거야. 당신이 원하면 마흐나즈도 불러도 돼. 어젯밤에 보니까 그 집 아이들이랑 우리 어린왕자가 잘 어울려 놀더라고."

우리는 눈부신 겨울날 야외에서 산책을 했다. 같이 놀면서 웃기도 했다. 나는 어느 때보다 밥도 많이 먹었다. 아시와 바비조차 생각나지 않았다. 아시와 바비가 필요하지도 않은 느낌이었다. 그러나 밤이 찾아와 수다베 아주머니가 불을 끄고 나면 이 세상에 존재하는 모든 슬픔이 내 가슴을 짓눌렀고, 나는 숨죽인 채 울었다. 왜 우리 가족은 나를 찾지 않는 걸까?

다음 날 아침이 되자, 더 이상은 엄마 없이 숨조차 쉴 수 없을 것 같다는 기분이 들었다. 샤디와 이리쉬 형이 그립기까지 했다. 나는 울기 시작했다. 그러자 아주머니가 방으로 찾아왔다. 아주머니는 나를 안방으로 데려갔다. 잠에서 깬 카리미 아저씨는 침대에서 스트레칭을 하고 있었다. 아주머니가 아저씨에게 야단을 쳤다. "일어나. 애가 얼마나 속상해하는지 안 보여? 부모를 찾아줘야 해. 오늘은 월요일이니까 다들 출근했을 거야."

"그럼 일단 뭐 좀 먹으면서 기다려보자. 애야, 왜 그러니? 슬퍼하지 마. 이 아저씨가 너를 위해서 경찰서에 가볼게. 그런데 정말 해도 해도 너무하네! 부모가 우리를 찾는 게 아니라 우리가 부모를 찾고 있다니!"

아침 식사 후, 아저씨는 옷을 갈아입고 내 볼에 뽀뽀해주며 말했다. "걱정 말렴. 네 부모가 어디에 있든 아저씨가 찾아줄게." 그러더니 수다베 아주머니에게 말했다. "나한테 무슨 일이라도 생기면 그건 다 당신 때문이야."

"무슨 일이라니? 걱정 마. 아무 일도 안 생길 거야. 내가 장담하는데, 다들 당신한테 고마워할 거야."

"경찰서는 정말 가기 싫은데. 경찰들한테 뭐라고 말해야 할지도 모르겠어. 나이로 따지면 내가 그 사람들 아버지뻘인데, 자기들 앞에서 예의 차리고 '선생님'이라고 부르기를 기대한다니까! 결국에는 모든 걸 나한테 뒤집어씌우겠지! 한번 보자고!"

"괜히 요란 떨지 마. 친절하고 예의 바른 사람들이야. 어서 가봐."

29

이틀이 지났다. 경찰서에 갈 때마다 근무자가 바뀌는 바람에 우리는 새로운 경찰에게 모든 상황을 처음부터 다시 설명해야 했다. 경찰들은 관련 서류를 검토했고, 우리는 전화번호와 주소를 남기고 다시 집으로 돌아왔다. 한 시간 한 시간 흐를 때마다 기분이 더 가라앉았다. 이제는 경찰들도 전보다 더 걱정하고 있었다.

주말에는 담당 경찰이 호세인 아주버님에게 이렇게 말했다. "상황이 바뀌었습니다. 이제는 단순한 아동 실종사건이 아니라, 유괴 가능성에 무게를 두어야 합니다. 보통은 누군가가 아이를 발견하면, 악한 의도를 갖고 있지 않는 이상 곧바로 경찰서로 데려옵니다. 가끔은 문제가 발생해 곧바로 데려오지 못하는 경우도 있는데, 그래도 며칠 안에 아이의 가족을 찾아주기 마련입니다. 지금 저희로서는 아이가 범죄자에 의해 유괴당한 게 아니기를 바라고 있습니다. 말을 못 하고 정신적인 결함이 있는 아이들은 특히 더 위험합니다. 반사회적 인격장애를 가진 사람들도 그렇고, 약간 문제가 있는 사람들은 그런 아이들을 납치하려는 경향이 있거든요. 납치를 해도 위협적인 존재가 되지 않는다고 확신하기 때문에 그런 아이들을 데리고 자기가 하고 싶은 대로 할 수 있는 겁니다."

경찰들이 내게 그런 말을 해주지는 않았지만 모든 이야기를 전해 들은 나세르는 굉장히 불안해했다. 나는 악몽 속에서 살아가고 있었다. 더는 눈물도 나오지 않았다. 끔찍한 일들을 상상하며 계속 모퉁이만 멍하니 바라보았다. 샤디는 며칠째 샤워도 못 했고, 끼니만 아라쉬가 챙겨주고 있었다. 집안은 완전히 엉망진창이었다. 형님이 찾아와서 집 청소도 해주고 음식도 가져다주었지만 우리는 손도 대지 않았다. 나세르는 아무것도 하려 하지 않았다. 면도도 하지 않았다. 샤허브의 얼굴이 크고 또렷하게 나온 사진을 찾으려고 밤새 가족사진 앨범을 뒤적였다.

"정말 이상하네. 샤허브 사진이 너무 없어. 전부 당신이랑 샤디 사진뿐이야."

나세르는 월요일 아침 일찍 몇몇 신문사를 찾아가 샤허브를 실종아동으로 제보했다.

30

카리미 씨가 경찰서에 도착해 무슨 연유로 찾아온 것인지를 설명하자, 다들 그의 주변에 모여들어 질문을 던지기 시작했다. 카리미 씨는 질문에 답변한 후에야 담당 경찰을 만날 수 있었다. 담당 경찰은 흥분하며 물었다. "샤허브 모크타리를 찾았단 말씀입니까? 제기 제대로 들은 게 맞나요? 다시 처음부터 전부 다 설명해보세요."

"사실 이름이 뭔지는 몰라요. 아이가 말을 못 하거든요. 하지만 인상착의가 일치합니다."

"지금까지 어디에 계셨던 겁니까? 아이 가족들이 얼마나 걱정했을지 생각도 못 하셨습니까? 참 이렇게나 생각 없는 분들이 있나! 선생님은 지금 이런 행동에 책임지셔야 합니다."

카리미 씨는 사색이 된 얼굴로 분노에 차 몸을 떨면서 말했다. "내가 이럴 줄 알았어! 여기 오는 게 아니었는데! 아이를 찾아줘도 비난이나 받고 있고! 우리는 어둡고 추운 길거리에서 찾은 그 아이를 경찰한테 데려갔었어요. 그리고 경찰이 하라는 대로, 제 아내에게서 떨어지지 않으려 하는 아이를 집으로 데려갔던 겁니다. 경찰서에 저희 연락처도 전부 다 넘겼어요. 아이가 자기 집에서는 한 번도 경험해보지 못했을 만한 애정을 쏟아부으며 사흘 내내 보살폈고요. 경찰서에서 연락이 오겠지 하고 기다리고 있다가 전화를 해보니 아무도 확답을 내놓지 않길래, 그 아이의 몰지각한 부모가 누구인지 제가 직접 찾아보려고 온 겁니다. 그런데 감사하다는 말은커녕 비난이나 듣고 있다니!"

"경찰한테 데려가셨던 게 언제입니까?"

"제 아내가 아이를 찾았던 날 밤에요. 아이를 데리고 경찰을 찾아갔더니, 경찰이 제 아내의 이름이랑 전화번호를 받아 가면서 아이 부모한테 연락이 오면 전화 주겠다고 했었답니다."

"그 경찰 이름은 뭐였습니까?"

"카림 칸 거리를 담당하는 쇼쿠히 순경이요. 금요일 밤 아홉 시경이었습니다."

"아…… 쇼쿠히 순경 말씀입니까? 며칠 동안 병가를 가 있었습니다."

"병가가 언제부터였던 거죠? 금요일부터였나요? 제 아내가 그 이름이 확실하다고 했었거든요."

"잠시만 기다려주세요. 확인해보겠습니다."

담당 경찰은 몇 분 후 돌아와 카리미 씨에게 사과했다. "아이 부모님이 그동안 상상도 못 할 만큼 힘든 시간을 보냈습니다. 아이 어머님께서 아이를 못 찾으면 어쩌나 저까지 걱정될 정도였어요. 아이를 경찰서로 데려와주십시오. 아이 부모님께도 연락해 이곳으로 오시라고 하겠습니다."

모든 사람은 저마다의 사정을 갖고 있는 듯했다. 듣자 하니 그 비 오는 날 쇼쿠히 순경은 고된 업무에 치이고 있었다. 고통스러운 인후통과 두통에 시달리면서도 혼란스러운 상황을 통제하기 위해 고군분투하고 있었던 것이다. 그러다 마침내 경찰서로 돌아갔을 때는 제대로 서 있을 수조차 없는 상태가 되어 있었다. 그는 처리해야 할 모든 서류를 서랍에 넣어둔 다음 교대 근무 담당에게 화를 내며 말했다. "정말 못 해 먹겠어요! 끔찍한 상황에 놓인 사람들을 상대하는 게 너무 지쳐요. 다들 행복하게 인생을 즐기고 있을 때가 아니라, 비극적인 사건이나 말싸움, 배신, 살인 같은 범죄가 벌어질 때만 우리를 찾잖아요."

쇼쿠히 순경은 퇴근하자마자 고열에 시달리며 곧바로 잠자리에 들었고, 밤새 범죄에 대한 꿈을 꾸었다. 다음 날 아침, 쇼쿠히 순경의 아내는 경찰서로 전화를 걸어 남편이 몸이 아파 며칠 동안 출근을 못 할 것이라고 전했다.

31

엄마, 샤디의 손을 잡고 있는 아라쉬 형, 페레슈테 누나, 파타네 큰엄마, 호스로우 형, 그리고 큰아빠까지 경찰서 앞에서 초조하게 나를 기다리고 있었다. 하지만 아빠의 모습은 어디에서도 찾아볼 수 없었다. 엄마는 카리미 아저씨가 차를 세우기도 전에 문을 열고 나를 끌어내더니 품에 안아버렸다. 나는 엄마의 어깨에 머리를 기댄 채 눈물을 흘렸다. 엄마의 체취를 맡으니 마음이 편안해졌다. 몇 분이 지나서야 다른 사람들도 눈에 들어왔다. 다들 다시 만나게 되니 기뻤고, 호스로우 형을 비롯한 모두가 번갈아가며 내게 입맞춤을 해주었다.

페레슈테 누나는 내게 애원하며 말했다. "정말 다시는 그런 짓 하면 안 돼! 작은아빠랑 작은엄마가 얼마나 슬퍼하셨는지, 거의 돌아가실 뻔했어."

아시가 말했다. "아빠도? 아빠는 우리를 찾지도 않았잖아."

다들 재회 직후의 감정적인 순간이 지나고 나서야 수다베 아주머니와 카리미 아저씨를 발견했다. 아주머니와 아저씨는 눈물을 글썽이며 우리를 바라보고 있었다. 엄마는 두 분에게 다가가더니 아주머니의 손을 붙잡고 말했다. "아이를 찾아주셔서 정말 감사합니다. 저희가 그동안 얼마나 힘들었는지 정말 상상도 못 하실 거예요. 샤허브 없이 잠든 날이 그전에는 하루도 없었거든요. 천당과 지옥도 수없이 왔다 갔다 했어요."

카리미 아저씨는 주변을 둘러보다가 엄마에게 물었다. "아이 아버지는 어디에 있죠?"

"경찰서 안에서 한바탕하고 있어요. 본인도 주체하기 힘들 거예요. 지난 며칠 동안 거의 미쳐버릴 지경이었거든요."

바비가 말했다. "아빠는 경찰들이 우리를 찾아냈다고 싸우는 거야?"

수다베 아주머니가 엄마에게 말했다. "아이가 돌아왔으니 사은을 하셔야겠네요."

엄마가 나를 꼭 껴안으며 말했다. "그럴 거예요. 정말 한시도 쉬지 않고 기도하고, 신께 수없이 약속했어요."

아빠가 노발대발하며 경찰서에서 나왔다. 붉으락푸르락했던 아빠의 얼굴은 나를 발견하고 나서 약간 풀어졌다. 아빠가 엄마를 보며 말했다. "이제 당신 아들 찾았네."

아빠는 나를 껴안으려고 했지만 나는 엄마에게 매달렸다. 양쪽으로 활짝 펼쳐져 있던 아빠의 팔은 힘없이 늘어졌고, 아빠는 내 목 뒤에 뽀뽀만 하고 말았다. 그러고는 아주머니와 아저씨에게 감사하다고 했다. 카리미 아저씨가 말했다. "진심으로 기쁩니다. 샤허브는 정말 어린왕자처럼 착한 아이었어요. 그동안 정이 참 많이도 들었는데. 가끔 아이를 보러 가도 될까요? 보고 싶을 거예요."

"그럼요. 친절히 대해주셔서 감사합니다."

카리미 아저씨가 양팔을 벌리자, 나는 아저씨의 품으로 뛰어들었다. 아저씨가 내 귀에 대고 속삭였다. "자, 아저씨가 네 부모님 찾아주겠다는 약속 지켰어. 이제 행복하니?" 나는 아저씨의 목을 양팔로 끌어안았다. "아저씨가 가끔 너희 집으로 놀러 갈게. 같이 공원에 가자. 어떠니?" 나는 고개를 끄덕였다. 아저씨는 내 볼에 뽀뽀를 해주고 품에서 놓아주었다. "이제 인사해야겠구나, 어린왕자."

우리는 작별 인사를 나눈 후 각자의 차로 이동했다. 나는 엄마의 손을 잡은 상태로 계속 아주머니와 아저씨가 있는 쪽을 돌아보며 손을 흔들었다. 아주머니와 아저씨는 슬퍼 보였다. 아주머니의 얼굴에는 아직도 눈물이 흐르고 있었다.

바비가 말했다. "이제 집으로 돌아가서야 한대. 우리를 정말 예뻐해주셨고 앞으로도 우리를 보고 싶어 하실 분들이야. 본인의 자식들을 그리워하시는 것처럼 말이야."

마음이 슬펐다. 나는 엄마의 손을 놓고 아주머니와 아저씨를 향해 달려갔다. 그리고 카리미 아저씨의 볼에 뽀뽀한 다음, 다시 엄마에게 되돌아갔다. 아빠는 나의 이 특이한 행동에 놀라더

니 나를 이상한 눈빛으로 쳐다보았다. 마치 내가 아빠의 얼굴을
세게 한 대 치기라도 한 것 같았다.

32

머지않아 모든 것이 원래대로 돌아왔다. 아라쉬 형은 학교 수업과 몇 가지 과외 공부로 바빴다. 아빠는 그동안 못 했던 회사일을 하느라 평소보다 늦게 퇴근했다. 샤디는 쉴 새 없이 귀여운 옹알이를 해대며 즐거워했고 사랑받았다. 엄마는 새해가 다가오면서 평소보다 늘어난 가사노동을 히느라 분주했다. 하지만 변한 것도 있었다. 다들 나를 친절하게 대했고 내가 주변에 있으면 더 조심스럽게 행동했는데, 그러면서도 가출해 있던 그 며칠 동안 내게 무슨 일이 일어났던 건지 궁금하다는 눈길을 보냈다. 내가 다시 도망가지는 않을지 염려하는 눈치였다. 나는 그런 시선을 무시하려고 했지만, 내 안에서도 뭔가가 변했다고 느꼈다. 집을 떠나 있던 며칠 동안 새로운 세계를 접했기 때문이었다. 나는 수다베 아주머니, 카리미 아저씨의 집과 우리집을 끊임없이 비교했다. 아주머니와 아저씨의 집은 우리 집보다 더 밝고 아늑해 보였다. 두 분은 서로에게 농담도 하고, 서로를 다정한 눈빛으로 쳐다보았다. 비록 두 분은 무엇을 보든 자식들을 떠올렸고 그러면 두 눈에 금세 눈물이 차올랐지만, 우리보다 더 행복하고 생기가 넘쳐 보였다. 아주머니는 이런저런 일을 하는 동안 노래를 불렀고, 누가 봐도 자신이 하고 있는 일을 즐기고 있다고 생각될 만한 표정을 지었다. 하지만 엄마는 일하는 내내 늘 얼굴을 찌푸렸다. 지금 하는 일을 싫어하고, 오로지해야 하기 때문에 하고 있음이 분명하게 드러났다. 그렇게 비교를 해보는 동안 나는 엄마가 지금보다 조금 더 행복했더라면, 아빠가 카리미 아저씨처럼 엄마에게 더 관심을 쏟고 우리를 더 사랑해주었다면, 내가 지금쯤 말을 할 수도 있었을 거라고 믿게 되었다.

한동안 아무 일 없이 하루하루가 지나갔다. 아무도 내가 학교에 입학하는 문제에 대해 언급하지 않았다. 아주머니와 아저씨가 몇 번 나를 찾아와 같이 외출을 하기도 했다. 두 분과 함께 있으면 마음이 편안했다. 나를 있는 모습 그대로 사랑해주었고, 나에게 아무것도 기대하지 않았다. 집에 돌아오고 나면 두 분과의나들이를 몇 시간씩 곱씹어보았다. 하지만 그런 만남도 곧 끝나고 말았다. 아빠가 아주머니와 아저씨에게 차갑게 대하면서 나와 두 분의 관계를 달가워하지 않아서였다. 나는 아주머니와 아저씨가 그리웠다. 우리를 떨어뜨려놓은 아빠의 행동은 아빠가나에게 원한을 품고 있음을 보여주는 또 하나의 신호 같았다.

한 해가 끝나갈 무렵의 어느 날, 수다베 아주머니가 엄마에게 전화를 걸어 놀러 가도 되느냐고 물었다. 그 후 아빠는 아무 핑계라도 대지 왜 안 그랬냐며 엄마와 한참 말싸움을 했다. 그리고 두 분이 우리 집에 놀러 오자 쌀쌀맞게 대했다. 나는 아빠에게 받지 못한 사랑을 보상받으려고 양팔을 벌려 카리미 아저씨를 껴안았다. 그리고 아빠가 화난 표정으로 지켜보는 동안 마치 연극을 하듯이 아저씨 볼에 뽀뽀했고 한시도 떨어지지 않으려 했다. 아빠는 그런 나의 모습을 보며 짜증을 냈고, 나는 아빠의 그런 모습에 기분이 좋았다. 아주머니와 아저씨는 내게 걸어 다니는 커다란 로봇을 사주었다. 선물을 받으니 자신감도 생겼다. 사람들의 관심을 받는 주인공이 되는 경험은 생전 처음이었다. 주인공은 나뿐이었다. 나는 로봇을 끌어안고 쓰다듬어주었다.

아빠는 심술궂은 말투로 말했다. "이 애는 저희가 뭘 사주든 전부 다 망가뜨려버려요. 너 이건 안 망가뜨리게 조심히 다뤄!"

아시가 말했다. "아빠는 진짜 멍청해! 우리가 좋아하는 로봇을 왜 망가뜨리겠어. 아빠가 사다 준 장난감은 우리를 약 올리려고 준 거니까 망가뜨린 거지. 그래야 아빠가 약 오를 거 아니야. 하지만 아주머니와 아저씨는 우리를 사랑하니까 두 분이 사주신 장난감은 망가뜨리지 않을 거야."

나는 행복에 겨운 나머지 두 분이 작별 인사를 하러 왔다는 사실도 깨닫지 못하고 있었다. 두 분은 외국에 있는 자식들을 보러 나갈 계획이었고, 우리가 다시 만날 수 있는 날이 언제가 될지도 불확실했다.

33

새해가 찾아온다는 것은 굉장한 사건이었다. 엄마는 새해가 가까워질수록 행복해했다. 더 많이 웃었고, 덜 피곤해 보였다. 엄마가 기뻐하니 온 집안도 덩달아 환해졌다. 우리 가족의 문제도 별로 중요하지 않은 문제가 되어가는 듯했다. 다툼은 줄어들었고, 모두가 설레는 감정을 느끼고 있었다. 엄마는 기회가 될 때마다 모아둔 돈을 은행에 저축했다. 그리고 우리를 위해 새 옷과 선물을 구입한 다음, 그 포장된 선물들이 망가지거나 구겨지지 않게 마치 귀한 비밀을 간직하듯이 여행 가방에 숨겨두었다. 엄마는 그 선물을 아빠에게도 보여주지 않았다. 온 가족이 일 년 내내 기다려온 행복한 시간은 새해 연휴 동안 지속되었다. 아빠가 기차표를 사 들고 집에 오자 엄마는 기쁨의 탄성을 내질렀다. 우리는 엄마 주변을 빙글빙글 돌면서 펄쩍펄쩍 뛰고 자지러지게 웃었다. 여행 날짜가 정확히 잡힌 후부터는 다들 그 날만을 손꼽아 기다렸다. 마법이 일어나고 있는 것 같았다. 시간은 순식간에 흘렀고, 모든 것이 평소보다 훨씬 빠르게 진행되었다.

마침내 기차역에 도착했을 때, 내 심장은 기쁨으로 요동치고 있었다. 그 기나긴 강철 뱀은 이 세상에서 내게 가장 아름답고 강력한 존재였다. 낯선 소리와 냄새가 마법처럼 사방을 가득 메웠다. 나는 몸을 숙여 기차의 밑바닥을 들여다보기까지 하면서 구석구석을 유심히 관찰했다. 번들번들한 철길들과 그 사이에 있는 자갈들을 보면 머리가 어지러웠고, 나는 그 위로 떨어지면 어떤 일이 벌어질지 상상하며 몸서리를 치기도 했다. 기차를 만지고 기차와 하나가 되어, 이 웅장한 생명체의 배에 몸을 싣고 머나먼 곳으로 여행을 떠나고 싶었다. 가장 흥분되는 순간은 경적이 울리고 기차가 우르릉대면서 흔들리기 시작할 때였다. 나는 창문에 더 가까이 붙어서 기차가 점점 속도를 올리는 광경을 지켜보았다. 모든 것이 흥미진진했다.

약 한 시간 동안 모든 준비를 마치느라 분주히 움직이던 아빠는 그제야 숨을 돌리기 시작했다. 아빠의 불안은 힘없는 행복으로 바뀌어 있었다. 아빠는 자리에 풀썩 주저앉아 아주 잠깐 미소를 지은 후 엄마에게 물었다. "먹을 게 뭐가 있었지?" 아빠가 수다스러워지는 정말 희귀한 순간이었다. 아빠는 아라쉬 형에게 기차역들에 대한 정보, 기차가 움직이는 방식, 터널의 개수, 열차 운행 시간표 등에 대해 말해주었다. 나도 그런 정보를 흥미롭다고 여기면서 주의 깊게 들었다. 나는 들은 내용을 전부 외우기까지 했지만, 아빠가 나에게 해주는 말이 아니었기 때문에 내가 흥미롭게 듣고 있다는 사실을 몰랐으면 했다. 그래서 딴짓하는 척을 했다. 나는 내가 세운 싸움의 법칙을 절대 잊지 않는 사람이었다.

남쪽은 항상 따뜻하고 아름다웠다. 공기에서도 다정함이 느껴졌다. 그곳에서는 말을 하지 않아도, 똑똑하고 완벽하지 않아도, 그냥 손주라는 사실만으로 사랑받을 수 있었다. 모든 사람이 다가와 안아주고, 나를 자랑스럽게 소개해주었다. 서로를 바라보는 눈빛은 다정하고 친절했으며, 서로 주고받는 말들에는 사랑이 가득 차 있었다. 외할머니의 성함은 비비였다. 친할머니와 달리, 외할머니는 손주들 안아주는 것을 겁내지도 않았고 늘 사랑을 듬뿍 주었다. 외할머니는 웃으면서 우리를 향한 사랑을 대놓고 표현했고, 그런 행동으로 인해 권위가 떨어지진 않을지 걱정하지도 않았다. 그리고 우리를 위해 일 년 내내 사 모은 선물들을 나눠주었다. 우리는 연꽃잎을 먹으면 복통이 생긴다고 믿은 아빠의 눈을 피해 커다랗고 맛있는 연꽃잎도 먹었다. 그러고 난 뒤에는 오렌지 꽃향기를 맡으며 울창한 나무 그늘 아래에서 놀았다. 이 집 저 집을 돌아다니며 만난 사람들은 우리를 더 행복하게 해주었다. 이란의 남쪽은 새해 내내 축제가 끊이지 않는 곳 같았다. 사람들도 늘 휴식을 취하고 있었다.

그곳에 있으면 엄마는 수다쟁이로 변했다. 마치 일 년 동안 참았던 이야기를 이 주 동안 모조리 쏟아붓듯이 온갖 일에 대해 수다를 떨었다. 심지어 시종일관 진지하기만 했던 아빠도 사람들이 보여주는 애정과 환대를 무시하지 못했다. 아빠는 삼촌들과 대화를 나누었고 삼촌들이 농담을 하면 웃기도 했다. 그곳에 있으면 마음이 한결 가벼웠다. 내가 말을 못 한다는 사실도 속상하게 느껴지지 않았다. 사람들은 나를 이해해주었고, 내가 말을 못 한다는 것은 중요하지도 않은 문제가 되었기 때문에 더 이상 내게 짐이 되지도 않았다. 말을 못 한다는 사실을 떠올릴 때마다 구역질이 나거나 공포에 휩싸이는 일도 없었다. 아무도 나를 비웃지 않으리라는 사실을 알고 있어서였다. 나는 몇몇 단어를 소곤소곤 내뱉어보게 되기도 했다. 하지만 그곳에 머무는 시간은 너무 짧았다. 내가 말을 할 준비를 마치기도 전에 여행이 끝나는 바람에 그 슬픈 침묵의 삶 속으로 돌아가야 했다.

집으로 돌아오고 처음 며칠 동안은 그 어느 때보다도 침울했다. 엄마는 한숨을 내쉬었고, 남쪽 지방의 음악을 들으며 엄마만의 세계 속으로 더욱더 깊이 빨려 들어갔다. 엄마는 고향으로부터 멀리 떨어진 곳에서 지내는 일에 조금도 익숙해지지 않았다. 그리고 엄마가 고향에서 떠날 수밖에 없었던 원인인 아빠는 아무런 도움도 되지 않았다. 엄마의 영혼과 행복과 대화는 모두 고향에 남아 있었다. 우리 집에서는 외로움과 소외감밖에 느끼지 못했다.

아빠는 또다시 회사 일로 바빠졌다. 집 안에서 들리는 대화는 차갑고 거리감만 느껴져서 말을 하고 싶은 마음조차 생기지 않왔다. 아라쉬 형네 아빠와 아빠네 가족은 어째서 다정하고 애정 어린 대화를 나누지 못하는 건지 궁금했다. 아빠가 엄마에게 더 자주 말을 걸었다면, 아빠가 엄마를 부를 때 '자기'라든가 '여보'라든가 '내 사랑'이라는 말을 썼다면, 엄마가 이렇게까지 슬퍼하지는 않았을지도 모른다. 그랬다면 나도 말을 할 수 있게 되었을지 모른다.

아시가 말했다. "아빠도 방법은 알고 있어. 예전에는 엄마를 그렇게 불렀었잖아. 그래서 엄마가 아빠랑 결혼한 거야. 하지만 아빠가 이제는 그런 말을 쓰고 싶지 않아 해."

바비가 물었다. "왜 그런 거지?"

"우리 때문이야. 엄마한테 우리 같은 아들이 있어서 그런 거야."

아라쉬 형은 또다시 책과 공부의 세계로 돌아갔다. 가엾은 형은 학교에서 우등생이 되는 것 말고는 달리 할 수 있는 일이 없었다. 형은 덜떨어진 자식을 가졌다는 아빠의 수치심을 만회해주기 위해 천재가 되어야 했다. 아라쉬 형의 어린 시절은 그런 무거운 짐에 짓눌려 사라져버리고 말았고, 이제 그런 짐은 형의 십대 시절마저 앗아가려 했다. 형은 서서히 웃는 법도, 행복해지는 법도 잊어가고 있었다. 샤디는 우리 집에서 유일하게 행복한 사람이었다. 원하는 것이라면 뭐든 다 했고, 샤디에게 뭔가를 기대하는 사람도 없었다. 샤디는 마음껏 놀고 웃을 수 있었고, 건강하고 정상적인 아이로 자랄 수 있었다.

그런 집에서는 말을 해야 할 필요가 없었다. 남쪽 지방에서의 이 주 동안 차곡차곡 쌓았던 기쁨의 표현은 흔적도 없이 사라지고 말았다.

34

봄이 절반가량 지났을 무렵 걸려온 전화 한 통은 우리 가족
의 삶에 커다란 혼란을 불러일으켰다. 엄마는 미친 사람처럼 울
어댔다. 그러자 파타네 큰엄마와 페레슈테 누나가 우리 집으로
찾아와 엄마에게 설탕물을 먹여주었다. 아빠는 평소보다 일찍
퇴근했지만 엄마는 울음을 멈추지 않았다.

"아버지가 편찮으시대! 당장 가봐야 해!"

아빠가 엄마의 손을 잡고 말했다. "아, 알겠어. 아이들이 보고
있으니까 일단 진정해봐. 형수님, 저희 집 애들 좀 데리고 가주
실 수 있을까요?"

나는 엄마에게 달려가 다리를 붙잡았지만 엄마는 나를 보지도
못 했다. 아빠는 내 손을 잡아 페레슈테 누나에게 넘겨주었다.
큰엄마는 샤디를 안아 들었고, 우리는 다 같이 큰집으로 갔다.

큰집에서는 다들 속삭이며 조용히 말했다. 나는 구석진 곳
에 서서 사람들이 나누는 대화를 유심히 들었고, 누군가가 움직

일 때마다 어디로 가는지 지켜보았다. 페레슈테 누나가 말했다.
"그게 정말이에요? 아프신 거라고 했잖아요."

"동서 가족들이 동서한테는 그렇게 말했는데, 동서 남편이 회
사에 있을 때 전화해서는 이미 끝났다고 했대."

"불쌍한 작은엄마! 괜찮아질 거라고 생각하면서 가실 텐데.
도착해서야 다 끝났다는 걸 알게 되는 거잖아요. 아버지를 정말
사랑하시던데."

아시가 말했다. "너도 들었어? 외할아버지가 끝났대."

외할아버지의 다정한 얼굴을 떠올려보았다. 외갓집에 머물
때 할아버지는 매일 우리를 데리고 나가서 아이스크림을 사주
었다.

바비가 말했다. "끝났다는 말이 무슨 의미인지 알아? 죽었다
는 말이야."

나는 "죽었다"라는 말보다 "끝났다"라는 말을 머릿속에 더 잘
그려볼 수 있었다. 끝나버린 무언가는 다시 시작될 수 있었으니
까. 나는 점점 깊은 생각에 잠겼다.

아시가 말했다. "엄마가 외갓집에 갈 거래. 우리도 다시 기차
를 타게 될 거야!"

그 다정한 공간에 다시 가게 된다는 기쁨에 할아버지가 끝났
다거나, 죽었다거나, 하여간 나로서는 완전히 이해할 수 없는
것에 대한 슬픔은 밀려나버렸다. 하지만 엄마랑 아빠가 나를 큰
집으로 보낸 이유를 이해할 수 없었다.

바비가 말했다. "사촌들 준다고 엄마가 냉장고에 숨겨놓은 초 콜릿 바 몇 개 챙겨 가는 거 잊지 마."

나는 큰집에서 나와 집으로 향했다. 집으로 가는 내내 '죽었 다'라는 단어에 대해 생각했는데, 평소에 느끼지 못한 이상한 불안이 느껴졌다.

바비가 물었다. "죽는 건 아주 오랫동안 잠드는 거랑 같다고 엄마가 말했던 거 기억나? 얼마나 오래 자게 되는 걸까?"

아시가 대답했다. "아주아주 오랫동안. 우리가 자는 거랑은 다를 거야. 잠을 자는 장소도 특별해야 할 거야."

"그러니까 어떤 장소?"

"병원 같은 곳 아닐까 싶은데."

"우리도 갈 수 있어?"

"나도 몰라!"

집에 도착했지만 대문이 잠겨 있었다. 키가 작아서 초인종에 손이 닿지도 않았다. 그래서 주먹으로 대문을 마구 두드렸다. 엄마는 늘 내가 문 두드리는 소리를 알아듣고 곧바로 문을 열 어주곤 했었다. 그런데 이번에는 아무도 문을 열어주지 않았다. 나는 문을 발로 차다가 땅바닥에 엎드려서 차고 문틈을 들여다 보았다. 아빠의 자동차 바퀴가 보이지 않았다. 둘이서 어디를 간 걸까? 엄마는 아침에 어디를 가든, 보통 나를 데리고 갔었다. 목이 메어오는 느낌이 들었다. 나는 화가 나서 눈물을 흘리며 대문을 다시 발로 찼다. 페레슈테 누나가 큰집에서 뛰쳐나오고 있었다. 외투의 단추도 잠그지 않고, 스카프도 제대로 쓰지 않은 상태였다. 누나는 내게 달려와 나를 데려가려고 했다.

"우리 샤허브, 왜 허락도 없이 나갔어? 어서 가자." 나는 누나의 손을 뿌리쳤다. "여기엔 아무도 없어. 너희 아빠가 엄마 데려다주느라 나가셨는데 곧 돌아오실 거야. 가자. 놀이공원 갈래? 오후에 데려가줄게. 작년에 거기서 관람차 탔던 거 기억나? 놀이공원에서 놀다가 돌아올 때 즈음이면 너희 아빠도 집에 와 계실 거야. 밤에는 네 침대에서 잘 수 있을 거고. 내가 약속할게."

마음이 조금 진정되었다. 어차피 아무것도 할 수 없었기 때문에 페레슈테 누나를 따라 큰집으로 돌아갔다.

샤디는 아무 걱정도 없이 파타네 큰엄마와 놀고 있었지만, 나는 엄마가 보여줬던 이상한 행동에 대한 생각을 머릿속에서 떨쳐낼 수 없었다. 엄마는 할아버지가 보고 싶지도 않은가? 대체 어딜 간 거지? 우리 집 가방이랑 여행용 옷도 챙겨야 하면서. 바비가 밀했다. "신물을 사러 가셨을지도 몰라." 엄마는 새해맞이 여행을 떠나기 보통 한 달 전부터 선물을 사기 시작했다. 나는 대체로 쇼핑을 좋아하지 않는 편이었지만 그 선물만큼은 항상 특별상이라고 생각했고, 선물을 준비하는 과정도 신나게 즐겼다.

오후가 되자 큰아빠가 우리를 놀이공원에 데리고 갔다. 다 같이 여러 놀이기구를 탔지만 나는 기분이 싱숭생숭하고 불안했다. 집으로 돌아오는 길에 샤디는 파타네 큰엄마의 품에서 잠들었다. 큰엄마는 샤디의 신발을 벗기더니, 놀랍게도 큰엄마의 침대에 샤디를 눕혔다. 그러고는 내 손을 잡고 말했다. "집에 가자. 이제 너희 아빠 돌아오셨을 거야."

나는 큰엄마의 손을 뿌리치고 샤디를 깨워 집에 데려가려 했다. 그러자 큰엄마가 화를 내며 말했다. "그만둬, 그러다 깨겠어!"

하지만 페레슈테 누나는 내 마음을 이해하고 있었다. "걱정마, 샤허브. 샤디는 오늘 여기서 잘 거야." 나는 고개를 가로젓고 다시 샤디에게 다가가려 했다. 그러자 누나가 내 손을 잡아당겼다. "너희 엄마가 집에 안 계실 동안 우리한테 샤디를 맡아달라고 하셨어."

나는 두려운 눈빛으로 누나를 쳐다보았다. 안 계실 동안이라니? 샤디를 데리고 할아버지 댁에 가는 게 아니었나? 머릿속이 혼란스러웠다. 나는 집으로 내달리기 시작했다. 큰아빠와 페레슈테 누나가 나를 쫓아왔다. 대문을 두드리자마자 아라쉬 형이 문을 열어주었다. 아빠의 자동차도 있었다. 나는 양팔을 벌리고 있는 아빠를 지나쳐 집 안으로 뛰어 들어갔다. 거실과 부엌과 일 층에 있는 아라쉬 형의 방을 살펴보았다. 그다음에는 이 층으로 올라가 안방의 문을 열어보았다. 방 안에는 불이 켜져 있었다. 침대에는 옷이 이리저리 널브러져 있고 옷장 문은 살짝 열려 있었지만, 엄마의 흔적은 어디에도 없었다. 무슨 상황인 걸까? 욕실도 살펴보았지만 거기에도 엄마는 없었다. 나는 순식간에 공포에 사로잡혔다. 엄마가 사라져버린 거면 어쩌지? 엄마가 나를 두고 떠난다는 게 가능하기는 한 건가? 나는 다시 방 밖으로 나와보았다.

아빠와 큰아빠와 페레슈테 누나와 아라쉬 형이 정원 벤치에 앉아 있었다.

아빠가 말했다. "운이 좋았어. 처음엔 티켓을 한 장도 구할 수가 없었어. 비행기도 예약이 꽉 차 있었고. 그런데 아미리예에 살았을 때 이웃이었던 혜삼 하즈라티 씨를 갑자기 마주친 거야. 누군지 기억나? 공항에서 뭘 하고 있었던 건지는 모르겠지만, 아무튼 신이 주신 선물이었어. 우리 사정을 듣자마자 어딘가로 가더니 티켓을 구해주더라고. 그래서 마리얌은 두 시간 전에 비행기를 타고 떠났어. 도착하자마자 전화 달라고 했고. 아이들 걱정이 많던데, 특히 샤허브를 굉장히 걱정했어. 내가 잘 돌볼 수 없을 거라고 생각했나 봐."

믿을 수 없었다. 그러니까 엄마가 나를 아라쉬 형네 아빠한테 맡기고 떠났다는 말인 건가? 이게 정말 가능한 일이기는 한 건가? 페레슈테 누나가 뒤를 돌아보다가 나를 발견했다.

나는 있는 힘껏 대문을 세게 닫아버리고 내 방으로 뛰어 올라갔다. 배신자! 엄마가 나를 아라쉬 형네 아빠한테 맡기고 떠나버리다니! 엄마는 아빠가 나를 학교로 보내버리려고 했던 것도 기억 못 하나? 아빠는 나를 잃어버렸을 때 찾으려 하지도 않았고, 카리미 아저씨 덕분에 나를 발견할 수 있었다는 사실을 엄마는 모르는 건가? 게다가 경찰서에서 나를 찾았을 때도 다른 사람들은 전부 기뻐했지만 아빠만큼은 아니었다. 아빠는 나를 반기기는커녕, 경찰서 안에서 경찰이랑 말다툼이나 하고 있었던 것이다! 넓디넓은 세상에 혼자 남겨진 기분이 들었다. 나는 신고 있던 신발과 옷을 벗지도 않은 채 그대로 이불 속에 몸을 숨겼다. 아빠가 이 층으로 올라와 내 방 문을 열었다. 나는 벽을 보고 돌아누운 채 눈을 꽉 감아버렸다. 아빠는 이불을 한쪽으로 치우더니 침대 끄트머리에 앉아 내 신발과 양말을 벗겨 한쪽에 치워두었다. 엄마였다면 내 볼에 뽀뽀도 해주었을 것이다. 그때 내가 간절히 필요로 했던 것은 그런 뽀뽀였다. 아라쉬 형네 아빠가 해주는 뽀뽀라 할지라도.

아라쉬 형이 방으로 들어와 말했다. "엄청 일찍 잠들었네요!"

"아이잖아. 아무것도 이해 못 해서 다행이야. 굉장히 피곤했을 거야. 하루 종일 외출하고 놀이공원에도 갔다 왔으니 말이야. 너희 큰아버지가 이미 저녁도 먹었다고 그러시더라."

"하지만 옷도 안 갈아입고 양치질도 안 했는데요. 엄마였다면 저렇게 자게 내버려 두지 않았을 거예요."

"그냥 둬. 하룻밤 그냥 잔다고 무슨 일이 일어나진 않을 테니까. 나도 너무 피곤해. 내일 해야 할 일이 산더미인데. 너도 방에 가서 자렴. 내일 학교 가야지."

"샤허브는 어떻게 하죠?"

"네가 내일 아침 학교 가기 전에 큰집에 데려다줘."

아빠와 형은 불을 끄고 문을 닫고 나갔다. 나는 덮고 있던 이불을 치워버렸다. 방 안은 너무 깜깜했다. 아빠가 취침 등을 켜놓는 것을 깜빡한 탓이었다. 아시가 말했다. "아빠는 우리가 이 어두운 방에서 죽어버려도 상관없나 봐. 치아가 다 썩어서 빠져버려도, 더러운 옷을 입고 자다가 병에 걸려도 상관없나 봐. 그렇게 되면 오히려 기뻐하겠지."

엄마가 미치도록 보고 싶었다. 나를 두고 떠난 엄마를 용서할 수 없었고 그런 엄마에게 화가 나기는 했지만, 나는 여전히 진심으로 엄마를 사랑했고 엄마도 나를 사랑한다는 사실을 알고 있었다. 나는 눈물을 훔친 다음, 아무도 내가 우는 소리를 듣지 못하도록 얼굴을 베개에 파묻었다.

다음 날은 큰집에서 아무 할 일도 없이 지루하게 보냈다. 엄마에 대한 생각을 멈출 수가 없었다. 왜 우리를 데려가지 않은 걸까? 그동안 얌전하게 지냈고 망가뜨린 것도 없는데 엄마는 나를 내버려 두고 가버렸다. 저녁 시간이 되자 아빠가 큰집으로 와서 우리를 데리고 집에 갔다. 그러고는 윗면은 덜 익고 아랫면은 타버린 달걀프라이를 요리해주었다. 나는 그 달걀프라이에 손도 대지 않았다. 아빠가 말했다. "샤허브, 왜 안 먹니? 어서 먹어." 나는 고개를 푹 숙였다. "다른 거 먹고 싶니?" 나는 깜짝 놀라 아빠를 쳐다보았다. 아빠가 나를 친절하게 대하고 있었다. "뭐 먹고 싶어? 말해봐, 아빠가 갖다줄게." 실망스러운 말이었다. "자, 지금부터는 원하는 게 있으면 아빠한테 말해야 해.

아라쉬 먼저 해보자. 자, 아라쉬, 뭐 먹고 싶니?"

"빵이요."

"자, 여기. 샤디는 뭐 먹고 싶니?"

"물."

"자, 여기. 샤허브, 너는 뭐 먹고 싶니? 원하는 걸 말하면 다 갖다줄게."

머릿속에 온갖 생각이 빠르게 스쳐 지나갔다. 아시가 말했다. "우리가 배고프고 목말라서 죽었으면 좋겠나 봐. 우리가 말 못 하는 거 알면서!" 나는 화가 나서 의자를 박차고 일어났다. 그 바람에 의자는 바닥에 쓰러지고 말았다. 나는 재빨리 이 층으로 올라가 방문을 닫고 마음을 진정시켰다.

그날 이후, 아라쉬 형네 아빠와 나는 본격적으로 서로를 적대하기 시작했다. 아빠가 나에게 말을 시키려고 하면 할수록, 나는 더욱더 저항했다. 아빠는 이렇게 말했다. "네가 원하는 게 뭔지 말하면 아빠가 사다 줄게. 네가 뭘 원하든, 다 해줄게. 말만 하렴."

나는 마음속에 어떤 욕구가 생겨도 무시해버렸고, 화가 나서 입을 꾹 다물었다.

아시가 말했다. "우리가 원하는 거 다 사줄 수 있대. 하지만 우리가 말을 못 하니까 그럴 수 없을 거야."

말을 하느냐 마느냐의 문제는 시간이 갈수록 더 중요해졌고, 그에 따라 내가 느끼는 두려움과 불안도 증폭되었다. 엄마가 떠난 지 나흘째 되던 날, 아빠는 최근 동네에 문을 연 패스트푸드 체인점에 우리를 데리고 갔다. 나는 햄버거를 좋아했다. 아빠는 한동안 거기 음식이 맛있다는 찬사를 늘어놓더니 우리에게 질문했다. "각자 뭐 먹고 싶은지 아빠한테 말해. 아라쉬, 너는 뭐 먹고 싶니?"

"햄버거요."

"샤디, 너는?"

"버거."

"잘했어." 내 심장은 요동치고 있었다. 배도 고팠고, 그릴 햄버거의 맛있는 냄새가 내 식욕을 더 자극하고 있었다. "우리 샤허브는 뭐 먹고 싶니?" 나는 믿기지 않는다는 듯한 표정으로 아빠를 쳐다보았다. 정말 다른 사람들이 먹는 모습이나 보면서 쫄쫄 굶으라고 나를 여기로 데려온 건가? "말해봐, 아들. 한마디만 하면 돼. 햄-버-거. 여기 햄버거 정말 맛있어." 나는 금방이라도 눈물이 쏟아져 나올 것 같아서 화를 내며 등을 돌렸다. 주변에서 쩝쩝대며 맛있게 햄버거를 먹는 사람들을 보니 더 배가 고팠다. "그럼 '햄'이라고만 말해봐. 그럼 네가 원하는 걸 아빠가 알아맞혀서 사다 줄게."

나는 입을 오므렸다. 바비가 말했다. "아빠 말이 맞아. 네가 뭘 원하는지 힌트만 줘봐. 너무 맛있어 보이잖아. 어서, 너무 배고파."

나는 조금 머뭇거리면서 옆 테이블에 앉아 있는 아이를 가리켰다. 아빠는 평정심을 유지하려고 했지만 목소리가 서서히 떨리기 시작했다.

"아니, 그렇게는 안 돼. 말할 수 있다는 거 알아. 입을 벌리고 뭐든 말해봐. 손으로 가리키는 건 안 쳐줄 거야."

아라쉬 형이 끼어들었다. "아빠 못 들었어요? 샤허브 방금 '햄버거'라고 말했어요. 아주 작게 말해서 그렇지, 제가 들었어요. 그러니까 샤허브한테도 햄버거 사주세요."

"아니, 내가 들을 수 있을 정도로 크게 말해야 해."

아시가 말했다. "아라쉬 형도 우리를 불쌍해하는데, *아빠*는 아닌가 봐. 우리는 굶어 죽는 한이 있어도 아빠한테는 절대 말 안 할 거야!"

아빠의 그런 행동으로 인해 말하기는 훨씬 더 어려운 문제가 되었다. 아빠는 어리석게도 스스로 무덤을 파고 있었다. 나를 계속 굶길 수도 없었고, 그렇다고 자신이 한 말을 도로 주워 담을 수도 없었다. 아빠는 결국 짜증을 내며 자리에서 일어나 음식을 주문했다. 자신의 계획이 수포가 된 것에 화가 난 아빠는 내 앞에 햄버거를 던져놓으면서 말했다. "먹어!"

목이 메는 느낌이었다. 나는 눈물이 그렁그렁 맺힌 상태로 꾸역꾸역 햄버거를 밀어 넣었다.

주말이 되자 아빠는 직장 동료들과 함께 우리를 데리고 산에 있는 대공원에서 산책할 것이라고 했다. 페레슈테 누나는 샤디를 집으로 데려가 씻기고 옷을 입힌 다음 노란색 리본으로 머리도 묶어주었다. 아라쉬 형은 혼자서 씻고 옷도 갈아입었다. 아빠는 나를 씻기려고 욕실로 데려갔다. 그리고 순식간에 내 머리를 감겼다. 카리미 아저씨와 목욕하던 때가 생각났다. 우리는 서로에게 장난을 치고 웃으면서 목욕을 했었다. 엄마와의 목욕 시간도 즐거웠다. 엄마는 부드러운 손길로 마치 쓰다듬듯이 나를 씻겨주었다. 목욕을 마치고 나면 내 목에 뽀뽀해주면서 이렇게 말하곤 했다. "아이 맛있어라! 깨끗하게 씻고 뽀뽀하면 네 몸에서 정말 좋은 향기가 난단다."

엄마가 보고 싶었다. 엄마의 다정한 손길과 부드러운 입맞춤이 너무 그리웠다.

공원은 거대하고 아름다웠다. 어린잎들이 돋아난 공원에는 싱그러운 푸른빛이 감돌았다. 어떤 나무들은 진홍색으로 변해 있었다. 노랗고 환한 햇살은 기분 좋은 따스함을 안겨주었다. 공기 중에는 제비꽃과 재스민의 향기가 가득 차 있었고, 나는 그런 형형색색의 향기에 심취해 숨을 깊게 들이마시며 신선한 봄 내음을 맡았다. 우리는 공원에 있는 커다란 수영장에서 아빠의 직장 동료들을 만났다. 아저씨 세 명과 아주머니 한 명, 그리고 나이대가 다양한 어린이 다섯 명이 있었다. 아저씨들은 아빠와 가까운 사이인 것처럼 보였지만 굉장히 예의를 차리고 있었다. 그중 한 아저씨는 마치 기계처럼 "예, 알겠습니다."라고 대답했다. 그 모습을 보고 아빠가 회사에서 높은 사람이라는 사실을 알 수 있었다.

아빠는 자랑스러워하며 아라쉬 형을 소개했다. "얘가 아라쉬야. 전에 말했지. 반에서 일등이고 성적도 전부 A야. 머지않아 수학경시대회랑 물리경시대회 수상자 목록에서 아라쉬라는 이름을 보게 될 거야. 그리고 여기는 샤디. 우리 집 수다쟁이지. 세 살 반 정도 됐어." 나는 아빠가 나에 대해서는 뭐라고 말할지 궁금해하며 구석진 곳에 머물러 있었다. 아빠는 주변을 둘러보더니 이렇게 말했다. "샤허브도 있고." 마치 "개도 한 마리 있어."라고 말하는 것 같았다. "이 근처 어딘가에 있을 거야." 내가 생각하기에 아빠는 분명 내가 뒤에 서 있다는 사실을 알고 있었지만 뒤를 돌아보지 않았다. "자, 아베디, 자네 아이들은 누구지?"

나는 그 이후에 일어난 대화는 듣지 않고 무리에서 떨어져 나왔다. 잠시 후 아빠의 남자 동료들 중 한 사람의 아내인 어떤 아주머니가 나에게 다가왔다. "너희 엄마는 왜 같이 안 오셨니?" 나는 어깨를 으쓱해 보이고는 달아나버렸다.

우리는 다 함께 걷기 시작했다. 아라쉬 형은 자신과 나이가 같은 다른 두 형이랑 붙어 다녔는데, 자기가 그중에서 가장 우월한 사람인 것처럼 행동했다. 샤디는 특유의 아기 같은 옹알이로 금세 아주머니의 관심을 사로잡았다. 아빠는 일에 관한 이야기를 하기 시작했다. 내 존재는 잊히고 말았다. 나는 사람들 뒤에 붙어 쫓아갔다. 엄마가 그리웠다. 조금 걷고 나니 화장실에 가고 싶어졌다. 아빠는 여태껏 내게 화장실에 가고 싶은지 물어보지도 않았다. 아침에는 다들 급히 서두르느라 화장실에 갈 시간이 없었다. 어떻게 해야 할지 알 수 없었다. 배 속은 부글부글 끓고 있었고, 어떤 강력한 압력도 느껴졌다. 꾹 참았더니 압력이 조금 줄어들었다. 그러나 몇 걸음 걷고 나자 다시 강도가 세지는 바람에 더 이상 제대로 서 있을 수조차 없었다. 나는 아빠에게 달려가 손을 붙잡았고, 이런 상황이 올 때마다 엄마에게 했던 것처럼 아빠를 쳐다보았다. 엄마는 그런 내 표정을 보자마자 무슨 일인지 이해했지만, 아빠는 놀란 표정으로 나를 보더니 대화를 계속 이어갔다. 내가 손을 잡아당기자, 아빠는 화를 내며 손을 뿌리쳤다.

"왜 그래? 뭘 원하는 건데? 가서 애들이랑 놀아."

나는 배에 손을 얹고 간절한 눈빛으로 아빠를 쳐다보았다. 그때 자기 아빠 옆에서 걷고 있던 어떤 뚱뚱한 남자아이가 말했다. "저도 배고파요. 많이 걸었잖아요."

그 아이의 아빠가 말했다. "저기 매점에서 케이크랑 음료수 사 올게."

배 속의 압력은 아까보다 훨씬 커졌다. 두 눈은 벌게졌고, 귀에서는 삑삑 소리가 났다. 나는 두 발을 동동대면서 손으로 배를 감쌌다. 아빠는 대화를 나누느라 정신이 없었다. 다른 아저씨가 케이크와 음료수를 사 오더니 내게 케이크를 내밀었다. 배 속에서 느껴지는 압력은 더 이상 참을 수 없을 정도로 커진 상태였다. 어른들은 왜 이렇게 멍청한 건지 도무지 이해가 되지 않았다. 내가 케이크를 집어 던져버리자, 다들 놀란 표정으로 나를 뚫어져라 쳐다보았다. 아빠는 나를 노려보면서 입술을 꾹 깨물었다. 그러더니 내 팔을 잡고 힘을 주면서 다른 사람들한테 들리지 않을 만큼 가라앉은 목소리로 말했다. "이 바보 녀석, 또 뭔데? 날 망신 주려는 거야?"

아빠는 망신당하는 상황을 너무 두려워했다. 그리고 괜히 동료들 앞에서 과시를 했다. 나는 잔뜩 수축해 있던 근육에서 서서히 힘을 뺐다. 그러자 뜨끈한 액체가 다리를 타고 흘러내리더니 바지 밑으로 떨어졌다. 불쾌한 냄새가 사방에 풍겼다. 입고 있던 바지는 묵직해졌다. 다들 나를 쳐다보고 있었다. 아빠의 얼굴은 처음에는 새파랗게 질리더니 금세 붉게 달아올랐다. 아주머니가 말했다. "어머나! 바지에다 싸버렸어!"

아빠는 어쩔 줄 모른 채 쩔쩔맸다. 정신을 가다듬으려고 했지만 진정하지 못했다. 아빠는 증오를 가득 담아 내 손을 잡아당겼다. 아주머니가 화장실을 가리켰다. 우리는 더럽고 냄새나는 자국을 남기며 화장실로 갔다. 우리 옆을 지나치는 사람들마다 전부 얼굴을 찌푸리고 우리를 이상한 눈길로 쳐다보면서 코를 막았다.

아빠는 내 다리에 물을 부었다. 나를 만지고 싶어 하지도 않았고, 계속 욕만 했다. 그리고 내 머리를 몇 번 찰싹찰싹 때렸다. 아빠는 분노로 폭발해버리기 일보직전의 상태였지만, 내 마음은 이상하게도 평온했다. 몸도 마음도 텅 비워진 것이었다.

35

고통스러웠던 여정이 끝내 마무리되었다. 이렇게 간절히 집으로 돌아가고 싶었던 적은 처음이었다. 아이들에 대한 생각이 한시도 머릿속을 떠나지 않았다. 마음은 너무 고통스러웠지만 제대로 애도할 수조차 없었다. 고인이 되신 아버지의 유일한 딸로서 어머니를 도와 문상객들을 맞이해야 했고, 할 일이 너무 많았던 나머지 내가 느끼는 슬픔도 충분히 표현할 수 없었다. 내가 머물고 싶었던 곳은 오로지 집뿐이었다.

집으로 돌아가니 아라쉬와 샤디는 나를 기쁘게 맞아주었지만 샤허브는 방으로 도망가 숨어버렸다. 나세르가 말했다. "정말 정상적으로 굴 때가 없어! 저 자식 때문에 너무 힘들었어."

샤허브의 행동은 일종의 항의였다. 나는 샤허브를 따라 이 층으로 올라가, 침대에 누워 있던 샤허브를 일으켰다. 샤허브의 거짓된 행동들을 나는 전부 헤아리고 있었다. 샤허브는 나한테 화가 났다는 사실을 보여주려고 했지만, 내가 꽉 끌어안고 입맞춤을 해주자 저항하기를 관두고 내 품에 몸을 맡겼다.

　나는 가능한 한 빨리 모든 것을 평소처럼 되돌려놓기 위해 분주히 움직였다. 한 번도 즐기면서 해본 적 없는 매일의 가사도 처리했다. 그러나 얼마나 고단히 움직이든, 마음의 고통은 사라지지 않았다. 매일매일 엄마와 가족들에게 전화를 걸어 울면서 대화도 나누었고 그때마다 샤허브는 나를 조심스레 지켜보았지만, 나세르는 나의 심리적인 상태에 아무런 관심도 보이지 않았다. 그는 어느 때보다도 일에 매진했고, 매일 밤늦게 귀가했다. 가족을 위해 자신이 얼마나 희생하고 있는지를 언급하기도 했다. 또한 내가 집에 없었던 기간 동안 회사 일과 아이들 돌보는 일을 동시에 하느라 얼마나 고생했는지에 대해 끊임없이 이야기했다. 나는 나세르와 말다툼을 하고 싶지도, 그게 당신이 다해야 할 책임이라고 지적하고 싶지도 않았지만, 그가 느끼고 있는 보상심리도 더는 견딜 수 없었다. 나세르는 공원에서 있었던 일을 줄기차게 끄집어냈고, 그때마다 더 커다란 분노와 수치심을 담아냈다. 처음 그 일에 대해 들었을 때는 나도 화들짝 놀랐었다.

　"그럴 리가. 샤허브가 어떻게 그런 실수를 하겠어?"

　"당신이 믿든 안 믿든, 정말 그랬다니까! 내 동료들이랑 그들 자식들이 보는 앞에서, 내 눈을 쳐다보면서, 부끄러운 줄도 모르고 바지에 싸버렸다고! 그때 내 심정이 어땠는지 당신은 상상도 못 할 거야."

"분명 아팠던 걸 거야. 뭔가 잘못 먹어서 어쩔 수 없었던 걸지도 몰라."

"아니, 아무 문제 없었어!"

"그럼 아침에 화장실에 못 가서 그랬을 수도 있고. 당신도 알잖아. 샤허브가 아침에 볼일 볼 때 대체로 시간 오래 걸리는 거. 침착하게 기다려줘야 해. 화장실에 장난감을 가지고 가서 볼일 보기 전까지 갖고 놀 때도 있어."

"그게 미친 짓이라고 말해도 당신은 또 안 믿겠지! 화장실에서 장난감을 갖고 논다니, 그게 말이 돼?"

"그만해! 아직 어린 애야. 그렇게 유난 떨면서 모든 걸 과장하지 마. 그건 누구에게나 일어날 수 있는 일이야. 당신 동료들도 자식 있다며. 다 이해할 거야."

"난 이제 회사에서 얼굴도 똑바로 못 들고 다녀. 자기 자식 똥 묻은 엉덩이나 닦아주는 상사를 누가 존경하겠어?"

"당신이 유난 떨고 있는 거야. 그럼 내가 어떤 반응을 보이기를 바라는 거야? 내가 애를 없애버리기라도 했으면 좋겠어?"

"아니, 늘 그래왔듯이 애를 망쳐놔야지. 걔는 그냥 내 신경을 긁어놓으려고 일부러 그런 거야. 걔가 나를 어떤 눈빛으로 쳐다봤는지 당신도 봤어야 하는데. 못되고 고집스럽게 자기가 이겼다고 말하는 눈빛이었어."

"샤허브가 왜 당신을 그런 못되고 고집스러운 눈빛으로 쳐다보겠어? 애한테 무슨 짓 했었어?"

"씻겨도 주고 깨끗한 옷도 입혀줬지. 아침에는 달걀프라이도 해주고 공원에도 데리고 갔어. 심지어는 식당에 외식도 하러 갔었다고. 그런데 걔는 은혜를 그런 식으로 갚은 거고!"

나흘 뒤, 나는 아버지의 추도식에 참석하러 이틀 정도 다시 집을 비워야 했다. 나는 샤허브를 앉혀두고 내가 왜 집을 비워야 하는지, 얼마나 있다가 돌아올 것인지를 설명했다. 그러자 샤허브는 내 예상과 달리 내가 떠나야 하는 이유를 이해하고 받아들였다.

36

이번에는 엄마가 나를 속이지 않았다. 떠나기 전에 모든 것을 설명해주었고, 그래서 엄마가 없다는 사실이 저번만큼 고통스럽지는 않았다. 엄마는 비비 외할머니와 함께 집으로 돌아왔고, 나는 다른 가족들과 함께 문으로 달려 나가 두 사람을 맞이했다.

비비 할머니가 우리 가족의 일상으로 들어온 건 특이한 일이었다. 항상 우리가 할머니 집으로 갔기 때문이다. 내가 기억하기로, 할머니가 우리 집에 찾아오신 적은 한 번도 없었다. 할머니의 외모, 할머니가 입는 옷, 할머니의 스카프, 할머니가 말하는 방식들은 전부 할머니의 동네에서는 어색함 없이 잘 어우러졌지만, 어쩐지 도시와는 잘 맞지 않는 것 같아 보였다. 그리고 할머니는 누구보다도 그 사실을 잘 알고 있었다. 어떤 이유에서인지 할머니는 자신감이 없어 보였다. 평소 할머니는 모두에게 지시를 내리는 강인한 사람이었지만, 우리 집에 있으니 수줍음 많은 사람이 되어버렸다. 친할머니가 고모들과 파타네 큰엄마를 데리고 의기양양한 태도로 인사를 드리러 왔을 때는 평소보다 더 수줍어했고, 특히 친할머니가 외할머니의 스카프에 대해 안 좋은 말을 하고 우리 집 생활비가 늘어난다고 말했을 때는 더 부끄러워했다.

아시가 말했다. "저 머리에다가 벽돌 하나 더 떨어뜨리고 싶다."

아빠는 생애 처음으로 맞는 말을 했다. "당신 어머님께서 와 계시는 게 우리한테는 더할 나위 없이 좋은 일이지. 우리가 놀러 갈 때마다 항상 친절하게 대해주셨잖아. 어머님께서 우리 집을 당신 집처럼 생각하시고, 가능한 한 오래 머무르셨으면 해."

비비 할머니는 고개를 숙이면서 이렇게 말했다. "사위, 고마워. 하지만 나는 내 집에 있을 때가 훨씬 편해. 이번에는 마리암이 고집을 부려서 온 거야. 우리 동네에도 좋은 의사들이 있다고 해도 도통 내 말을 듣지를 않네. 테헤란에 있는 전문의를 만나봐야 한다면서 말이야. 월요일에 병원 예약을 잡아놨으니, 화요일에 돌아가는 티켓을 구해주면 좋겠어."

엄마가 말했다. "뭐라고요? 저는 엄마 오시자마자 곧 다시 보내드릴 생각으로 이 고생 한 거 아니에요. 절대 안 돼요! 이번 여름은 저희랑 보내셔야 해요. 게다가 병원에 가면 검사도 이것저것 받고 엑스레이도 찍어야 하니, 병원에서 끝났다고 할 때까지는 기다리셔야 해요. 그렇게 빨리 떠나실 순 없어요. 더 머무르셔야 해요!"

그렇게 해서 비비 할머니는 한동안 우리 집에서 지내게 되었다. 할머니는 엄마와 함께 일주일에 몇 번씩 의사 선생님들을 만나러 다녔고, 검사도 수차례 했다. 평소에는 우리 삶의 한구석에 자리한, 보이지 않는 존재처럼 계셨다. 우울하고 외로워하시는 것처럼 보이기도 했다. 그건 내가 알고 있던 비비 할머니의 모습이 아니었다. 엄마는 시간이 생길 때면 할머니와 나란히 앉아 할아버지 이야기를 하면서 눈물을 흘렸다. 할머니는 우리 집에서도 구석진 곳에만 있었고, 그래서 나는 가끔 할머니가 우리 집에 있다는 사실을 잊기도 했다.

공원에서의 사건 이후, 아빠와 나는 서로를 대놓고 적대적으로 대했다. 마치 상대방이 공격해올 순간을 기다리는 적군처럼 서로의 주변을 슬금슬금 돌아다녔다. 그러던 어느 날, 집에 들어온 아빠가 이렇게 말했다. "우리 회사 CEO인 아르바비 씨가 메카에서 복귀했는데, 이번 주말 가든파티에 우리 가족을 초대하셨어. 케밥을 준비해두실 거래." 그러면서 엄마에게 다가가 조용히 속삭였다. "아마 그날 내 승진 소식을 발표하실 거야."

아시가 말했다. "맛있겠다! 케밥이라니!" 나는 침을 꿀꺽 삼키며 설레는 마음으로 주말을 기다렸다.

엄마와 나는 아르바비 씨에게 줄 만한 선물을 장장 사흘에 걸쳐 골랐다. 최종적으로 고른 선물은 아름답고 값비싼 접시였다. 나는 선물을 들고 위풍당당하게 집으로 돌아왔다. 안달이 날 정도로 주말이 기다려졌다. 그렇게까지 기다려졌던 이유는 우리 가족이 가든파티에 초대받은 적이 별로 없었기 때문이기도 했고, 점잖게 행동해서 엄마에게 내가 착한 아이임을 보여주고 아빠가 시도 때도 없이 지껄이는 그 공원에서의 사건은 내 잘못이 아니었음을 증명하고 싶어서이기도 했다.

고대하고 고대했던 바로 그날 아침, 나는 평소보다 일찍 일어났다. 세수를 한 뒤에는 얼마 전 엄마가 사준 반바지와 카키색 티셔츠를 꺼내 입었다. 머리까지 빗고 나서 일 층으로 내려가보았다. 아직 아무도 아침을 먹으러 나오지 않은 상태였다. 부엌에는 비비 할머니만 있었다. 할머니는 나를 보고 깜짝 놀라며 말했다. "어머, 우리 샤허브 너무 잘생겼네! 오늘은 네가 일등으로 준비를 마쳤구나." 나는 싱긋 웃어 보였다. "오늘 가든파티 간다고 설레나 보구나." 나는 맛있게 아침도 먹었다. 아침 식사가 다 차려진 식탁을 본 엄마는 "엄마, 이러지 않으셔도 되는데. 정말 고마워요. 오늘 전부 늦잠을 자는 바람에 좀 늦었어요."라고 말했다.

할머니는 미소 짓는 얼굴로 나를 쳐다보며 말했다. "여기 이 금발머리 소년은 아니지. 일찍부터 내려와 있었거든. 씻는 것도 혼자 다 하고, 아침도 먹고, 화장실도 갔다 와서 널 기다리고 있었단다. 얼마나 잘생겼는지 한번 보렴."

샤디와 아빠가 오자 부엌은 붐비기 시작했다. 엄마는 아라쉬 형을 불렀다. 그리고 모두에게 차를 따라준 다음 아침을 먹기 시작했다. 아빠가 말했다. "서둘러서 준비해야 해. 열 시에 다른 사람들이랑 만나서 가기로 했거든."

나는 거실로 가서 텔레비전 앞에 앉았다. 다른 사람들보다 먼저 준비를 마치고 나니 마음이 편안했고 더 우월한 사람이 된 기분이었다. 다들 정신없이 뛰어다니고 있었다. 아라쉬 형은 셔츠를 찾다가 "엄마, 제 파란색 셔츠 어디에 있어요?"라며 소리를 질렀다.

"다른 거 입어."

"안 돼요. 그거 입고 싶단 말이에요."

"더러워서 빨래 바구니에 넣어놨어."

결국에는 어찌저찌 다들 외출 준비를 마쳤다. 샤디는 빨간색 셔츠에 흰색 쫄쫄이바지를 입었고, 머리는 하나로 높이 묶었다. 아라쉬 형은 투덜대면서 계단을 내려왔다. 아빠는 차고에서 차를 빼놓고는 깜빡 잊어버린 가방을 가지러 다시 집으로 들어갔다. 우리는 황급히 차에 올라탔다. 나는 창가 자리에 앉았다. 다른 사람보다 먼저 준비를 마쳤으니 그래도 된다는 생각이 들었다. 엄마는 현관에서 비비 할머니에게 "정말 죄송해요. 최대한 빨리 올게요. 냉장고에 음식 있어요."라고 말했다. 할머니는 팔을 높이 흔들며 우리를 배웅해주었다. 아빠는 차에 올라탄 다음 시동을 걸기 전에 차 안을 한번 훑어보았다. 그러더니 마치 감전이 되기라도 한 것처럼 얼어붙어버렸다.

아빠는 나를 보고 "너 지금 어디 간다고 생각하는 거야?"라며 따져 묻더니, 할머니와 대화를 나누고 있던 엄마에게 다가갔다.

"마리얌, 샤허브 어디 가는 거야? 큰집에 보내려던 거 아니었어?"

나는 믿을 수 없다는 표정으로 엄마와 아빠를 쳐다보았다. 아빠가 내 적이라는 사실은 알고 있었지만, 이 정도일 거라고는 상상도 못 했었다.

"그건 공평하지 않잖아. 샤허브도 데려가. 방해하지 않을 거야."

"절대 안 돼! 내가 말했잖아. 편한 사람들 만나는 자리 아니라고. 회사 동료들도 다 모일 거란 말이야. 나한테 중요한 날이야. 애가 사고라도 치거나 어떤 식으로든 창피한 짓을 하면, 나는 더 이상 사람들 앞에서 고개도 못 들 거야."

"옷도 다 차려입고 준비도 다 했잖아. 샤허브만 두고 갈 수는 없어. 내가 계속 지켜보고 있을게."

"안 돼! 처음부터 말했던 문제잖아. 그러니 당신이 어떻게 할지 계획을 세워뒀어야지. 당신, 내가 어쩔 수 없이 데려가게 만들려고 일부러 이런 거구나. 하지만 난 절대 저 녀석 데려갈 생각 없으니까 그런 줄 알아. 쟤가 주변에 있으면 마음이 편하지가 않아. 난처하기만 해. 게다가 애가 왜 말을 안 하는지, 왜 벙어리인지 계속 설명해줘야 한다고. 사람들이 나를 동정 어린 눈빛으로 바라보거나 내 약점을 캐내려고 하는 상황은 원치 않아."

"무슨 소리 하는 거야? 약점이라니?"

"당신은 회사 생활이 어떻게 굴러가는지 모르지. 얼마 전에 회사 관리인인 케르마니 씨가 이런 말을 했었어. 지금은 이슬람 협회 회원인 데다가 여기저기 안 끼는 곳이 없다시피 한 사람인데, '신, 그리고 선지자 무함마드를 믿지 않는 자들은 지체아를 갖게 된다'라고 하더라고. 지금 우리나라 상황도 그렇고 특히 회사 분위기를 고려할 때, 나는 불신자로 낙인찍히고 싶지 않아."

"그게 무슨 멍청한 소리야! 마음이 병든 사람들이나 그런 생각을 하는 거지. 그런 말은 대체 왜 듣고 있었던 거야? 그 입에다 주먹을 날려버리기는커녕, 그런 말을 진짜로 유심히 들었던 거야?"

"나도 그 말에 동의하지는 않아. 하지만 관리인의 말인 만큼, 잘못하면 회사에서의 내 지위가 위태로워질 수도 있어."

한껏 흥분해 있던 내 마음에 고통스러운 절망감이 차올랐다. 나는 얼마 남지 않은 자존심을 붙들고 차에서 내려 집 안으로 들어갔다. 감당하기 힘들 만큼 무거운 굴욕감이 느껴졌다. 엄마와 아빠는 한동안 더 말싸움을 계속했지만, 나는 방으로 들어가 침대에 누워 멍하니 천장을 응시했다. 아직 일말의 희망은 놓지 않고 있었다. 몇 분 후, 엄마와 아빠가 이 층으로 올라왔다.

바비가 말했다. "봐봐, 엄마 왔어! 엄마는 우리만 내버려 두고 떠나지 않으실 거야."

엄마가 침대에 걸터앉더니 내 머리를 쓰다듬으며 말했다. "샤 허브, 우리 아들. 내일 공원에 가서 점심으로 피자 사줄게. 엄마가 약속해. 그리고 다음 주에는 할머니랑 다 같이 소풍을 갈 거야. 그렇지, 나세르? 당신이 약속했잖아."

"그래. 다음 주에 할머니랑 공원에 갈 거야. 약속할게. 그리고 샤허브한테 자전거도 한 대 사줘야겠어."

"정말? 그거 좋지!"

"응, 빨간색 자전거로. 자 이제 착하게 할머니랑 있어. 곧 돌아올게."

엄마가 내 볼에 뽀뽀를 해주었다. "우리 아들, 슬퍼하지 마. 아빠가 내일 자전거 사준대. 잘된 거야. 엄마는 오늘 정말 가기 싫은데! 그 사람들이랑 어울릴 기분도 아니고. 너도 가면 지루하기만 할 거야."

"여보, 이제 가자. 늦겠어."

엄마는 침대에서 일어나 슬픈 표정으로 나를 쳐다보다가 방에서 나갔다. 엄마가 미웠다. 왜 내 편이 되어주지 않는 거지? 엄마는 너무 나약했다. 내 마음속에 남아 있던 희망의 조각들은 차가 움직이는 소리와 함께 산산이 부서지고 말았다. 창문으로 달려가 밖을 내다보니, 차는 모퉁이를 지나 시야에서 사라져버렸다. 나를 데려가지 않다니! 여전히 믿을 수가 없었다. 나는 분노에 차올라 이를 꽉 깨물면서 손등으로 눈물을 닦아냈다.

아시가 말했다. "내가 다 죽여버릴 거야! 두고 봐."

바비가 울었다. "어떻게? 우리가 훨씬 약하잖아. 우린 아무것도 할 수 없어."

"아니, 할 수 있어. 샤디보다는 약하지 않잖아. 우리가 샤디를 죽여버리면 굉장히 미안해할 거야. 지붕으로 데려가서 밀어버리자."

"하지만 샤디는 지금 여기에 없는걸."

"그럼 집을 불태워버리자. 그건 쉽잖아. 호스로우 형처럼 성냥에 불을 붙인 다음 옷장에다 던져버리면 돼."

"하지만 가족들한테는 아무 일도 일어나지 않을 거야."

"다들 잠들어 있을 때 불태우는 거야. 그래, 불을 지르는 게 좋겠어!"

나는 오전 내내 깊은 슬픔과 분노에 잠긴 채 방에서 시간을 보내며 복수를 계획했다. 내 주위에는 아무도 없었고, 심지어는 비비 할머니도 나를 두고 나간 상태였다. 점심시간이 되자 할머니가 밥을 먹자며 불렀고, 어젯밤에 먹고 남은 커틀릿을 데워주었다. 식탁에는 요구르트와 채소, 빵도 차려져 있었다.

나는 여전히 두 가지 선택지를 두고 갈팡질팡하고 있었다. 한편으로는 가족들을 전부 불태워 죽여버리고 싶었고, 한편으로는 샤디가 옥상에서 바닥으로 떨어지는 장면을 지켜보고 싶었다. 샤디는 엄마 아빠가 가장 아끼는 인형과도 같았기 때문에 샤디를 망가뜨려버림으로써 엄마 아빠에게 복수를 하고 싶었던 것이다. 그래서 땅바닥으로 추락해 엉망진창 피투성이가 된 샤디의 모습을 떠올려볼 때면 후회나 자책감이 느껴지기는커녕, 엄마와 아빠가 그토록 사랑하는 소중한 인형이 완전히 망가지지 않으면 어쩌나 하는 걱정이 들었다.

아시가 말했다. "추락한 후에도 멀쩡하면, 칼로 머리통을 절단내버리자."

할머니는 계속해서 몇 숟가락만 더 먹으라며 나에게 사정을 했다. 음식은 너무 맛있고 푸석푸석해 보였다. 어젯밤까지만 해도 굉장히 맛있었기 때문에 흠칫 놀랄 정도였다. 내 머릿속에는 가족들이 즐기고 있을 아름다운 가든파티와 먹음직스러운 음식이 가득 들어차 있었다. 군침이 도는 케밥의 냄새가 실제로도 풍기고 있는 듯했다. 샤디가 케밥을 크게 한 입 베어 무는 모습도 눈에 선했다. 나는 커틀릿이 담긴 접시를 바닥에다 던져버리고, 입안에 물고 있던 메마른 음식을 뱉어버렸다.

할머니가 자리에서 일어나 내게 다가왔다. 나는 할머니도 죽여버릴 작정으로 포크를 손에 꽉 쥐고 있었다. 어마어마한 파괴적인 열망이 내 온몸을 가득 채우고 있었다. 그런데 할머니는 내 예상과 달리 야단을 치지 않았다. 할머니는 내 맞은편에 앉아 스카프로 눈을 가리고는 꺼이꺼이 울기 시작했다. 흐느껴 울면서 할머니가 말했다. "정말 속상한가 보구나. 차라리 내가 이미 죽었더라면, 식구들이 너를 이렇게 인정사정없이 학대하는 모습은 보지 않을 수 있었을 텐데. 너는 화를 낼 자격이 있단다. 내가 너였어도 정말 화가 났을 거야."

어안이 벙벙했다. 나는 놀란 얼굴로 할머니를 쳐다보았다. 그때까지 화를 내거나 폭력적으로 굴어도 된다고 말해준 사람은 아무도 없었다. 손에서 힘이 쭉 빠지더니 포크가 바닥에 떨어졌다. 포크가 떨어지는 소리에 할머니는 눈을 가리고 있던 손을 뗐다. 그러고는 내 손을 잡고 나를 품에 안아주었다. 할머니가 훌쩍일 때마다 어깨도 계속 위아래로 흔들렸다. 나는 할머니의 가슴팍에 얼굴을 기댔다. 장미수의 향과 훈훈한 페이스트리 냄새가 났다. 나는 할머니의 품에 몸을 완전히 맡긴 채, 온종일 쌓여 있던 슬픔을 몽땅 쏟아냈다. 할머니는 다정한 손길로 내 머리를 쓰다듬어주면서 내가 더 울게 내버려 두었다.

잠시 후에 할머니가 말했다. "샤허브, 너는 정말 착한 아이란다. 너에겐 아무 문제도 없어. 할머니 생각에는 네가 다른 사람들보다도 훨씬 똑똑한데, 다들 멍청해서 아직 그걸 모르는 것 같아. 내가 샤허브 너였어도 그런 사람들이랑은 말 안 했을 거야." 그러더니 또다시 울기 시작했다. "뭔가 부수고 싶으면 그렇게 해도 된단다. 내가 도와줄게."

할머니의 말에 나는 순간 깜짝 놀랐다. 그리고 머뭇거리며 유리잔을 집어 든 다음, 바닥에 떨어뜨려보았다. 그러자 할머니는 할머니의 유리잔을 집어 들더니 나처럼 바닥에 떨어뜨렸다. 황홀했다. 나는 주변을 살펴보고는 식기 건조대에서 그릇 몇 개를 가져와 바닥에 던져버렸다. 할머니는 아직 커틀릿과 요구르트가 남아 있는 접시를 집어 들고서 바닥에 던져버렸다. 그러자 요구르트가 사방에 흩뿌려졌다. 정말 믿기지 않는 광경이었다! 그때부터 나는 웃기 시작했다.

할머니가 말했다. "있잖니, 이런 행동을 해서 충격을 줄 수 있는 사람은 너희 엄마뿐이란다. 그리고 나는 너희 엄마의 물건을 망가뜨린다고 해서 만족감을 느끼지는 않아. 내가 망가뜨리고 싶은 물건은 너희 아빠 물건이거든." 마치 내가 아닌 누군가가 내 마음속에 있는 말을 대신해주고 있는 것 같았다. 나는 몸이 근질거린다는 듯이 격하게 고개를 끄덕인 다음, 할머니의 손을 잡고 계단으로 끌고 갔다. 할머니는 아주 느릿느릿 걸었지만 내 손길을 거부하지는 않았다. 마침내 나는 안방 문을 마주 보고 섰다.

할머니가 말했다. "소용없단다. 문을 잠그고 갔어."

나는 문 위쪽을 가리켰다. 거기에 올려져 있는 열쇠가 보였다. 몇 번 높이 뛰어보았지만 손이 닿지를 않았다. 할머니도 팔을 뻗어보았지만 헛수고였다. 나는 내 방으로 달려가 작은 스툴을 가져왔다. 할머니는 조금 버거워하며 스툴을 밟고 올라섰지만, 여전히 열쇠에 손이 닿지는 않았다. 그때, 할머니가 스툴에서 내려오려다 넘어지고 말았다. 나는 걱정스러운 마음에 할머니에게 재빨리 다가갔다. 할머니는 내 손을 잡아당기더니 나를 품에 안고 웃었다. "우리 꼴 좀 보렴, 미친 사람들 같지 않니." 우리는 서로를 껴안은 채 한동안 더 웃었다. 내 마음속의 고통과 증오가 잠시나마 사라져버린 순간이었다. 할머니가 물었다. "저기가 네 방이니? 나는 네 방을 같이 쓰고 싶었는데, 다리가 시원찮다 보니 네 엄마가 내 물건을 일 층 아래쉬 방에 다 갖다

됐더구나. 할머니한테 방 구경 좀 시켜주겠니?" 나는 할머니를 부축해 일으킨 다음 내 방으로 이끌었다. 할머니는 방을 둘러보더니 이렇게 말했다. "방이 정말 보기 좋구나. 나도 이 방에서 지내고 싶네. 혹시 할머니가 네 방 같이 써도 되겠니?" 나는 흥분하며 열심히 고개를 끄덕였다. "자, 그럼 내 물건을 옮겨줘야겠구나." 할머니가 다리에 통증을 느꼈던 것이 생각난 나는 할머니의 무릎을 손으로 가리켰다.

할머니가 말했다. "걱정 말렴. 계단을 오르내리는 것만 네가 도와주면 그렇게 아프지 않을 거야. 할머니 도와줄래?" 나는 연달아 고개를 끄덕였다. 우리는 느릿느릿 계단을 같이 내려간 다음, 할머니의 중요한 소지품들을 들고 다시 방으로 올라갔다. 할머니의 여행 가방도 옮겨두고 싶었지만, 할머니는 이렇게 말했다. "그건 필요 없단다. 필요한 물건만 가지고 가도 돼. 자, 그럼 이제 뭘 하면 좋을까? 부엌을 청소하고 낮잠을 잘까, 아니면 그냥 내버려 둘까?"

나는 고민하기 시작했다. 싸움을 이어가고 싶지는 않았다. 어떤 일이 벌어진 것인지는 알 수 없었지만, 더 이상 싸움은 내게 중요한 일이 아니었다. 나는 잘 모르겠다는 듯 어깨를 으쓱했다.

할머니가 말했다. "그럼 다 치우지는 말고, 발이 다치지 않게 깨진 유리 조각만 치워야겠구나. 청소를 더 빨리 끝낼 수 있게 할머니 좀 도와주겠니? 청소한 다음에는 같이 낮잠을 자도 되겠어. 할머니가 이야기도 하나 들려줄게."

우리는 같이 부엌을 청소했다. 청소가 끝난 후에는 할머니를 부축해 같이 이 층으로 올라갔다. 할머니는 바닥에 담요를 깔고 서 그 위에 우리 베개를 나란히 두었다. 나는 할머니의 팔을 베고 누웠다. 이럴 때 느껴지는 친밀감이 무척이나 좋았다. 샤디는 항상 엄마 옆에서 이러고 잤다. 샤디가 우리 집에 오고 난 이후로, 엄마의 팔에 내가 머리를 기댈 수 있는 공간은 사라져버리고 말았다. 나는 할머니를 부둥켜안고 할머니의 감미로운 목소리를 듣다가 금세 잠이 들었다.

37

"계단 오르내리는 건 어머님 건강에 안 좋아요. 아라쉬 방이 불편하시면 아라쉬를 이 층으로 보낼 테니 어머님께서 일 층 방을 혼자 쓰셔도 돼요."

"아니래도! 나는 샤허브 방에서 지내고 싶어."

나세르는 계속 설득했다. "계단만 문제인 게 아니라, 어머님께서 뭔가 필요하셔도 샤허브는 도움이 안 될 거예요. 이해도 못 하고 말도 못 하니까요."

나세르의 말에 엄마가 화를 내며 맞받아쳤다. "그 애도 다 이해한단다! 여기에서 날 골치 아프게 하는 건 저 계난이 이니야!" 그러면서 나세르에게서 등을 돌렸다. 나는 놀란 얼굴로 나세르를 쳐다보았다.

나세르가 출근하고 난 후, 엄마에게 다가가서 물었다. "왜 그렇게 화가 나신 거예요? 그이가 한 말에 어떤 의도가 담겨 있던 건 아니었어요. 그이는 오로지 엄마의 건강과 행복만 신경 쓰고 있다고요."

엄마는 슬퍼하며 고개를 젓더니 이렇게 말했다. "내가 무슨 말을 할 수 있겠니? 너희들은 스스로도 이해하지 못하는 말들을 하고 있는데. 나는 네가 너무 걱정돼. 넌 아무것도 이해하지 못하고 있는 것 같아."

"뭘 이해하지 못한다는 거예요?"

"이 아이도, 아라쉬도, 서로와의 관계도. 너는 이게 삶이라고 생각하니? 애를 교육시킨다고 한 것들이 전부 아무 의미도 없어 보이는데!"

나는 엄마가 하는 말들을 이해할 수 없었다. 어안이 벙벙해진 나는 "무슨 일 있었어요? 뭐 때문에 이렇게 속상해하시는 거예요?"라고 물었다.

"전부 다! 내가 여기 온 지 이제 삼 주가 됐어. 그런데 집안을 둘러볼 때마다 뭔가가 빠져 있는 것 같은 느낌이 든단다. 전부 앙숙처럼 지내고 있는 것 같아. 각자 자기만의 공간에서 자기 할 일만 하고 말이야. 유머도 장난도 전혀 찾아볼 수가 없어. 내가 여기 머무는 동안 누군가가 농담을 한다거나 큰 소리로 웃은 적도 한 번도 없었어. 너랑 네 남편은 대체 어떤 사이인 거니? 서로 대화도 전혀 나누지 않잖아. 하루 종일 찌푸린 얼굴로 집안일만 하고 있는 네 모습을 보면, 아이들은 물론이고 나까지 무서워질 지경이란다. 뭐가 그렇게 슬픈 거니?"

"안 슬퍼요. 단지 집안일이란 게 달갑지 않아서 그런 거예요.

집안일을 하고 있으면 쓸모없는 사람이 된 기분이 들어요. 그렇게 공부도 하고 학위도 땄건만, 결국 옛날 여자들처럼 평범한 가정주부나 되고 말았다니.”

“가정주부가 어떻단 말이니? 아이들을 위해 하는 거잖아. 네가 대학을 나온 사람이라는 이유로 아이들을 굶게 내버려 둬도 되는 건 아니란다.”

“제가 제 역할을 충분히 못 하고 있다는 건가요? 저는 매일 밤낮으로 빨래하고 청소하고 요리하면서, 제 욕구나 욕망은 묻어둔 채 살아가고 있어요. 그런데 이렇게 엄마한테 나쁜 엄마라는 소리나 듣고, 삶까지 부정당하다니!”

“내가 어떻게 네 삶을 부정하겠니. 다만 네가 찌푸린 얼굴로 잔소리하고 넋두리를 늘어놓는 것이 네 아이들에게는 독이 된다는 의미란다. 네가 여기서 해야 할 일은 책임을 다하는 거야. 그건 정말 대단한 일이고! 그리고 배운 사람이라고 해서 요리를 할 필요가 없는 것도, 아이들 뒤치다꺼리를 하지 않아도 되는 것도 아니란다.”

“제가 하고 싶은 말은, 제가 원하는 모든 것이 이게 다는 아니라는 거예요.”

“그렇다면 힘이 닿는 한, 하고 싶은 일을 더 하렴. 하지만 그럴 수 없다 해도, 최소한 너에게 주어진 책임은 제대로 져야 해. 무슨 일이든 사랑하는 마음으로 기꺼이 하면 덜 고단하고 덜 피곤한 법이란다. 그리고 네 남편 말이다. 마치 이 세상에 일하는 사람이 자기밖에 없는 것처럼 행동하더구나! 퇴근하고 와서는 산이라도 옮기고 온 사람처럼 행동하고 말이야!"

"피곤해서 그래요, 엄마. 일을 세 군데서 하거든요."

"감당할 수 없으면 그만둘 줄도 알아야지. 너희들은 각자가 해야 하는 일을 유난스럽게 과장하면서 작은 일도 크게 만들고 있어. 그런 태도는 아이들에게 좋지 않고. 아이들의 입장을 좀 더 생각해줘야 해."

"저희를 죽도록 힘겹게 만드는 게 바로 아이들 걱정하는 일이에요!"

"핑계는 그만 대렴. 아이들한테는 아무 문제도 없어. 문제는 너희야. 쉽게 화를 내는 부모 밑에서는 아이들도 쉽게 화를 내는 사람으로 성장하게 될 거야. 너희가 달라지면, 아이들도 잘될 거고."

"샤허브가 저런 상태인 게 저희 잘못이라고 생각하시는 거예요?"

"저런 상태라니? 샤허브한테는 아무 문제도 없어. 또 누가 샤허브한테 안 좋은 말을 하면, 그때는 내가 가만두지 않을 거야!"

한 마리의 암사자처럼 서 있는 엄마를 바라보며 나는 압도당하는 느낌을 받았다. 그리고 엄마가 하는 사소한 말에도 신경질이 나곤 했던 다른 때와는 달리, 이번에는 조금도 속상하지 않았다.

38

비비 할머니가 나의 룸메이트가 되었다. 난생처음으로 내 모든 결점을 받아준 사람이 곁에 머물게 된 것이다. 내가 말을 못 한다는 사실은 할머니에게 그 어떤 문제가 되지도 않았고, 우리가 소통하지 못하게 가로막는 장벽도 아니었다. 내 방은 할머니와 나만의 특별한 세계가 되었고, 문을 닫아두면 기분 좋은 안정감을 느낄 수 있었다. 할머니는 나에게 말을 하라고 강요하지 않았다. 할머니와 있으면 무섭지도 않았고, 시험을 통과해야 한다는 불안도 느껴지지 않았다. 어느 날 밤, 할머니가 들려주는 흥미진진한 이야기를 듣고 있던 내가 슬슬 잠에 빠져들자 할머니는 이렇게 말했다. "너무 졸리면 내일 밤에 마저 들려줄게."

나는 고개를 가로저었다. 할머니는 내게 괜찮겠냐고 다시 한 번 물었고, 나는 또 한 번 고개를 가로저었다. 할머니가 말했다. "아가, 너무 깜깜해서 네 머리가 보이지 않는구나. 내 손을 건드리거나 소리를 내주렴. 그렇다고 대답하고 싶으면, 가볍게 기침

하듯이 '으흠' 소리를 내면 된단다. 아니라고 대답하고 싶다면, 자동차에서 나는 빵빵 소리 같은 걸 내주면 되고. 자, 이야기를 계속 더 듣고 싶니?"

나는 할머니의 손을 건드리면서 소리를 냈다. "으흠."

할머니는 이야기를 계속 들려주었다. 그 이야기에는 마법에 걸려 말을 할 수 없는 소년이 등장했다. 그런데 그 용감한 소년은 마법을 풀 열쇠를 찾았고, 그 열쇠를 통해 모든 사람에게 자유를 안겨주었다. 나는 그 이야기가 무척이나 마음에 들었다. 그래서 할머니가 쉬지 않고 그 이야기만 들려주었으면 했다. 하지만 할머니가 나를 위해 이야기를 들려주는 일 자체를 잊은 것처럼 보일 때도 있었다.

다음 날 오후 낮잠 시간이 되었을 때 나는 할머니의 품으로 파고 들어가 꼭 끌어안고서 이야기를 들을 준비가 되었다는 신호를 보냈다. 그러자 할머니는 다른 이야기를 들려주기 시작했다. 나는 거부의 의미로 고개를 가로저었다. 할머니가 말했다. "어떤 이야기 듣고 싶니? 어떤 이야기를 원하는 건지 할머니가 잘 모르겠네. 힌트 하나만 줄 수 있겠니?"

나는 더듬더듬 말했다. "마…… 마ㅂ…… 마법……."

"아, 마녀의 마법에 걸려 말을 못 하게 된 소년의 이야기 말이니?"

나는 기뻐하며 대답했다. "으음."

할머니는 별일 없었다는 듯 꽤 자연스럽게 반응하며 이야기를 들려주었다. 밤이 되었을 때는 "지금은 어떤 이야기를 듣고 싶니?"라고 물었다.

나는 오후 때보다는 덜 긴장하며 말했다. "마법……."

다음 날, 나는 할머니를 유심히 관찰했다. 다른 사람에게 들키지 않도록 집 안 구석구석으로 몸을 숨긴 채 할머니가 엄마에게 무슨 말을 할지 지켜보았다. 그런데 할머니는 아무 말도 하지 않았다. 할머니가 비밀을 지킬 수 있는 사람이라는 사실을 알게 되자 온몸에 전율이 일었고, 내가 갖고 있던 공포와 불안도 어느 정도 벗어던질 수 있었다. 그날 낮잠 시간이 되었을 때 나는 할머니 옆에 누워 한층 편안하게 말을 걸었다. "비비…… 마법."

두려움이 줄어들자 더 많은 단어를 말할 수 있었다. 할머니는 내가 어떤 말을 하든 늘 침착했고 흥분하지도 않았다. 평소와 달리 유별나게 행복해 보이지도 않았고, 나를 비웃지도 않았다. 할머니에게는 내가 말을 했다는 사실이 호들갑 떨 만한 일이 전혀 아닌, 아주 자연스러운 일인 것 같았다. 그로부터 한 달이 지났을 때 할머니와 나는 서로 아무런 문제 없이 대화를 나누었고, 우리가 대화를 한다는 사실은 우리 둘만 아는 특별한 비밀로 남아 있었다. 할머니는 내가 말을 한다는 사실을 떠벌리고 싶어 하지도 않았고, 뭔가를 증명해야 한다고 느끼지도 않았다. 할머니는 나를 과시하고 싶어 하지도 않았던 데다가, 무엇보다 나의 믿음을 배반하지 않았다.

39

"샤허브가 엄마랑 있으면 완전히 다른 애가 되어버려요. 엄마
가 샤허브를 정말 잘 이해해주는 것 같아요."

"너는 왜 샤허브를 이해해주지 못하는 거니?"

"너무 까다로운 아이예요. 어떻게 해야 할지, 도통 갈피를 못
잡겠어요."

"사랑과 다정함만이 유일한 방법이란다. 네가 샤허브에게 보
여주지 못하고 있는 것들이지."

"말도 안 돼요! 제가 하루 종일 생각하고 걱정하는 사람이 바
로 샤허브인걸요. 아무도 못 괴롭히게 하려고 제가 시종일관 얼
마나 신경을 쓰는데. 엄마는 상상도 못 할 거예요."

"사랑을 그렇게 이상하게 보여주는 사람이 어디 있니! 너는
샤허브 걱정만 하지, 샤허브가 있다는 사실에 기뻐하지는 못 하
잖니. 네가 보여주는 건 걱정이지, 사랑이 아니란다. 네가 샤디
에게 하는 것처럼 샤허브를 안아주거나 뽀뽀해주는 모습을 나

는 한 번도 본 적이 없어."

"샤디는 아직 아기라서 외면할 수가 없어요. 게다가 샤허브는 제가 다가가기만 하면 도망가버려요."

"샤디를 외면해야 한다는 말이 아니라, 샤허브에게도 관심을 가져야 한다는 말이란다. 샤허브가 왜 도망가는지는 너 스스로 자문해봐야 하는 문제고."

"엄마, 있잖아요. 저 그동안 의사 선생님들도 수없이 많이 찾아가고 샤허브의 상태에 대해 배우려고 책도 정말 많이 읽었어요. 그런데 뭘 해도 아무 소용이 없어요."

"우리 때는 너희들처럼 책을 많이 읽지는 않았어도 자식들이랑 서로 더 편한 관계를 맺으며 지냈단다. 아이들이 겪는 문제도 지금보다 적었고, 자라는 과정도 더 자연스러웠지. 사랑에 관한 배움은 네 마음속에 새겨져 있는 거지, 책에서 찾아야 하는 게 아니야. 고등교육을 받아야만 그런 배움을 얻을 수 있는 것도 아니고."

"걱정이 너무 많아서 사랑에 대해서는 거의 잊고 지낸 것 같아요."

"그래, 그래서 그런 거야. 네가 할 줄 아는 건 걱정하고, 불평하고, 아이들을 탓하는 것뿐이잖니. 그런 잘못에 대해 너무 많이 이야기하다 보니 샤허브도 자기한테 문제가 있다고 믿게 된 거란다."

"엄마는 샤허브한테 문제가 없다고 생각하시는 거예요?"

"그럼, 아무 문제 없지!"

"발달이 늦다고도 생각하지 않으시는 거예요?"

"당연히 아니지! 사실 꽤 똑똑한 아이인걸."

"저도 사람들한테 말은 그렇게 해요. 하지만 솔직히 저도 더는 못 믿겠어요. 이상한 행동을 하고, 자기한테 아무 잘못도 하지 않은 사람들에게 나쁜 짓을 하거나 해를 입히거나 심지어는 위험에 빠뜨리기도 하니까요. 저러다가 누군가를 죽일 수도 있겠구나 싶은 생각이 들 때도 있다고요! 힘만 충분히 셌다면 지금쯤 자기 아빠를 다치게 했을지도 몰라요."

"이 아이가 하는 행동에는 다 이유가 있단다. 너는 단지 그 이유를 이해하지 못하고 있을 뿐이고. 너는 마치 샤허브가 비정상인 것처럼 대하고 있잖니."

"그야 정상적인 아이가 아니니까 그렇죠!"

"그런 말도 안 되는 소리는 그만하렴! 샤허브는 다른 아이들과 조금도 다르지 않아."

"그게 무슨 소리예요? 샤허브 나이대의 정상적인 아이들은 올해 일반학교에 입학하겠지만, 샤허브는 특수학교에 가야 할 거예요. 학교를 백 군데나 찾아가봤지만 샤허브를 받아주겠다는 곳은 없었어요." 그 말을 내뱉은 순간 왈칵 눈물이 쏟아졌다.

"샤허브가 여느 아이와 같다는 사실을 네가 증명해 보여야 해. 늦기 전에 입학시키도록 하렴."

40

어느 날 오후, 조용한 우리 방에서 비비 할머니가 물었다. "학교 가고 싶지 않니?"

나는 확신이 실린 목소리로 대답했다. "아뇨, 가기 싫어요!"

"학교에 다니면 재미있을 텐데."

"가기 싫어요. 피곤할 거예요."

"피곤하다고? 학교에는 너와 동갑인 친구들이 있는걸. 읽고 쓰는 법도 배우게 될 거야. 그러면 혼자서 책도 읽을 수 있단다. 읽고 쓰는 법을 못 배우면 나중에 어른이 돼서도 아무것도 못 하게 될 거야."

그때부터 나는 깊은 생각에 잠겼다. 할머니가 제시한 이유들은 학교에 다닌다는 부담감을 받아들일 만큼 설득력이 있지 않았다. 내 나이대의 아이들은 전부 무섭고 낯선 사람들뿐이었다. 혼자서 책을 읽는 것이 전혀 재미없는 일인 것도 아니었다. 책에서 내 관심을 사로잡는 것은 글을 읽을 줄 몰라도 볼 수 있는 그림들뿐이었다. 게다가 어른이 되어 직장을 구한다는 건 너무 먼 미래의 일이었다. 내가 떠올릴 수 있는 어른의 모습은 퇴근 후 집으로 돌아온 아빠의 찌푸린 얼굴이 유일했다. 그런 찌푸린 얼굴로 엄마에게는 잔소리를 하고, 우리에게는 뛰지도 놀지도 말라며 혼내는 아빠의 모습. 싫었다! 커서 아빠 같은 사람이 되고 싶은 욕망은 눈곱만큼도 없었다.

나는 할머니에게 말했다. "저…… 저는…… 크면…… 아…… 아무…… 아무것도…… 하기…… 싫어요."

"어머, 그게 무슨 말이니! 넌 남자잖니. 어른이 되면 결혼을 하게 될 거야. 그런데 직업도 없으면 아내랑 아이들은 어떻게 먹여 살리겠어?"

할머니가 말한 그것들! 아내와 아이들! 나는 절대 결혼하지 않을 작정이었다. 나는 여자아이들이 싫었다. 전부 샤디처럼 버릇없었다. 할머니가 말하는 미래는 머릿속에 상상해볼 수조차 없었고 내 마음을 조금도 설레게 하지 않았다.

"싫어요! 안 할 거예요. 피곤하기만 할 거예요."

"피곤하기만 할 거라니, 그게 무슨 말이니? 사람들은 항상 피곤해지기 마련이야. 그래서 밤사이 자고 나면 아침에는 피곤해지지 않는 거고. 피곤하다는 이유만으로 아무것도 안 할 수는 없는 법이란다."

"아뇨, 그래도 돼요."

아시가 말했다. "주말이 되면 아라쉬 형네 아빠도 기분이 좋아지고 아라쉬 형도 피곤해하지 않는다는 사실을 할머니는 아직 모르는 건가? 아라쉬 형은 학교 끝나고 집에 올 때마다 엄청 피곤해하고 숙제도 맨날 산더미잖아! 가끔은 너무 피곤하다고 울기까지 하는데."

"얘야, 학교 다니는 건 어렵거나 피곤한 일이 아니란다. 특히 일학년 때는 더 그렇고. 숙제도 거의 없고, 거의 매일 재미있게 놀기만 할 거야." 할머니는 매일매일 학교에 대해 이야기했다. 할머니가 왜 그렇게 나를 학교에 보내려고 하는 건지 확실히는 알 수 없었다. 하지만 할머니의 이야기를 듣다 보니 학교가 점점 친숙하게 느껴졌고, 감당할 수 있을 것 같다는 생각도 들었다.

41

집으로 돌아온 엄마는 불만스럽고 화가 난 모습이었다. 한쪽 구석에 스카프를 집어 던지더니, 눈물을 글썽거리며 할머니에게 이렇게 말했다. "이거 봐요, 제가 그랬잖아요. 아무 데서도 받아주지 않는다고요! 특수학교에 보내야 한대요."

"어째서? 샤허브에 대해 뭐라고 말했니?"

"아무것도요. 그냥 말을 못 한다고만 했어요."

"어디에 있는 학교인데? 내가 직접 가보마. 샤허브, 옷 입으렴. 우리 둘이 같이 다녀올게."

"어디를요? 엄마는 저희가 입학할 때도 학교에 가본 적 없으시잖아요. 그런데 지금 샤허브를 위해서 그 낯선 사람들을 찾아가시겠다는 거예요? 가면 뭐라고 하실 건데요? 거짓말을 할 수는 없는 일이잖아요."

"그건 신경 쓰지 마라. 거짓말은 하나도 안 할 테니까."

엄마는 의구심을 품은 채 내게 옷을 입혀주었다. 그리고 이렇게 말했다. "저도 같이 갈게요."

"아냐. 나 혼자 가야 해. 네가 따라오면 다 망치게 될 거야."

할머니가 내 손을 붙잡고 집을 나섰다. 어떤 일이 벌어지고 있는 건지 제대로 이해할 수 없었다. 나는 걱정스러운 마음에 할머니에게 물었다. "무슨 일이에요?"

"일단 공원에 가서 설명해주마. 모두를 혼쭐낼 만한 계획을 세우고 싶거든. 그러면 다시는 너를 얕보려 하지 않겠지."

"누구를 혼쭐내는 건데요?"

"네 아빠, 엄마, 친할머니, 큰아빠, 큰엄마. 전부 다 말이다."

"어떻게요?"

"일단 가자꾸나. 앉아서 말해줄게."

우리는 집 근처에 있는 작은 공원으로 가서 나란히 벤치에 앉았다. 할머니는 숨을 한번 깊게 들이마셨다. "샤허브, 잘 들으렴. 너는 내가 아는 가장 똑똑한 아이란다."

"제가요? 정말요?"

"그래, 너 말이다. 너는 정말 똑똑한 아이야. 지금까지 다른 사람들을 전부 웃음거리로 만들었잖니."

"다른 사람들을요?"

"그럼! 지난 수년 동안 말을 할 수 있으면서도 화가 나서 입을 다물었잖니. 그랬더니 사람들은 너를 벙어리라고, 덜떨어진 아이라고 생각했지. 그렇게 너는 다른 사람들이 진실을 알지 못하게 했던 거야. 그런 식으로 사람들을 웃음거리로 만든 거지."

"제가 다른 사람들을요?"

"그래. 그것도 정말 감쪽같이! 너는 정말 똑똑한 아이란다. 이런 건 똑똑한 사람들만 할 수 있는 일이니까."

"하지만 저는 말을 못 하는걸요."

"그럼 지금 나한테는 어떻게 말하고 있는 거니? 지난번에 사람들 앞에서 욕했던 거 기억나니? 너는 그때도 말을 할 수 있었고, 지금도 마찬가지란다. 단지 그 사실을 들키는 것이 두려워서 말을 안 하려 했던 거지! 나는 네가 말을 할 수 있다는 사실을 지금까지 아무에게도 얘기하지 않았단다. 계속 이렇게 하면, 앞으로도 사람들을 골려줄 수 있을 거야."

할머니의 말을 곱씹어보기 시작했다. 할머니 말이 맞았다. 나는 말을 할 수 있었지만, 할머니에게만 말을 걸었던 것이다. 할머니의 설명이 마음에 들기도 했다. 그런데 내가 지금까지 정말로 사람들을 웃음거리로 만들어온 걸까? 의구심이 들었다. "우리가 어떻게 다른 사람들을 골려줄 수 있는 거죠?"

"사람들은 네가 말을 못 하는 아이라고 했어. 그래서 학교에서도 너를 받아주려 하지 않았던 거고. 그러니 이제 우리가 사람들을 속여보는 거야. 학교에 가서 선생님들이 묻는 말에 전부 다 대답하고 입학을 하는 거란다. 그러면 다들 깜짝 놀라서 궁금해할 텐데, 그때 우리는 어떤 일이 있었던 건지 한마디도 해주지 않는 거지."

"하지만 저는 말을 못 해요! 무서워요! 갑자기 말이 안 나오면 어떡해요?"

"지금 정말 유창하게 말하고 있는걸."

"그거야 할머니랑 대화하고 있으니까 그렇죠. 저는 할머니 앞에서만 말을 할 수 있어요."

"음, 그럼 학교에 가서도 나에게 말을 걸어보렴. 나와 대화를 나누고 있다고 생각하고, 다른 사람은 신경 쓰지 않는 거야."

"말이 안 나오면요?"

"그건 전혀 중요하지 않단다. 말을 할 수 있으면 하게 될 거고, 못하면 안 하게 될 거야. 다른 아이들도 대부분 낯선 사람 앞에 서면 수줍어하기 때문에 교장 선생님이나 여느 선생님들에게는 익숙한 일이기도 하단다. 네가 말을 못 한다고 해도, 그분들은 화를 내거나 놀라지 않으실 거야."

나는 학교를 찾아가서 말을 하는 것보다 나중에 집에 돌아갔을 때 벌어질 일이 더 두려웠다.

바비가 말했다. "엄마랑 아라쉬 형네 아빠가 알게 되면 어쩌지? 다른 사람들이 보는 앞에서 말해보라고 시킬 텐데. 그러면 우리는 또 얼어붙어서 아무 말도 못 하고 말 거야. 다들 우리한테 벙어리라고 하면서 웃겠지."

두려움에 숨이 가빠지기 시작했다.

"자, 어떻게 생각하니? 같이 가볼까? 아무 걱정 말렴. 할머니가 다 대답할 테니까. 너한테는 아마 이름 정도만 물어볼 거야. 준비됐니?"

"아…… 아…… 아…… 아뇨……! 아라쉬 형…… 형네……
아빠가 알게 되면…… 어떡해요?"

아라쉬 형네 아빠에 대해 생각할 때면 말을 더듬는 증상이 심
해졌다. 내 말을 들은 할머니는 고민하기 시작했다. 할머니는 잠
시 아무 말도 하지 않다가 이렇게 말했다. "왜 그렇게 아빠가 무
서운 거니? 혹시 아빠가 너한테 무슨 짓 했니? 아빠가 너를 야
단치는 일도 없고, 너를 혼내는 모습을 본 적도 없어서 물어보
는 거란다. 사실 네 아빠가 너를 야단친 적이 있는지 없는지는
중요하지 않아. 대부분 부모들이 그러니까. 내 아버지께서도 항
상 우리를 꾸짖고 매를 들었지만, 우리는 다음 날이면 그 사실
을 잊어버렸고 변함없이 아버지를 사랑했단다. 나 역시 자식들
을 꾸짖고 때로는 벌을 주기도 했고. 네 외삼촌인 모센이 어렸
을 적에 심각한 말썽꾸러기였거든. 그래서 매를 꽤 자주 맞기도
했단다. 하지만 늘 내 품으로 돌아와서 나를 꼭 껴안았지. 그런
데 너희 아빠는 네가 용서할 수 없을 만한 행동을 했던 거니?"

"할머니는 매를 들기는 했어도 외삼촌을 사랑했잖아요."

할머니가 깜짝 놀라며 나를 쳐다보았다. 할머니가 내 말뜻을
이해해서 그런 건지, 아니면 그 순간 내 감정을 존중해야 한다
고 본능적으로 느껴서 그런 건지는 알 수 없었다. 할머니는 마
침내 결심했다는 듯한 목소리로 말했다. "아주 많이 사랑했지.
네 말이 맞는단다. 하지만 네 아빠는 네가 말을 할 수 있다는 사
실을 알아차릴 수 없을 거야. 걱정 말렴. 알아차리지 못하게 할

머니가 책임질게. 집에 돌아가면, 학교 선생님들이 네가 얼마나 착하고 똑똑한 아이인지 알아보고 입학시켜주었다고 말할 거란다. 교장 선생님께서 네가 말을 하는지 안 하는지는 중요한 문제가 아니라고, 들을 수 있느냐 없느냐만 중요하다고 했다고 말할 거야. 우리가 그렇게 말하면 다들 엄청 충격을 받겠지! 얼마나 우스꽝스럽겠니! 자, 이제 가볼 준비가 됐니?"

망설여지기는 했지만 가족들을 우롱할 수 있다는 것은 학교에 가볼 만한 충분한 이유가 되어주었다. 나는 약간의 떨리는 마음을 안고 할머니를 따라나섰다.

머릿속으로 수백만 가지의 무시무시한 시나리오를 떠올려보고 있을 때, 엄마와 샤허브가 마침내 집으로 돌아왔다. 나는 걱정스러운 마음에 헐레벌떡 두 사람을 마중 나갔다. "이 더운 날 다리도 편치 않으면서 대체 어딜 가셨던 거예요?! 쉬셔야 한단 말이에요. 대체 왜 엄마 몸을 제대로 살피지 않으시는 거예요?"

"학교에 갔었어. 샤허브가 자기가 다닐 학교를 보고 싶어 했거든." 엄마는 그렇게 말하면서 샤허브를 향해 윙크했다.

"엄마! 아이 앞에서 그런 소리 하지 마세요. 제가 말씀드렸잖아요. 올해는 입학 못 할 거라고요. 올해 언어 치료를 받고 나면, 아마 내년에는 입학이 될 수도 있어요."

"너 정말 이상한 애구나! 치료를 받아야 할 사람은 너란다. 샤허브는 치료받을 일 없어. 그리고 입학 등록은 이미 하고 왔단다. 이제 너는 네가 해야 할 일을 하고, 샤허브 준비물을 챙겨주면 돼." 엄마가 내게 서류 한 장을 내밀었다. 그 서류를 읽어본 순간 화들짝 놀랄 수밖에 없었다.

"엄마, 뭘 하고 오신 거예요? 거짓말하셨어요? 결국 문제가 있다는 걸 알아내고 말 거예요! 그럼 퇴학시켜버리고 말 거라고요!"

"이 아이한테 문젯거리가 있다면, 그건 너란다."

"그게 무슨 뜻이에요?"

"말한 그대로지! 네가 바로 이 아이가 가진 문제란 말이다. 학교 선생님들이 샤허브를 만나서 테스트도 해보았고, 아무 문제 없다고 그랬어. 문제가 없는 정도가 아니라 괜찮은 아이라고, 학교에 입학시켜주겠다고 했어. 입학시켜준다는데 무슨 문제라도 있니? 샤허브, 이 층까지 날 좀 부축해주렴. 계속 여기 있으려니 피곤하네."

샤허브의 방으로 올라가보니 문밖으로 목소리가 새어 나오고 있었다. 나는 살금살금 문을 열어보았다. 손에 들고 있던 레모네이드 잔이 미세하게 떨리고 있었다. 방 안을 들여다보니, 샤허브가 펄쩍펄쩍 뛰어다니며 "글을 쓸 거예요! 글을 쓸 거라고요!"라고 말하고 있었다. 엄마는 큰 소리로 웃고 있었다. 두 사람은 나를 발견하자마자 입을 다물었다. 나는 레모네이드 잔을 책상 위에 올려놓았다. 두 눈에 눈물이 가득 차오르고 있었다. 나는 양팔을 벌리고 샤허브에게 다가갔지만, 샤허브는 내 팔 밑으로 미끄러지듯 지나가더니 아래층으로 뛰어 내려갔다. 나는 침대에 걸터앉아 엄마에게 물었다.

"왜 저한테 아무 말도 해주지 않으신 거예요? 제가 남이에요? 샤허브가 말을 할 수 있게 해달라고 몇 년 동안 빌고 또 빌었는데!" 그러고는 울기 시작했다.

"딸아, 네가 이해해줘야 한단다. 말하지 않은 게 아니라 말할 수 없었던 거야. 샤허브한테 약속했었거든. 나까지 샤허브를 배신했다면, 다시는 아무도 믿지 못했을 거야."

"샤허브는 대체 왜 이러는 거예요? 왜 별것도 아닌 일을 별일로 만들어버린 거죠? 다른 아이들은 이런 일로 말썽 부리지도 않고 쉽게 말하잖아요."

"너희가 그걸 별일로 만들어버렸기 때문에 그런 거란다."

"그건 당연하죠. 처음에 병원에서는 유모 아주머니가 터키 사람이다 보니 샤허브가 혼란스러워서 말을 못 했던 거라고 그랬어요. 그다음에는 샤디 때문이라고, 집에 새로운 아기가 생겼으니 시간이 좀 필요한 거라고 했고요. 그런데 그 후에도 여전히 말을 못 하니까 저희는 샤허브한테 어떤 정신적인 문제가 있는 거라고 확신했던 거예요."

"하지만 샤허브에겐 아무 문제도 없단다. 단지 너희가 그걸 큰일로 생각하고 온갖 이상한 방법을 쓰려고 하니까 애가 겁을 먹고 말을 쉽게 못 하게 된 거야."

"샤허브가 저도 무서워해요? 저는 항상 샤허브를 감싸줬고, 샤허브도 제가 자기를 얼마나 사랑하는지 알고 있단 말이에요. 그런데 왜 저한테도 말을 안 한 거죠?"

"아니! 샤허브는 네가 자기를 얼마나 사랑해주는지 몰라. 어떻게 알겠니? 네가 사랑을 보여줘야 알지. 눈물 몇 방울 흘리고 슬퍼하는 모습을 보여주는 게 사랑을 표현하는 것과 같다고 생각하는 거니? 너는 아이에게 애정을 표현해야 할 때마다 한숨만 쉬고 이렇게 말하더구나. '네가 슬퍼하면 엄마는 죽을 것 같아.' 집안에는 온통 우울한 기운만 가득하고! 대체 뭐가 문제니? 왜 항상 찡그린 표정만 하고 있는 거니? 네가 아이였을 때 나는 네가 뭘 하든 항상 노래를 불러주고 춤을 춰주곤 했었는데. 그때 우리 집에서는 다들 자기 말하느라 바빠서 누가 무슨 말을 하고 있는 건지 분간하기도 힘들 지경이었어."

"엄마, 제 문제는 그렇게 왁자지껄하고 생기 넘치는 집에 살다가 이렇게 심각하고 조용한 집에 살게 됐다는 거예요. 나세르는 제가 아무 말도 안 하면 일주일 내내 한마디도 안 하고 조용히 지낼 수 있는 사람이에요. 그동안 저는 인생의 즐거움을 전부 잃고 말았어요."

"왜 이렇게 겁쟁이처럼 구는 거니? 난 네가 이보다는 행복할 거라고 생각했단다. 나세르가 말을 안 하더라도 너는 해야 해. 그래서 대답이라도 하게 만들어야지."

"혼자 아무리 말해봐야 얼마나 하겠어요? 제가 무슨 말을 하든, 나세르는 조금도 관심이 없는 것 같아요. 저는 점점 소극적인 사람이 되어가고 있고요. 동상처럼 한마디도 없는 사람이랑 대화해봐야 얼마나 할 수 있겠어요? 저는 지금보다 더 비굴하게 굴 생각은 없어요."

"비굴하게 굴다니? 무슨 말을 그렇게 하니. 너와 그렇게 가까운 사람한테 말을 거는 게 자기 자신을 깎아내리는 일이라는 말이니?"

"그렇다고 제가 나세르한테 말을 하라고 강요할 수는 없는 거잖아요. 게다가 제가 잔소리라도 하면 화를 내니까 그냥 포기해버린 거예요. 가급적 서로를 불쾌하게 만들지 않는 편이 나아요. 저는 아이들에게 부정적인 영향을 미치지 않도록 상황을 평온하고 조용하게 유지하는 데 열중하고 있어요."

"말다툼을 하게 될지언정, 그게 지금 이 집안을 장악하고 있는 침묵보다는 나을지도 모른단다. 너희 둘은 사이가 안 좋거나, 서로를 전혀 좋아하지 않는 것처럼 보여. 나한테 말해보렴, 남편을 사랑하기는 하니? 서로 사랑해서 결혼한 거였잖니. 불만 많고 허영심 많은 사돈이 그리 마음에 들지도 않았고 너를 우리 곁에 두고 싶었음에도 나와 네 아버지가 결혼을 허락했던 건, 네가 사랑에 빠져 있어서였단다. 대체 너희 둘 사이에 무슨 일이 있었던 거니?"

"저도 몰라요! 매일매일 살아가는 것도 벅차서 사랑할 여유는 눈곱만큼도 없어요."

"어리석기는! 삶이 힘겨울수록 마음을 기댈 사람이 필요한 법이야."

"엄마는 이해 못 해요. 조용히 침묵하는 게 말하는 것보다 나을 때도 있단 말이에요. 가끔은 서로에게 상처 주는 말을 하게 되고, 결국엔 싸움으로까지 이어져요. 그러다 보면 해서는 안 될 말을 하게 되기도 하고요."

"처음부터 그랬던 거니, 아니면 갑자기 시작된 거니?"

"사실, 제 생각에는 샤허브 때문에 시작됐던 것 같아요. 나세르는 어느 순간부터 저에게서 단절된 사람처럼 행동하고 있어요. 자신이 실패자라고 느끼면서 그 책임을 저한테 떠넘기고 있고요. 그이가 그런 식으로 말을 한 건 아니에요. 단지 제 생각일 뿐이에요."

"대체 어떻게 그럴 수 있는 거니? 자기 자식이 완벽하지 않을 수도 있다는 사실을 못 받아들이는 오만한 남자들이 있다는 건 알지만, 교육도 받은 사람이 그런 식으로 생각하다니 정말 상상도 못 할 일이네!"

"그러게요, 나세르는 그런 사람이에요. 그런데 그렇다고 해서, 대놓고 솔직하게 표현하는 것도 아니에요. 엄마 혹시 칼 아바스라는 남자 기억나세요? 손가락이 여섯 개인 아들이 태어나자 온갖 야단을 피우면서 자기 아들이 아니라고 부인하더니, 바로 아내랑 이혼해버렸잖아요. 그런 일이 저희에게도 똑같이 벌어진 거예요."

"그래서 넌 어떻게 할 생각이니? 칼 아바스의 아내처럼 이혼 당하기를 기다리고 있는 건 아니겠지!"

"아, 엄마. 저는 너무 지치고 우울해서 자신감도 전부 잃어버린 상태예요. 한때는 어떤 사람에게든 맞설 수 있었지만 더는 그럴 힘이 없어요. 제 잘못이라고 스스로 인정해버린 것 같아요. 나세르가 저에게 뭐라고 한 적은 없어요. 그러니 나세르가 저를 비난한다고 생각하지는 않으셨으면 좋겠어요. 과학적으로도, 의학적으로도 제 잘못이 아니라는 사실을 그 사람도 잘 알고 있어요. 단지 샤허브를 자랑스럽게 여기지도, 자기 아들이라고 당당히 말하지도 못 하는 것뿐이에요."

"그래서 샤허브가 나세르를 '아라쉬 형네 아빠'라고 부르는 거니?"

"정말요? 샤허브가 자기 아빠를 '아라쉬 형네 아빠'라고 불러요?"

"샤허브는 너보다도, 그리고 나보다도 똑똑한 아이란다. 카메라처럼 모든 것을 포착하고 머릿속에 저장해두는 아이야. 자기 아버지라는 사람의 그런 행동을 평생 용서할 수는 있을지, 나는 잘 모르겠구나."

"샤허브가 정말로 '아라쉬 형네 아빠'라고 해요?"

"그렇대도!"

"자기 입으로 그렇게 말해요? 자기 감정을 엄마한테 표현해요? 이런 이야기를 다 엄마한테 해준 거예요?"

"너도 들었잖니. 샤허브는 말을 그냥 하는 정도가 아니라 아주 잘해."

"어떻게 말을 그렇게 빨리 배운 거죠?"

"빨리 배운 게 아니지. 말을 할 수 있게 된 지는 사실 몇 년 됐으니까. 머릿속으로 상상의 친구들이랑, 자기가 믿을 수 있는 사람들이랑 줄곧 대화를 해온 거야."

"그럼 왜 저희한테는 말을 안 하려고 하는 거예요?"

"그건 네가 자문해봐야 하는 질문이란다. 샤허브는 너를 두려워하고 있어. 그리고 샤허브가 다시 입을 닫게 되는 상황을 원치 않는다면, 네가 잘 행동해야 해. 동네방네 소문을 내서는 안돼. 자랑할 거리로 삼아서도 안 되고. 샤허브를 광대처럼 데리고 다니면서 사람들 앞에서 말을 해보라고 강요해서도 안 돼. 샤허브가 말을 했을 때 네가 처음으로 보인 반응은 나라도 겁을 먹을 만한 행동이었어. 다정함이라고는 조금도 없는 네 사돈 식구들 앞에서 말을 해보라고 하면, 나라도 긴장해서 말문이 막혀버릴 거야."

"그거 다 샤허브가 직접 해준 이야기예요?"

"그래, 일부는 직접 들은 이야기고, 나머지는 내가 추측한 거란다."

43

할머니가 방 한쪽 구석에 깔린 담요에 누운 자세로 웃으며 말했다. "네 엄마가 어찌나 화들짝 놀라던지, 그 표정 봤니? 전혀 못 믿겠다는 그 표정!"

"화가 났던 거예요!"

"얘야, 그게 아니란다. 너희 엄마는 단지 깜짝 놀랐던 거야. 결국 진실을 받아들이게 되면 더없이 행복해할 거야. 그리고 샤허브, 오늘 학교에서 이름도 아주 잘 말하던걸."

"정말요? 다들 제가 말하는 거 들었나요?"

"그럼 물론이지!"

"학교에 가면 모든 사람 앞에서 말을 해야 하나요? 말이 안 나오면 어떡해요? 다들 웃을 텐데."

"그럴 일 없단다. 오늘도 그런 일은 없었잖아, 그렇지? 다른 아이들도 다 너와 똑같아. 아이들이 웃는 건 중요하지 않아. 너도 같이 웃으면 되니까. 학교에 가면 읽고 쓰는 법을 배우게 될 거고, 그러면 네가 하고 싶은 말을 전부 쓸 수 있게 될 거란다. 네가 원할 때 말을 하고, 말을 하고 싶지 않을 때는 하고 싶은 말을 종이에 쓰면 되는 거야."

쓸 수 있다니! 그래, 말하는 대신 쓰면 되는 거였다! 할머니 말이 맞았다! 이렇게 근사한 방법이 있었다니! 그렇게 나는 말하기를 대체할 방법을 우연찮게 발견하게 되었지만, 글쓰기 역시 내게는 아직 어려운 문제였다. 그래도 얼마나 대단한 발견이었던지! 그건 분명 학교에 갈 만한 충분한 동기가 될 수 있었다. 나는 목소리를 높이며 말했다. "할머니 말이 맞아요. 저는 글을 쓸 거예요! 글을 쓸 거라고요!"

바로 그때, 엄마가 방으로 들어오는 바람에 내가 말을 할 수 있다는 사실을 들키고 말았다.

할머니는 내가 입학을 한 후에도 이 주 동안 우리와 함께 지냈다. 내가 아무 문제 없이 다른 아이들처럼 학교에 다닐 수 있다고 확신한 후에야 짐을 싸서 고향으로 돌아갔다. 작별 인사를 하던 순간, 나는 차마 할머니의 품에서 떨어질 수가 없었다. 할머니는 나를 있는 그대로 이해해주고 사랑해준 유일한 사람이었기 때문이다. 기차역에서 집으로 돌아오는 내내 눈물을 멈출 수가 없었다. 그러자 아빠가 가라앉은 목소리로 말했다. "이렇게 다른 사람한테 감정도 표현하고 애착도 느낄 수 있는 아이인지 전혀 몰랐네."

엄마는 아빠를 향해 조용히 하라는 손짓을 했다. 내가 말을 할 수 있다는 사실을 깨달은 후부터 엄마와 아빠는 내가 주변에 있으면 말을 가려서 했다.

내가 말을 할 수 있다는 사실은 이제 모든 사람이 알고 있었지만, 엄마는 비비 할머니가 세워둔 규칙을 성실히 지키며 유난을 떨지도, 내 주변에서 유독 조심스럽게 행동하지도 않았다. 내게 먼저 뭔가를 물어오는 사람은 없었지만, 다들 내 목소리를 엿들어보려고 했다. 아시와 바비와 나는 사람들의 그런 행동을 보며 배꼽이 빠지도록 웃었다.

아시가 말했다. "자기들이 뭘 기다리는지 우리가 모르고 있다고 생각하나 봐. 다들 아무 관심도 없는 것처럼 다른 데를 보고 있으면서 귀는 쫑긋 세우고 있네!"

바비가 말했다. "우리가 입을 열자마자 다들 조용해지는 거 알아? 심지어는 숨까지 참아!"

하지만 그런 것도 더는 중요하지 않았다. 말을 하느냐 마느냐에 결부되어 있던 의미도 사라져버렸고, 나도 말하는 것이 두렵지 않았다. 내 말을 다른 사람들이 듣든 말든 신경도 쓰지 않았다. 그러면서 점점 말도 더듬지 않게 되었다. 집에서 엄마나 샤디와 대화를 나눌 때가 특히 편했다. 차츰 다른 사람들도 내 목소리를 듣게 되고 내가 말을 할 수 있다는 사실을 확신하게 되면서, 내가 말을 할 수 있느냐 없느냐 하는 문제를 두고 식구들끼리 논쟁하는 일도 다시는 벌어지지 않았다. 나에게 한 번도 말을 걸어보지 못한, 그래서 내 목소리도 들어보지 못한 사람은 아빠가 유일했다. 나는 아빠로부터 거리를 두기 위해 극도로 주의를 기울였다. 우리는 이방인처럼 서로를 지나쳐 갔다. 나는 할머니나 큰아빠와도 대화를 나누었지만, 아빠의 질문에는 '네', '아뇨' 같은 간단한 대답도 하고 싶지 않았다. 아빠는 내게 다가오려 하지 않았고, 나도 아빠한테 지기가 싫었던 데다가 아빠를 행복하게 만들어주고 싶다는 생각도 전혀 없었다.

학교에 가는 것도 처음에는 두려웠지만 시간이 흐르면서 즐기게 되었다. 내 마음속에는 학교에 가야 한다는 강력한 동기가 있었다. 또다시 말하는 능력을 잃게 될지도 모르니 그런 경우를 대비해 가능한 한 빨리 글쓰기를 배우고 싶었다. 말하기라는 것이 내 마음속 깊은 곳에서는 여전히 악몽처럼 남아 있는 것 같았다. 게다가 글쓰기를 배워서 할머니에게 편지를 보내겠다고 약속도 한 상태였다. 편지를 쓰는 것은 할머니에게 감사의 마음을 표현할 수 있는 유일한 방법 같았고, 할머니가 내게 보여준 애정과 다정한 마음을 편지를 통해 보답하고 싶었다.

나에게 있어서 글이란 단순한 문자들의 나열이 아니었다. 모든 글에는 저마다의 세계가 담겨 있었다. 말을 못 했던 몇 년의 세월 동안, 나는 한 단어 한 단어를 두고 씨름하곤 했다. 나는 각 단어의 무게와 색깔을 인지했고, 각 단어의 부피도 느낄 수 있었다. 어떻게 해야 한 단어에 담겨 있는 그토록 많은 속성을 글쓰기만으로 표현할 수 있을까? 각 단어에 담긴 모든 속성을 표현해야 했기에, 하나의 색깔로만 글을 쓴다는 것이 내게는 쉽지 않은 일이었다. 숙제를 하려면 모든 색상의 연필을 써야 했다. '피'는 빨간색으로 써야 했고, 검은색은 이를테면 '죽음' 같은 단어와 잘 어울렸다. 내 눈에 '아빠'라는 단어는 항상 불쾌한 고동색으로 보였고, '엄마'라는 단어는 먹구름에 가려진 태양 같은 탁한 노란색을 띠었다. 내가 가장 오랫동안 애를 먹었던 순간은 흰색으로 '다정함'을 써야 했을 때였다. 흰색 종이에는 흰색으로 글을 쓰는 것 자체가 어려웠기 때문이다. 그래서 이렇게도 저렇게도 시도를 해본 후에야 해결책을 찾아냈다. 흰색으로 '다정함'이라고 쓴 다음 그 단어의 테두리를 검은색으로 다시 쓰면, 흰색으로 쓴 다정함을 알아볼 수 있었다. 나는 각 단어에 딱 맞는 색깔을 사용해서 단어 하나하나를 아름다운 글씨체로 정성껏 썼다. 그런 것에 무감각했던 선생님은 형형색색의 내 숙제 결과물을 낙서라고 생각했고, 글이 아닌 그림으로 치부했다. 그러더니 결국에는 엄마한테 연락해 받아쓰기 시험 때 검은색만 사용하게 만들었다. 그렇게 하지 않으면 다른 아이들과 같은 수준을 유지할 수 없다는 이유에서였다.

숫자의 경우 글자와 다른 색깔을 가지고 있다는 것은 내게 명백한 사실이었고, 나는 다른 사람들도 숫자를 그런 색깔로 보고 있다고 생각했다. 어떻게 초록이 감도는 아름다운 8의 색깔을, 피스타치오와 같은 7의 색깔을 못 알아보겠나? 하지만 파란 빛이 도는 3의 색깔은 이따금씩 변했기 때문에 늘 확신할 수는 없었다. 그러던 어느 날, 엄마가 음식을 준비하는 동안 식탁에 앉아 숙제를 하다가 질문을 던져보았다. "3은 짙은 파랑이에요, 아니면 밝은 파랑이에요?"

그러자 엄마가 고개를 돌려 나를 쳐다보며 물었다. "뭐라고?"

"3은 짙은 파랑이에요, 아니면 밝은 파랑이에요? 13 같은 숫자에서는 짙은 파랑처럼 보이기도 해서요."

엄마의 두 눈에서 혼란스러운 감정이 느껴졌다. 잠시 후 엄마는 "무슨 소리 하는 거니? 그런 헛소리는 당장 그만두렴! 다들 이제야 너를 정상인으로 보기 시작했는데, 네가 그런 말 하는 소릴 듣기라도 하면 다시 미쳐버린 거라고 생각할 거야."라고 말했다.

"제가 무슨 말을 했는데요?"

"3이 파랑이라고 그랬잖니! 숫자에는 색깔이 없어! 다시는 그러면 안 돼, 알겠지?"

나는 깜짝 놀라서 엄마를 가만히 응시했다. 바비는 마치 중요한 사실을 발견하기라도 한 것처럼 말했다. "엄마는 숫자들의 색깔을 못 보나?"

아시가 말했다. "아무도 못 보는 걸지도 몰라."

"그럼 우리는 어떻게 볼 수 있는 건데?"

"그야 우리는 멍청하고 미친 사람이니까 그렇지."

"그렇다면 좋은 거네. 안 그랬으면 다른 사람들처럼 색깔 없는 세상에서 살았을 거 아냐."

비록 내 눈을 통해 바라본 모든 숫자는 다채로운 색깔을 지

니고 있었지만, 그날 이후로는 숫자를 적을 때 검은색 연필만
사용했다.

44

샤허브가 성적표를 받아왔을 때, 마치 혐의를 벗어던진 듯한 기분이 들었다. 나는 성적표를 샤허브의 할머니와 큰아빠는 물론이고, 사실상 이 세상에서 내가 아는 모든 사람들에게 보여주었다. 그동안 쌓인 한을 다 풀어버리고 싶어지면 "샤허브는 아라쉬보다도 더 똑똑한 아이인 것 같아요!"라고 말하곤 했다.

사람들의 코를 납작하게 만들고 나면 스스로 더 강해진 기분이 들었고, 집안에도 예전보다 더 친밀한 분위기가 감돌았다. 상처받아 위축되어 있던 나세르의 자존심은 샤허브가 A로 도배된 성적표를 받아오면서 점차 치유되기 시작했다. 그런데 샤허브는 아직도 나세르에게는 한마디도 하려 하지 않았다. 샤허브의 그런 행동에 나세르가 분노를 느끼고 있는 건지, 슬퍼하고 있는 건지도 나로서는 구별할 수 없었다. 어쨌든 샤허브와의 관계 회복을 위해 먼저 손을 내민다는 건 나세르의 자존심이 허락하지 않을 일이었다. 나세르는 일곱 살 난 자기 자식 앞에서도 수치심을 느끼는 사람 같았다. 나세르에게 있어서 자존심을 지키는 유일한 방법은 샤허브가 먼저 한발 가까이 다가와줄 때까지 기다리면서 평소에는 쌀쌀맞게 대하는 것이었다. 샤허브의 성적표를 본 나세르는 원래 있던 자전거보다 더 큰 자전거를 선물로 사주었다. 샤허브는 자전거를 보자마자 몹시 흥분했지만, 나세르 앞에서는 그런 감정을 표현하지 않으려고 했다. 나는 그 순간을 기회로 삼아 이렇게 말했다. "샤허브, 아빠한테 고맙지 않니? 아빠가 너를 얼마나 사랑하는지 알겠지? 이렇게 자전거도 하나 더 사줬잖니!"

샤허브는 너무도 침착하게 대답했다. "저를 위해서 사준 게 아니잖아요. 성적표 때문에 사준 거지."

"그게 무슨 말이니? 네 성적표잖아. 네가 좋은 성적을 받아와서 아빠가 너한테 상을 준 거야."

"제 성적에 주는 선물인 거죠."

"도통 무슨 소린지 모르겠구나. 어쨌든 아빠한테 감사하다고 하렴. 안 그러면 이 자전거는 탈 수 없어."

나세르가 사준 선물은 분명 샤허브에게 영향을 주었고, 그것을 계기로 샤허브는 보다 융통성 있는 태도를 보였다. 자전거를 거부하기는 쉽지 않았던 것이다. 샤허브는 결국 나세르에게 고맙다고 표현하기로 했다. 비록 내가 억지로 끌고 가서 어쩔 수 없이 하는 것처럼 행동하기는 했지만, 고개를 푹 숙이고 가능한 한 낮은 저음으로 "고마워요!"라고 말했다.

나는 샤허브를 나세르 쪽으로 밀면서 말했다. "아니, 그렇게 말만 하면 안 되지. 뽀뽀도 해드려야지."

샤허브는 곁눈질로 나세르를 쳐다보더니 천천히 한 발자국 다가갔다. 나세르는 조금도 움찔하지 않았다. 신문을 읽는 척하면서 냉담하고 무관심하게 앉아 있을 뿐이었다. 마치 감사하다는 말과 뽀뽀를 해주는 것은 샤허브가 해야 할 당연한 임무이고, 그것이 본인에게는 아무 영향도 미치지 못한다는 듯한 태도였다. 내 손을 잡고 있던 샤허브의 손과 입술이 부들부들 떨렸다. 자전거를 본 순간 샤허브의 마음속에 차올랐던 긍정적인 감정들은 승리를 거머쥔 양 냉담하게 굴고 있는 나세르의 태도 앞에서 증발되어버리고 말았다. 샤허브는 내 손을 뿌리치면서 도망가려고 했다. 그래서 나는 샤허브를 붙잡고 샤허브의 얼굴을 나세르의 볼에 바짝 갖다 댔다. 샤허브는 얼굴을 돌리면서 발버둥을 치다가 내 품에서 빠져나가 이 층으로 내달렸다.

나세르가 나를 나무라는 눈빛으로 바라보며 말했다. "이거 봐! 당신 아들이 고맙다고 해봤자지! 아주 고집불통이라니까."

나는 원망이 가득 실린 말투로 대답했다. "당신이랑 똑같네! 복수심에만 가득 찬 고집불통!"

45

2학년 때의 담임 선생님은 일찍부터 나의 글씨체를 눈여겨봐주었다. 늘 칭찬을 아끼지 않았고, 가끔은 깜짝 놀라며 "이거 네가 쓴 거니?"라고 묻기도 했다.

그러면 나는 자부심을 느끼며 아무 말 없이 고개만 끄덕이고는 선생님이 보는 앞에서 직접 다시 써 보이기도 했다. 선생님은 나를 격려해주었고, 나는 그럴수록 더 잘 써보려고 노력했다. 어느 날에는 선생님이 내게 이렇게 물었다. "샤허브, 너희 아버지한테 내일 학교에 좀 오시라고 전해주렴. 여쭤볼 게 있어서 말이야."

나는 짜증이 난 표정으로 선생님을 쳐다보았다. 아빠한테 무슨 말을 하고 싶으신 거지? "저희 아빠는 안 올 거예요!"

"그게 무슨 말이니? 오셔야 하는 일이야. 네가 얼마나 잘하고 있는지 말씀드리려는 거란다."

"아빠 말고 엄마가 올 거예요."

"하지만 아버지와 이야기를 나눠야 하는걸. 네 아버지의 허락을 받아야 할 일이 있어서 그래."

"안 돼요."

선생님은 의아하다는 듯이 나를 쳐다보며 물었다. "왜 안 되는 거니? 아버지께서 네 작품을 보고 기뻐하시는 모습을 보고 싶지 않은 거니?"

"싫어요!"

"왜 싫은 거니? 정말 좋은 분이시던데. 아침마다 학교까지 태워다주시기도 하고 말이야."

"그냥 싫어요."

"어째서? 그분 네 아버지가 아니었니?"

"아니에요!"

"뭐라고?! 그럼 오늘 아침에 나한테 '안녕하세요'라고 인사하신 분은 누구였니?"

"아라쉬 형네 아빠예요."

"아라쉬? 네 중학생 형 말이니?"

"맞아요!"

더 이상 말할 기분이 아니었다. 나는 비스킷을 들고 밖으로 나갔다. 내가 나가는 동안에도 선생님은 여전히 아리송한 표정으로 나를 바라보고 있었다.

밖으로 나간 후에는 평소처럼 운동장에 앉아 다른 아이들이 노는 모습을 구경했다. 나도 무리에 끼어 같이 놀고 싶었지만,

내 안의 무언가가 그렇게 하지 못하도록 가로막았다. 나는 아직도 또래 아이들과 다른 사람인 것 같았다. 다들 똑똑하고 나만 바보라는 생각을 떨쳐버릴 수가 없었다. 비스킷을 먹고 있던 그때, 3학년 담당 선생님과 우리 반 담임 선생님, 그리고 라술리 교감 선생님이 운동장이 내려다보이는 발코니에서 나를 쳐다보고 있었다. 선생님들은 서로 대화를 나누면서 자꾸 손가락으로 내 쪽을 가리켰다. 다른 몇몇 선생님들도 교무실 창문을 통해 나를 지켜보고 있었다. 나는 조금 겁이 나서 다른 아이들 무리 속에 몸을 숨겨보려 했다.

　엄마는 다시 직장에 나가기 시작했다. 아침이면 온 가족이 아빠의 차에 올라탔다. 놀이방에 도착하면 먼저 샤디를 내려주었고 그다음에는 엄마가 버스정류장에 내려 회사 가는 버스로 갈아탔다. 그런 다음에는 아라쉬 형이 내렸고, 나는 가장 마지막에 내렸다. 그런데 어느 날, 버스정류장에 도착했는데도 엄마가 차에서 내리지 않았다. 나는 엄마가 다른 곳에 가는가 보다 생각하고 별다른 관심을 기울이지 않았다. 아빠는 무언가에 화가 나 있는 상태였지만, 그것도 딱히 특별한 일은 아니었다. 아라쉬 형까지 내리고 나자 아빠가 마침내 엄마를 쳐다보면서 물었다. "무슨 짓을 한 건지 당신이 한번 물어봐. 왜 학교에서 이렇게까지 끈질기게 우리를 부르는 거야? 할 일이 산더미인데, 이것 때문에 오늘 회의까지 취소해야 했다고!"

　"조용히 해! 그렇게 호들갑 떨 필요 없어. 30분 늦는다고 큰일 안 나."

"당신 혼자 가면 안 돼?"

"당신을 만나봐야겠다고 그러시잖아. 당신이 바빠서 내가 대신 가면 안 되느냐고 했더니, 교장 선생님이 우리 둘이 같이 오거나 당신 혼자 오라고 했어."

그제야 부모님이 나와 같이 학교에 간다는 사실을 깨달은 나는 점점 초조해졌다.

우리 셋은 마치 잘못을 저지른 학생들처럼 교무실 밖에 서서 기다렸다. 엄마와 아라쉬 형네 아빠도 나만큼이나 두려워하고 있다는 것이 느껴졌다. 벨이 울리자 학생들이 줄지어 교실로 들어갔다. 선생님들은 일제히 교무실로 집합했다. 교장 선생님이 상냥한 미소를 지으며 말했다. "샤허브 부모님이시군요. 여기 앉으세요." 선생님들은 전부 침묵한 상태로 엄마 아빠를 뚫어져라 쳐다보고 있었다. 나는 엄마 옆에 딱 달라붙어 있었다. 5학년 학생들을 가르치는 선생님이 아빠에게 인사를 건네더니 아라쉬 형의 소식을 물었다.

아빠는 아라쉬 형의 이름을 듣자마자 침착해졌다. 그러고는 두 눈을 밝히며 말했다. "아주 잘 지낸답니다. 늘 그렇듯 성적도 좋고요."

"아라쉬는 나중에 분명 성공할 학생이에요."

선생님들이 하나둘 교실로 향하기 시작했다. 그러자 교무실은 더 조용해졌다. 라술리 교감 선생님은 한쪽 구석에서 서류철을 훑어보고 있는 척했지만, 분명 관심은 우리 쪽으로 쏠려 있었다. 교장 선생님은 우리를 친절하게 대하려 했다. "모크타리 씨, 2년 전까지만 해도 학부모회에 소속되어 계셨다고 들었습니다. 아쉽게도 그때는 제가 이 학교로 부임하기 전이었던 터라 만나 뵐 기회가 없었네요. 하지만 행정직원 아타이 씨와 5학년 담당 사데그히 선생님을 통해서 그동안 학교를 위해 애써주신 일과 아라쉬 교육에 보여주신 세심한 관심에 대해 다 전해 들었습니다. 아라쉬가 내내 반에서 일등을 했던 것도 당연한 일이었더군요."

갑자기 아빠가 평소보다 거대하게 느껴졌다. 아빠는 자랑스러워하며 대답했다. "아타이 씨도, 사데그히 선생님도 정말 친절하게 대해주셨습니다. 아라쉬는 무척 영리한 아이예요. 아라쉬 같은 애는 아마 별로 없을 겁니다. 중학교에 진학해서도 반일등 자리를 지키고 있거든요. 주변 사람들이 아라쉬는 영재들을 위한 특수학교에 가야 할 것 같다고 하던데, 선생님 생각은 어떠신가요?"

"글쎄요. 저는 영재학교를 그리 좋게 보는 입장은 아닙니다만, 지금 그 문제에 대해 말하기 시작하면 완전히 다른 길로 새버릴 것 같네요. 오늘은 샤허브에 대해 이야기를 나누고 싶습니다."

아빠가 다시 얼굴을 찡그렸다. "이번에는 무슨 사고를 친 거죠?"

"샤허브가 사고를 칠 때가 많나요?"

나는 의자 뒤에서 두 사람을 몰래 훔쳐보고 있었다. 그때 교장 선생님이 나를 발견했다. "샤허브, 교실로 가 있으렴."

나는 불안과 분노를 느끼며 교무실 밖으로 나갔다.

아시가 말했다. "다 끝날 때까지 의자 뒤에서 안 들키고 있었
으면 좋았을 텐데."

47

교장 선생님이 샤허브에 관해 이야기를 나누고 싶다는 말을 한 순간, 내 심장은 덜컥 내려앉고 말았다. 나세르와 교장 선생님이 샤허브가 사고를 친 적이 있는지에 대해 대화를 나누기 시작했을 때에는 나도 모르게 두 사람의 대화에 불쑥 끼어들었다. "하지만 제가 선생님들과 꾸준히 연락하고 있어요! 아주 착한 학생이고, 누군가가 샤허브에 대해 불평한 적도 없다고 하셨어요."

"네, 저도 잘 알고 있습니다. 정말 착한 아이인데, 수줍음이 조금 많기는 합니다. 다른 학생들과 소통을 거의 하지 않거든요."

"네, 그건 저도 알아요. 예전부터 그랬어요. 사실 지금은 조금 나아진 편이에요."

"그렇습니까? 사실 집안 환경을 생각하면 그렇게 수줍어하는 것도 당연한 일이기는 합니다."

나세르가 슬픈 표정으로 물었다. "집안 환경이라니요? 저희가 아이에게 못 해주고 있는 부분은 하나도 없습니다. 삶을 다바쳐가며 뒷바라지하고 있으니까요. 그런데 저희가 뭘 더 해야하는 거죠? 아이가 말을 못 해서 그동안 얼마나 많은 의사 선생님을 찾아다녔는지 선생님이 알기는 하십니까?"

"물질적 차원의 지원을 말한 것이 아닙니다. 인간적이고 다정한 애정이 부족하다는 의미였습니다."

나세르가 말했다. "저희가 아이를 인간적으로 대하지 않았다는 말씀입니까? 저희가 아이에게 충분한 관심을 주지 않았다는 겁니까? 애 엄마가 완전히 버릇없는 응석받이로 키워놓는 바람에 저희 집에선 저는 물론이고 그 누구도 샤허브한테만큼은 사소한 지적도 절대 못 합니다."

"그렇게 화내지 않으셔도 됩니다. 방어적으로 들으실 필요 없어요. 저는 모크타리 씨를 무척이나 존경하고 있습니다. 다만, 샤허브의 정서적인 안정에 조금만 더 관심을 기울여주셨으면하는 겁니다. 노력하고 계신다는 건 알지만, 무의식적으로 샤허브보다 다른 아이들을 편애하시는 경우도 있을 겁니다. 아이들은 굉장히 예민해서 어른들이 눈치도 못 채는 것들을 알아차리거든요. 이런 상황에 대해 알려드리는 것이 제 의무인 것 같아서 드린 말씀입니다."

나세르와 나는 말문이 막힌 채 교장 선생님을 멀뚱히 바라보았다.

나세르가 말했다. "실례지만, 지금 무슨 말씀을 하고 계신 건지 전혀 이해가 안 되는데요. 제가 샤허브보다 다른 아이들을 편애한다고 말씀하신 겁니까? 그게 무슨 뜻이죠?"

"불쾌하셨다면 먼저 사과드립니다. 이건 굉장히 민감한 문제이고, 아버님께서 논의하고 싶지 않으실 사안이라는 점도 알지만, 학교에서는 아이들에게 더 나은 도움을 줄 수 있도록 가능한 한 모든 것을 알고 있을 필요가 있습니다."

"뭘 안다는 겁니까?"

"샤허브는 자신이 아버님의 아이가 아니라는 사실을 아주 잘 알고 있습니다."

나세르의 얼굴이 붉게 달아올랐다. 그는 혼란스러워하며 교장 선생님을 쳐다보았다.

어떤 일이 벌어진 것인지 짐작되는 바가 있던 나는 교장 선생님에게 먼저 물어보았다. "샤허브가 뭔가 얘기한 게 있었나요?"

"네."

나세르가 입술을 꾹 다문 채 나에게 물었다. "지금 이게 무슨 말이야?"

"나도 정확히는 몰라. 짐작되는 게 있을 뿐이지. 샤허브가 그 말을 다른 사람한테까지 할 거라고는 생각 못 했는데."

"무슨 말? 지금 이게 무슨 상황인지 당장 말해!"

하지만 나도 여전히 확신은 서지 않는 상태였다. 그래서 교장 선생님에게 물었다. "무슨 일이 있었던 건지 다 말씀해주세요.

어째서 그런 판단을 내리신 거죠?"

"샤허브가 담임 선생님께 말했다고 하더군요."

나세르는 점점 더 분노로 들끓고 있었다. 결국에는 언성을 높이기 시작했다. "지금 무슨 말씀 하시는 겁니까?"

나세르를 진정시키기 위해 내가 먼저 끼어들었다. "선생님, 이 사람은 제 남편이자 아라쉬, 샤허브, 샤디 세 아이의 아버지입니다. 저희 가족이 다른 가족과 다른 부분도 전혀 없습니다. 아이가 한 말에 대해 저희한테 이렇게 물으시는 건 적절하지 않은 일이고요. 왜 저한테 직접 물어보지 않으셨던 거죠?"

교장 선생님이 중얼거리듯이 말했다. "저희도 믿을 수가 없었거든요." 교장 선생님의 말은 거짓이었다. "그래서 학교로 오시라고 했던 겁니다. 샤허브는 여사님의 남편이 아라쉬의 아버지이지 자기 아버지는 아니라고 주장하고 있습니다. 그래서 이 문제를 같이 논의해봐야겠다고 생각했습니다. 샤허브가 자기 부모에 대해 갖고 있는 감정과 생각을 아는 것은 중요한 문제이니까요. 담임 선생님을 불러와 전부 설명해드리겠습니다."

교무실 반대편에 앉아 있던 교감 선생님은 더 이상 업무를 보고 있는 시늉조차 하고 있지 않았다. 우리가 교무실로 불려온 이유는 다른 무엇보다도 그들의 호기심을 충족시켜주기 위함인 것 같았다. 나세르는 점점 미친 사람처럼 굴고 있었다. "제가 자기 아버지가 아니라고 그랬다고요?"

"유감스럽지만, 그랬습니다."

교무실 문이 열리더니 샤허브의 담임 선생님이 들어왔다. 나는 인사도 하지 않고 불쑥 질문부터 던졌다. "카말리 선생님, 샤허브가 선생님께 했던 말을 정확히 들려주세요."

카말리 선생님은 죄책감에 어쩔 줄 몰라 하는 모습이었다. "제가 처음에 학부모님을 뵙고 싶었던 이유는, 샤허브에게 선물을 사줄 생각이 있으신지 여쭙고 싶어서였습니다. 아시다시피 모든 학생에게 선물을 사주기에는 학교 예산이 충분하지 않아서, 보통 학부모님께서 선물을 사 오시면 저희가 아침 조회 시간에 나눠주고 있거든요. 그리고 샤허브가 특별 수업을 받을 수 있도록 허가도 받고 싶었어요. 샤허브의 서체가 특출나서 더 잘하도록 북돋아주고, 교육도 더 받게 해주고 싶었습니다. 그게 다였어요! 그래서 학교에 아버님을 모시고 오라고 했더니, 샤허브가 싫다고 하더라고요. 제가 꼭 모시고 와야 한다고 계속 말하니, 아버님 대신 어머님이 오실 거라고 했고요. 그런데 큰아드님이 저희 학교에 다닐 때만 해도 아버님께서 학부모 회의에도 적극적으로 참여하셨던 기억이 있어서 좀 놀랐어요. 아버님을 뵙고 싶었던 것도 그 때문이었고요. 그래서 아버님에 대해 다시 물어보니, 샤허브가 자기에겐 아버지가 없다고 대답했어요. 그럼 아침에 태워다주시는 분은 누구냐고 했더니, '아라쉬 형네 아빠예요!'라고 했고요."

카말리 선생님이 한마디 한마디 내뱉을 때마다 나세르는 점점 작아지고 있는 듯했다. 의자에 앉아 있던 나세르는 허리를 잔뜩 구부리고 있었다. 그러더니 화를 내며 벌떡 일어났다. "일어나! 나가자. 더 이상은 못 참겠어!" 그러고는 먼저 교무실을 나가버렸다.

나도 자리에서 일어나 핸드백을 챙긴 다음 샤허브의 담임 선생님과 교장 선생님에게 말했다. "이 일에 대해서는 나중에 말씀드릴게요." 그리고 나세르를 따라 밖으로 나가보았다.

나세르는 상태가 몹시 안 좋아 보였다. 감정을 조절하지도 못하고 있었다. 그는 서둘러 차에 올라타더니 내게 말했다. "당신은 다 알고 있었어? 샤허브가 당신한테도 그렇게 말했었어?"

"아니, 나한테 그런 건 아니야. 우리 엄마한테 그런 말을 했었대. 그리고 가만 생각해보면, 내가 기억하기로 샤허브가 당신을 '아빠'라고 불렀던 적이 없었던 것 같아."

"도대체 다들 무슨 짓을 했길래 애가 나한테 이렇게까지 적대적인 거야?"

"무슨 짓을 하다니? 당신이 무슨 짓을 했길래 애가 당신을 자기 아버지라고 생각하지도 않게 된 건지, 스스로 반성해봐야 하는 거 아니야?"

"내가 뭘 했는데? 아니, 내가 못 해준 게 뭔데? 지난 수년 동안 나는 그 애 걱정만 하고 살았어. 돈도 엄청 퍼부었고. 외국에서 치료를 받게 해주려고 죽기 살기로 일하면서 돈도 모았다고. 그랬더니 은혜를 원수로 갚는 것 좀 봐. 걔 일부러 그러는 거야. 나한테 망신을 주고 싶어 하는 거라고. 걔는 오랫동안 말도 한

마디 안 하면서 벙어리인 것처럼 행동했어. 말을 할 수 있게 만들어주려고 온갖 전문의들을 다 찾아가고 별의별 짓을 다 했지만, 결국 우리가 알게 된 진실은 그냥 개가 고집불통이었다는 거잖아! 이제 말도 할 수 있으면서 고작 하는 말이라고는 '당신은 내 아빠가 아니에요' 같은 헛소리라니! 마음대로 하라고 해! 어차피 그딴 새끼 나도 원치 않았어. '내 아빠는 다른 사람이에요'라니. 실종됐을 때 찾아준 그 남자가 자기 아빠인가 보지. 그때 개가 내 속을 뒤집어놓으려고 그 남자한테 안겼던 거 기억나? 내가 바랐던 건 개가 한 번이라도 나한테 말을 걸어주는 거, 한 번이라도 나를 '아빠'라고 불러주는 거였어." 나세르의 목소리가 갈라지기 시작했다. 그는 눈물을 보이지 않기 위해 얼굴을 돌려버렸다.

"나세르, 샤허브는 어린아이일 뿐이야."

"그래. 하지만 나의 원수이기도 하지. 개만큼 내 신경을 긁어놓는 사람도 없으니까."

"당신이 샤허브를 이해해보려고 노력해야 해. 인내심을 가져야 한다고. 샤허브가 왜 이렇게 생각하게 됐는지 당신이 알아내야 해. 어쩌면 당신이 충분히 애정을 보여주지 않아서일 수도 있어. 당신이 샤허브한테 좀 무관심했었다는 생각은 안 들어?"

"아니! 절대! 그 애는 우리 인생을 송두리째 장악하고 있었어. 아라쉬나 샤디랑 문제 있었던 적도 없었잖아. 우리의 모든 생각과 관심은 항상 개한테 집중돼 있었다고."

"그렇게까지 난리 피울 일은 아니야. 샤허브는 어린아이이고, 철없는 말을 한 것뿐이야."

"내가 어떻게 그런 말을 듣고도 화가 나지 않을 수 있겠어? 세상에는 아빠를 잃은 애들도 수두룩하고, 그런 애들도 자기 아빠를 계속 아빠라고 생각해. 그런데 나는 평생을 같이 살면서 뒷바라지해주고 밥도 먹여주고 옷도 입혀주느라 밤낮으로 일했는데, 그 애는 자기한테 아빠가 없다고 말하고 다니잖아! 내가 자기 아빠가 아니라잖아! 내 기분이 어떨지, 상상이 되기는 해?" 나세르는 또다시 울기 시작했다.

48

그날 오후, 부엌에서 간식을 먹고 있는데 엄마가 내게 말했다. "아빠가 굉장히 속상해하고 있어." 나는 관심 없다는 듯 어깨를 으쓱해 보였다. "왜 그렇게 속상해하는지 안 궁금하니?" 나는 심드렁하게 등을 돌렸다. "네가 한 말 때문이야. 너 때문에 상처받은 거야."

그 말에 놀란 나는 엄마를 보면서 물었다. "저 때문이라고요?"

"그래, 너."

학교에서 있었던 일 때문이라는 사실은 알고 있었다. 내가 학교에서 어떤 아이한테 욕을 했던 것 때문에 그러는 거라고 생각했다. 머릿속이 복잡했다. "괜찮아요. 어차피 항상 저를 못마땅해하시니까요. 그리고 욕은 다른 애들도 다 해요."

"욕이랑은 아무 상관 없는 일이야. 네가 담임 선생님 앞에서 자기를 아빠라고 인정하지 않아서 슬퍼하는 거야."

"그게 다예요? 뭐, 어차피 아빠 아닌데요."

"그게 무슨 말이니? 아빠가 너한테 해준 게 얼마나 많은데. 옷도 입혀주고, 밥도 먹여주고, 학비도 대주고, 병원에도 데려가주고, 정말 셀 수 없이 많잖니! 게다가 항상 네 걱정을 하며 사는데, 너는 아빠가 네 아빠가 아니라고 말하고 다니면서 망신이나 주는 거니?"

"저는 항상 아빠를 망신시키는걸요."

"왜 그렇게 아빠를 싫어하는 거니?"

"아라쉬 형네 아빠잖아요. 아라쉬 형은 착한 아이니까요. 하지만 저는 나쁜 아이인 데다가 멍청하고요. 제가 아라쉬 형네 아빠의 자식이었으면, 맨날 창피해하기만 했을 거예요. 저는 그런 존재니까요."

"무슨 그런 말을! 너는 전혀 멍청하지 않아. 사실 너는 정말 똑똑한 아이야."

"아뇨, 아니에요. 저는 엄마 아들일 뿐이에요."

"아니. 너는 네 아빠의 아들이자 내 아들이야."

"착한 애들은 아빠 자식이고 나쁜 애들은 엄마 자식인 거 모르세요?"

"그런 얘기는 어디서 들은 거니? 누가 너더러 나쁜 아이래? 넌 정말 착한 아이야. 누구든 너 같은 아이라면 다 갖고 싶어 할 거야."

"저 같은 아이를요?"

"그래, 너! 네 아빠는 네가 아빠 자식이 아니라고 말해서 굉장히 속상해하고 있어."

"거짓말이잖아요. 아라쉬 형네 아빠는 저 때문에 망신당해서 속상한 거예요."

"아들아, 그게 아니란다. 아빠는 네 아빠이기를 원해. 그리고 다른 어느 누가 네 아빠일 수 있겠니? 아빠는 없어서는 안 되는 사람이야. 모든 아이에게는 아빠가 필요해."

"아뇨. 나데르한테는 아빠가 없어요."

"나데르가 누구니?"

"이 골목 끝 쪽 집에 사는 아이예요."

"그 애한테도 아빠가 있었어. 돌아가신 것뿐이야."

"돌아가신다는 게 무슨 말이에요?"

"죽었다는 뜻이야."

"그럼 제 아빠도 죽었나 보죠."

"어머, 무슨 그런 소리를! 네 아빠는 지금 굉장히 건강하고, 너는 아빠를 사랑해야 해. 자기 자식들을 위해 하루 종일 열심히 일하는 사람이야. 아빠가 없으면 우리가 무슨 돈으로 먹고살 수 있겠니? 옷이며 음식이며, 그거 다 어떻게 사겠어? 아마 길거리로 쫓겨나서 굶어 죽고 말 거야. 그러니 아빠가 있다는 사실에 감사해야 해."

엄마의 말을 듣고 있던 나는 흠칫 놀랐다. 내가 생각하기에 아빠를 사랑하는 것과 굶어 죽는 것 사이에는 아무런 관계도 없어 보였기 때문이다. 엄마가 괴상한 거짓말을 지어내고 있는 거였다! 나는 한동안 아무 말도 하지 않다가 이렇게 말했다. "걱정 마세요. 나데르한테는 아빠가 없지만 집에서 살고 있고 굶어 죽지도 않았어요."

49

며칠 후, 나는 샤허브의 학교를 다시 찾아가 교장 선생님, 담임 선생님과 이야기를 나누었다. 오해를 푼 교감 선생님은 나에게 남편이 한 사람뿐이라는 사실에 마음을 놓았다. 담임 선생님이 사과했다. "이렇게 일을 크게 만들고 싶지는 않았는데, 제가 아라쉬와 샤허브가 배다른 형제라고 말한 순간 선생님들이 과하게 관심을 갖는 바람에. 어떤 선생님들은 어머님께서 결혼을 두 번 하셨다고 하고, 또 어떤 선생님들은 세 번 하셨다고 생각했는데, 다들 무슨 이유로 첫 번째 남편에게 돌아온 건지를 궁금해했어요. 참 희한하게도, 샤허브가 거짓말을 했을 수도 있다는 생각은 아무도 못 했던 거예요."

"이제 그 이야기는 그만하는 게 좋을 것 같아요. 남편이 정말 큰 충격을 받았더라고요."

"정말 송구합니다."

"괜찮습니다. 오늘은 저번에 말씀하셨던 용건에 대해 자세히 들으려고 왔습니다."

"전에도 말씀드렸다시피, 샤허브는 글쓰기와 그림 그리기에 탁월한 재능이 있는 아이예요. 제가 2학년 학생들을 담당한 지 이제 2년이 되었는데, 샤허브처럼 아름다운 서체를 가진 학생은 지금까지 한 명도 없었어요. 제 남편이 캘리그래피를 하는 사람이라 샤허브의 서체를 조금 보여줬더니, 스타일이 굉장히 뛰어나다면서 신기해하더라고요. 2학년 학생의 작품이라고는 믿기 어려울 정도라면서요. 그러면서 본인이 직접 가르쳐보고 싶대요."

그날 저녁, 나는 담임 선생님한테 들었던 이야기를 가족들에게 전해주었다. 그러자 아라쉬가 말했다. "저도 글씨 잘 썼어요. 학교에서 포스터를 걸 때마다 글씨는 다 제가 썼던 거 기억나세요?"

"그럼. 네가 5학년이었을 때 담임 선생님도 오늘 만났는데 네 서체를 기억하고 계시더구나. 하지만 카말리 선생님 말로는, 글씨를 잘 쓰는 아이들은 많지만 샤허브는 그중에서도 특출나대."

샤허브는 밥을 먹느라 정신이 없는 척하면서 기쁜 마음을 감추려 하고 있었다. 그러면서도 곁눈질로 나세르를 힐끗 쳐다보았지만, 나세르는 아무 말도, 아무 반응도 없었다.

내가 먼저 입을 열었다. "여보, 당신 생각은 어때? 당신이 괜찮다고 하면 일주일에 두 번씩 카말리 선생님 남편분한테 캘리그래피 수업을 받을 수 있대. 어떻게 하면 좋겠어? 수업에 등록

해야 할까?"

"몰라. 어차피 나는 아빠도 아니잖아!"

나세르의 말에 다들 조용해졌다. 샤허브는 한동안 접시를 뚫어져라 쳐다보다가 조용히 수저를 내려놓고 부엌을 나가 이 층으로 올라갔다.

나는 샤허브를 따라 올라가 침대 옆에 걸터앉았다.

"샤허브, 이런 식의 싸움은 이제 그만하렴. 수업을 듣고 싶고 캘리그래피가 마음에 들면, 아빠한테 등록해달라고 해야 해."

샤허브는 등을 돌리고 자는 척을 했다.

"별로 내키지 않은가 보구나. 그럼 네 아빠는 등록해주고 싶어 했지만 네가 가기 싫어했다고 선생님께 전할게." 나는 그렇게 말하고 방에서 나가려고 일어섰다.

그러자 샤허브가 이불을 뒤집어쓴 채로 말했다. "엄마가 등록해줘요."

"엄마가? 왜 아빠는 안 돼?"

"학교 오는 거 싫으니까요. 엄마가 해줘요."

"네 아빠잖니. 네 아빠가 허락해주지 않으면, 수업비를 내주지 않으면, 엄마는 등록해주고 싶어도 해줄 수가 없어. 네가 뭘 하고 싶든 아빠가 허락해주어야만 해."

"비비 할머니였다면 해줬을 거예요."

어떻게 해야 할지 망설여졌다. 샤허브가 엄마인 나를 할머니보다 약하고 무력한 사람이라고 생각하는 건 원치 않았다. 하지만 그렇다고 해서 아빠라는 사람의 중요성을 깎아내리고 싶지도 않았다. "그래. 네 아빠한테 허락해줄 건지 말 건지 물어볼게. 네 아빠가 허락하고 수업비를 대주겠다고 하면, 엄마가 학교에 가서 등록할게."

50

학교생활은 느릿느릿 흘러갔다. 학교에서의 나는 괜찮은 학생이었다. 상위권에 들지는 않았지만 상위권에 들기 위한 노력을 한 것도 아니었다. 부모님을 만족시켜주기 위해 상위권에 들어야 하는 아이들은 어느 반에든 몇 명쯤은 늘 있기 마련이었고, 그런 아이들은 좋은 성적을 얻기 위해 필사적으로 노력했다. 나는 그런 어리석은 목표를 이루고자 자발적으로 생고생을 할 정도로 바보는 아니었다. 다행히 나에게 그런 기대를 하는 사람도 없었다. 애초에 반에서 일등을 하고, 매일같이 수업만 듣고, 자기 자신을 위한 시간은 하나도 없이 지내야 할 책임을 짊어진 사람은 불쌍한 아라쉬 형이었다. 나는 캘리그래피 수업만 들었고, 캘리그래피 수업이 있는 날이면 기분이 들떴다.

캘리그래피 수업 시간은 항상 깜짝 놀랄 만큼 순식간에 지나가버렸다. 캘리그래피 수업을 듣고 나서도 나에게는 이것저것 읽거나, 생각하거나, 심지어는 놀 수 있는 시간이 있었는데, 간

혹가다 내가 알고 있는 것들을 천재 같은 아라쉬 형이 몰랐다는 사실을 알게 되어 충격을 받는 일이 있기도 했다. 아라쉬 형은 게임 방법들은 물론이고, 또래 아이들이 쓰는 은어도 잘 몰랐다. 반에서 일등하려면 끊임없이 교과서를 읽고 더 좋은 점수를 받기 위한 고민을 해야 했다. 그리고 그러다 보면, 마음속에 질투심이 들끓거나, 악몽을 꾸게 되거나, 병들기 마련이었다. 아라쉬 형이 반에서 이등을 했던 해에 그랬던 것처럼.

내가 더 이상 바보 취급을 당하지 않게 되자 아라쉬 형도 평소보다는 조금 편안해했다. 아빠가 형의 천재성을 증명하는 일에 과도하게 몰두하지 않았기 때문이다. 하지만 이제 형은 스스로 자기 자신을 다그치고 있었다. 일등이 되는 일에 집착했던 것이다. 형은 자신이 얼마나 똑똑한지를 늘 남에게 보여주어야 했다. 그 누구보다 아는 것도 많은 사람인 것처럼 행동해야 했지만, 실제로 그렇지 않다는 사실을 깨닫고 나서는 두려워하기도 했다. 나는 그런 형이 안쓰러웠다. 형은 조금의 실수도 저질러서는 안 되는 불쌍한 사람이었다. 고등학교에 진학한 후부터는 삶에 또 다른 악몽이, 대학입학시험을 치러야 한다는 책임이 뒤따랐다. 형은 스트레스로 인해 수시로 복통을 호소했다. 늘 손으로 배를 움켜쥐었고, 어떤 음식들은 아예 먹지도 못했으며, 노인처럼 허리를 구부정하게 굽히고 걸었다. 주변에 진짜 친구라고 할 만한 사람도 없었다. 가장 친한 친구가 형보다 높은 점수를 받기라도 하면 곧바로 최대의 적이 되어버렸다. 형은 대체로 외로워했고, 그래서 더 책에 빠져들었다. 나는 형이 책도 예전만큼은 좋아하지 않는다는 사실을 알고 있었지만, 형은 책마저 없으면 어딘가 허전하다고, 팔이나 다리처럼 중요한 뭔가가 사라져버렸다고 느끼는 것 같았다. 이제 엄마의 주된 걱정거리는 형이었다.

언젠가 엄마는 아빠에게 이렇게 말했다. "아라쉬가 스트레스를 심하게 받는 것 같아. 이러다 조만간 다 놓아버리고 마는 건 아닐지 걱정돼."

"대학에 입학하기만 하면 괜찮아질 거야."

"입학 못 하면? 그럼 어떻게 되는 거야?"

"입학할 거야. 중요한 건 상위 1프로 안에 드는 거야. 테헤란 대학교 의과대학에 들어가야 하니까."

"솔직히 말하면, 가끔은 아라쉬가 너무 외롭고 걱정만 가득하고 재미라고는 하나도 없는 삶을 사는 것 같아서 그냥 반항이라도 했으면 좋겠다는 생각이 들어. 그게 얼마나 위험한 일인지 알면서도 말이야. 가끔은 아라쉬가 모든 걸 포기해버리고 자기 삶과 젊음을 즐기는 법을 배웠으면 해. 아라쉬는 지금 샤허브나 샤디보다 훨씬 위험한 상태야, 정말이야."

엄마의 말이 맞았다. 형은 의대 진학에 실패하자 건물 벽이 무너지듯 완전히 허물어지고 말았다. 우울증과 극심한 불안으로 병원에 입원까지 해야 했다. 그리고 점점 교과서에 질색하기 시작했다. 형은 3년 동안 병원에서 치료를 받은 후에야 다시 정상적인 상태로 돌아올 수 있었다. 그러면서 자신이 처음부터 의학에는 관심이 없었고, 의학이 아닌 문학을 공부하고 싶었다는 사실을 깨달았다.

나는 그런 식의 고통에서 자유로웠다. 샤디는 그런 나보다도 더 자유로웠다. 샤디는 슬픔이라고는 한 번도 느껴보지 않은 아이 같았다. 모두가 자기를 있는 그대로 사랑해준다는 사실을 알고 있었다. 일등이 되는 것에 대해 관심을 갖지도, 걱정을 하지도 않았고, 누군가를 질투하는 일도 없었다. 사람들은 샤디에게 아무것도 요구하지 않고 그저 사랑과 다정함만으로 대했으며, 샤디도 다른 사람에게 뭔가를 요구하지 않았다. 샤디는 나처럼 수줍음이 많지도 않았고, 다른 사람들과 편하게 대화하고 웃었다. 친구도 많았다. 실제로 샤디는 건강하고 행복한 아이였고, 자신감도 넘쳐서 본래의 쾌활함이나 안정감을 잃고 위태로워지는 순간도 없었다.

엄마는 다시 일을 하기 시작하면서부터 달라졌다. 엄마 스스로 더 중요한 사람이 되었다고 느끼는 것 같았고, 더 이상은 내가 말을 못 하던 시절 그랬던 것처럼 남의 말에 쉽게 휘둘리지도 않았다. 할 일은 더 많아지고 가사노동을 할 시간은 더 줄어들었음에도 엄마는 예전보다 더 행복해 보였고 잔소리도 줄어들었다. 이제 엄마는 가족들이 무슨 말을 하든 그에 대해 걱정할 시간도 없었고, 그래서 누구도 엄마의 신경을 건드릴 수 없었다. 예전에는 사람들의 사소한 말 한마디에도 늘 반격할 태세를 갖추고 있었지만 이제는 점점 덜 예민하게 반응했다. 할머니나 다른 사람들도 다정하게 대했고, 친척들이 한 말도 금방 잊어버렸다. 이런 말을 하기도 했다. "말은 독하게 해도 마음은 따뜻한 분들이셔. 그 마음을 표현하는 방법을 모르는 것뿐이야."

파타네 큰엄마와 호세인 큰아빠는 나름의 방식으로 집안의 문제들을 처리하고 있었다. 페레슈테 누나가 또다시 사랑에 빠져 지난번처럼 끔찍한 상황을 초래할까 봐, 누나가 고작 열일곱 살밖에 되지 않았을 때 30대 아저씨에게 시집을 보내버렸다. 누나의 남편은 겉보기에는 모든 조건을 충족한 사람이었다. 교육도 받고, 부유하고, 외모도 잘생긴 데다가, 집과 차를 비롯해 결혼식을 치르는 데 필요한 것들도 갖추고 있었다. 페레슈테 누나는 상당한 액수의 마흐리예*를 받고서 친척들 중 그 누구도 경험해보지 못한 호화로운 결혼식을 올렸다. 큰엄마는 페레슈테 누나가 밝고 창창한 미래를 맞이하게 될 것이라고 확신했다. 결혼식 후에 누나는 신혼집으로 들어갔다. 누나는 자신이 바랐던 모든 것을 갖게 되었지만, 밤이 되면 여전히 라민 형의 꿈을 꾸었다. 그 후로는 누나의 호탕하고 유쾌한 웃음소리도 다시는 들을 수 없었다. 누나는 쇼핑 중독자가 되어 옷이며 보석이며 가전제품들을 쉴 새 없이 사들였지만, 금세 돈과 쇼핑에 대한 흥미도 잃고 항우울제를 복용하기 시작했다. 누나는 아직도 가

---

* 결혼할 때 신랑 측이 신부 측에 건네는 현금 또는 재산 형태의 지참금.

끔찍 나를 찾아와 이런저런 이야기를 했지만, 지나치게 주변을 경계하며 말하는 바람에 나로서는 누나가 하는 말의 절반만 이해할 수 있었다. 내가 생각하기에는 누나도 자신에게 어떤 문제가 있는 건지 모르는 것 같았다.

호스로우 형은 학교에서 2년 연속 낙제해 아라쉬 형보다 뒤처지고 말았다. 호스로우 형의 삶에서 가장 중요한 것들은 자신이 입는 옷의 브랜드였다. 형은 비싼 신발과 유행하는 옷을 사입었지만, 큰아빠가 그런 사치품을 감당해줄 수 있는가에 대해서는 전혀 신경 쓰지 않았다. 그럼에도 큰엄마는 항상 형을 감싸주었다. 형이 갖고 싶어 하는 물건들을 사주기 위해 온갖 방법을 동원해 돈을 마련했다. 형은 큰엄마에게 한 번도 고맙다는 표시를 하지 않았고, 갖고 있는 물건에 금방 싫증을 내면서 언제나 더 많은 것을 요구했다. 친구들과도 경쟁하는 사이처럼 지냈고, 다른 사람을 뛰어넘기 위해서라면 위험한 행동도 불사하려 했다. 형은 대담했고, 무엇에든 뛰어들 준비가 되어 있는 사람이었다. 허락 없이 큰아빠의 차를 타고 나가 친구들과 테헤란의 번화가를 돌아다니기도 했고, 운전 중에는 큰엄마가 남에게 빌린 돈으로 사준 핸드폰으로 여자친구들과 통화도 했다. 큰아빠는 젤을 발라 뾰족뾰족하게 세운 호스로우 형의 머리 스타일에 질색했다. 어느 날인가 큰아빠가 아빠에게 이렇게 말하기도 했다. "그 녀석을 볼 때마다 욕을 먹는 느낌이 들어! 맨날 이거 해달라 저거 해달라 요구하고, 하루가 멀다 하고 사고를 친다니까. 나중에 어떻게 되려고 저러나 정말 걱정이지만, 그냥 가망 없는 애라고 생각하고 있어. 지금은 뭘 해도 소용없을 거야."

　아빠는 우리 집에서 가장 중요한 사람이었지만 마치 실제로 옆에 있을 때만 존재감이 느껴지는 그림자 같았다. 아빠는 자기 자신을 돈 벌어오는 기계라고 생각했고, 우리도 점점 아빠를 그런 식으로 바라보면서 월급봉투만 기대하게 되었다. 아빠는 늘 피곤해했지만 예전보다 화는 덜 냈다. 엄마와의 관계도 나아졌고, 엄마와 아빠는 거의 쌍둥이처럼 행동했다. 내가 초등학생이었던 시절 엄마는 아빠의 희생에 대해 이야기하면서 내가 아빠를 사랑하게 만들려고 했지만, 나는 계속 저항하면서 가급적 아빠와 접촉하지 않으려고 했다. 아빠가 질문을 하면 최대한 짧게 대답했고, 아빠에게 뭔가를 요구하지도 않으려고 했다. 용돈도 엄마한테 받았다. 아빠는 내가 선포한 아빠와의 전쟁에서 먼저 패배를 선언하기를 기다리고 있는 듯했지만 내가 받은 상처는 여전했고, 아빠가 나를 원치 않는다고 느꼈던 어린 시절의 감정도 잊을 수 없었다.

51

샤허브는 매년 글쓰기 수업에서 일등을 차지했다. 시간이 흐를수록 서체도 더 아름다워졌다. 샤허브에게 글자란 여전히 마법 같은 의미를 갖고 있는 듯했다. 말을 하지 못하는 상태로 보냈던 몇 년의 세월은 그만큼 글자에 상당한 의미를 더해주었고, 글자들이 가진 의미는 샤허브의 머릿속에서 저마다의 색깔과 향기를 갖춘 채 여러 형태의 작품으로 표현되고 있었다. 샤허브의 선생님은 들뜬 목소리로 말했다. "샤허브는 글자들에 담긴 영혼을 써내는 아이예요. 샤허브가 만들어내는 건 더 이상 단순한 캘리그래피가 아니라, 의미로 가득 찬 예술 작품이고요. 제 생각에 글을 모르는 사람들도 샤허브가 쓴 글은 이해할 수 있을 것 같아요."

샤허브는 그런 선생님을 무척이나 좋아하며 잘 따랐다. 자유 시간이 있을 때면 선생님 댁에서 시간을 보내고 싶어 했다. 나세르는 그런 샤허브의 모습을 전혀 달가워하지 않았고, 선생님

댁에 가지 못하게 하려고 별의별 구실을 만들어내곤 했다. 나세르가 그렇게 굴 때면 샤허브는 화를 내며 나에게 불만을 토로했다. 나는 두 사람이 또다시 격렬한 다툼을 벌이게 될까 봐 두려운 마음에 나세르의 판단을 샤허브에게 납득시키려고 했다.

"샤허브, 너도 알다시피 아빠가 질투심이 많잖니. 아빠 입장에서는 너와 가까운 남자 어른들이 전부 경쟁자처럼 보일 수도 있어. 네가 선생님과 얼마나 가까운 사이인지 알게 되면 아마 질투심에 미쳐버릴걸."

샤허브는 깜짝 놀라며 나를 쳐다보았다. "너무 이상한데요. '질투심에 미쳐'버린다니." 그러고는 홀로 깊은 생각에 잠겼다.

샤허브가 막 5학년에 진학했을 때는 선생님이 샤허브의 작품 하나를 공식 캘리그래피 전시회에 출품해주기도 했다. 전시회 마지막 날에는 참가 예술가들을 대상으로 한 시상식이 열릴 예정이었다. 나는 한껏 흥분된 마음으로 모든 가족에게 초대장을 보냈다. 그랬더니 호세인 아주버님과 파타네 형님, 호스로우, 샤힌 아가씨, 페레슈테, 페레슈테의 남편까지 전부 축하해주러 찾아왔다. 샤허브의 차례가 되자, 선생님은 샤허브의 작품과 창의성을 극찬하면서 그 작품을 헝가리에서도 전시할 계획이라고 말했다. 샤디와 나는 행복에 겨워 환한 미소를 지었다. 나세르는 진중하고 점잖은 태도를 지키려고 했지만 눈부신 빛을 발하는 자부심을 감추지는 못했다.

샤허브는 수상자 자격으로 그 시상식에 초대받은 상태였다.

얼마나 쑥스러워하고 있는지가 내 눈에는 훤히 다 보였다. 샤허브는 붉게 달아오른 얼굴로 무거운 발걸음을 옮기며 단상 위로 올라갔다. 선생님은 허리를 굽혀 샤허브의 볼에 가볍게 입맞춤을 해준 다음 트로피를 건넸다. 그러자 모든 사람이 박수를 보냈다. 마지막으로 선생님은 이렇게 말했다. "샤허브 모크타리, 우리 시대의 귀한 젊은 예술가로서 하고 싶은 말 있니?"

샤허브는 고개를 저었다. 그러자 선생님이 대신 말을 이었다. "그럼 아버지께서 단상으로 올라와 샤허브에 대해 몇 마디 해주시면 감사하겠습니다."

나세르는 가시방석에 앉아 있기라도 한 것처럼 불안하게 자세를 바로잡았다. 나는 초조해진 마음으로 나세르에게 말했다. "여보, 다들 기다리고 있잖아." 나세르는 주변을 한번 둘러보더니 의자에서 일어나 단상으로 걸어갔다. 한 걸음 한 걸음 내디딜 때마다 떨고 있는 것 같았다.

52

선생님이 정중한 말투로 말했다. "모크타리 씨, 샤허브 같은 아드님을 두신 것에 대해 먼저 축하의 말씀 드립니다. 각별한 관심으로 아드님의 비상한 재능을 일찍부터 알아보고 키워주신 건 정말 대단한 일이라고 생각합니다. 귀빈 여러분, 사실 이건 굉장히 중요한 문제입니다. 부모님들께서 제때 알아차리지 못하시는 바람에 이미 갖고 있는 재능을 발달시킬 기회도 얻지 못하는 아이들이 정말 많기 때문입니다. 부디 다른 부모님들께서도 모크타리 씨를 정면교사로 삼아 아이들의 능력에 더 많은 관심을 가져주시기를 진심으로 바랍니다."

나는 냉소적인 웃음을 짓고 고개를 숙였다. 아빠는 단상 앞으로 걸어 나갔다. 마이크를 거쳐 나오는 목소리는 당연히 낯설게 들릴 수밖에 없었지만 마이크랑은 상관없는, 목이 멘 듯한 소리도 들렸다. 그 소리에 놀란 나는 고개를 들어 아빠를 쳐다보았다. 아빠의 안색은 창백해진 상태였고, 입술도 미세하게 떨리고 있었다. 아빠는 긴 침묵 끝에 입을 열었다. "부모로서 샤허브 같은 아들을 키운다는 건 정말 꿈 같은 일입니다. 샤허브는 모든 것을 혼자 힘으로 해냈습니다. 제가 샤허브를 위해 해준 건 아무것도 없었습니다. 제가 무얼 해주었든, 샤허브는 분명 그보다 더 많은 것을 받을 만한 자격이 있는 아이이기도 합니다. 저는 그저 샤허브가 저를 용서해주기만을 바랍니다." 충격적인 말이었다. 나는 불신이 담긴 눈빛으로 아빠를 쳐다보았다. "샤허브, 내가 할 수 있는 말은 내가 너를 이 세상 그 누구보다 사랑하고, 네가 무척이나 자랑스럽다는 말뿐이란다." 아빠가 양팔을 벌린 채 나에게 다가왔다. 두 눈에 눈물이 가득 고여버린 탓에 아빠의 얼굴을 제대로 볼 수도 없었다. 나도 아빠를 향해 다가갔다. 아빠는 나를 꼭 껴안고 이마에 입을 맞춰주었다. 우리의 모습은 사진으로 남았고, 엄마는 그 사진이 어떤 비통한 내전 끝에 평화협정을 체결하는 장면이 담긴 사진이라도 되는 것처럼 크게 확대해 액자로 만들었다. 액자는 한쪽 벽의 절반을 차지할 정도로 컸다. 엄마는 내가 가진 불행한 유년기에 대한 기억을 그 사진 한 장으로 대체해버리고 싶은 것 같았다. 궁극적으로 그 사진은 이면의 기억이 감춰진, 내 과거의 상징이 되었다.

전시회가 열렸던 날로부터 며칠이 흐르는 동안, 아빠와 나 사이에 존재했던 얼음벽은 녹아버렸다. 우리 둘은 부끄러워하며 제대로 감정을 표현하지 못하면서도 잠깐씩이나마 서로를 다정한 눈길로 바라보려고 노력했다. 하지만 사랑의 기술을 배우기에는 이미 너무 늦은 상태였고, 이미 놓쳐버린 기회들을 만회하려면 오랜 시간이 필요했다. 그것이 가능하기는 할지에 대해서도 확신할 수 없었다.

내 입장에서는 자식으로서 아빠를 사랑하려면 많은 것들을 망각해야 했다. 그래서 나는 어린 시절에 대한 기억을 서서히 지워나가기 시작했다. 그래도 아빠에 대한 믿음은 생기지 않았는데, 왠지 모르게 그 사실로 인해 죄책감을 느끼기도 했다. 마치 사랑해야 마땅할 아빠를 충분히 사랑하지 않는 배은망덕한 자식이 된 기분이었다.

그로부터 몇 년이 흐른 뒤, 나는 무사히 고등학교를 졸업했다. 지금은 대학교 2학년에 재학하며 미술을 전공하고 있지만, 아직도 자신감 부족으로 고생 중인 데다가 다른 사람들과 쉽게 어울리지도 못 하고 있다. 무리 내에서 뭔가를 말해야겠다고 결심하거나 내 의견을 표명하려고 할 때면 심장이 미친 듯이 뛰기 시작하는 바람에 아예 말을 하지 말자고 마음을 바꾸거나 다른 사람들이 알아들을 수 없을 만큼 떨리는 목소리로 말하고 만다. 나는 여전히 마음속 깊은 곳에서는 나 자신을 바보라고 생각하고 있다. 나 자신에 대해서나 내가 하는 일에 대해 확신을 가져본 적도 없고, 이런 의구심은 내 작품을 통해서도 그대로 드러나고 있다. 엄마는 아직도 내 걱정을 하면서 내가 같은 나이대의 사람들을 사귈 수 있도록 애써 기회를 만들어주고 있

다. 그리고 오늘은 나의 스무 살 생일을 기념하며 성대한 파티
까지 열어준 것이다.

몸이 뻣뻣하게 굳어버린 느낌이었다. 옥상에 놓여 있는 작은
발판에 앉아 있던 나는 자리에서 일어났다. 바지에 묻은 먼지를
털어내고는 이웃집 담 너머를 흘끗 내려다보았다. 나무가 무성
한 이웃집 정원은 여전히 아름다웠다. 어떤 나뭇가지들 사이에
는 새의 둥지도 있었다. 그 둥지를 향해 손을 뻗는 순간, 갑자기
어떤 목소리가 들려오는 바람에 화들짝 놀라고 말았다. 뒤를 돌
아보았다. 늘 그렇듯 미소를 띠고 있는 아름다운 모습의 샤디가
서 있었다. 샤디는 짐짓 화난 척을 하면서 말했다. "여기에 있
었다니! 몇 시간 동안 찾아다녔는데! 엄마는 엄마 방에 숨어 있
고, 오빠는 어린애처럼 옥상에 숨어 있고, 이게 뭐야! 다들 오빠
기다리고 있어. 여기서 뭐 하고 있던 거야?"

"나의 지난 20년을 되새겨보고 있었지."

"그거 참 재밌네. 엄마도 똑같은 말 하던데."

거실은 사람들로 가득 차 있었다. 나도 그 무리 속으로 들어
갔다. 성격 좋고 수다스러운 학교 동창 쿠로시가 벽에 걸려 있
는 액자를 가리키며 말했다. "야, 얘들아! 이리 와서 이 사진 좀
봐봐. 여기 샤허브 좀 봐. 엄청 귀엽지 않냐! 이거 언제 찍었던
거야?"

"열다섯 살 때."

"너 이렇게 꽉 끌어안고 있는 사람은 누구야?"

나는 사진을 빤히 쳐다보다가 조용히 대답했다.

"이 사람? 아라쉬 형네 아빠야!"

사랑하지만 미워하고, 미워하지만 사랑하는 마음

『목소리를 삼킨 아이』는 심리학자이자 사회학자인 이란 작가 파리누쉬 사니이의 두 번째 작품이다. 사회와 가족의 억압 속에서도 꿋꿋이 살아간 여성 인물 마수메의 삶을 통해 이란 혁명 전후 50년의 역사를 조명한 첫 작품 『나의 몫』 이후, 사니이 작가는 일곱 살 무렵까지 말을 하지 못한 아이 샤허브의 삶을 통해 전통적 가치가 가족 구성원들에게 부과하는 짐, 팽팽한 긴장 속에 곪아가는 상처들, 성장과 회복에 필요한 사랑을 담아냈다.

소설 속 주인공 샤허브는 말을 하지 못한다. 언어 능력이나 지적 능력이 부족해서가 아니라, 말을 할 수 있음에도 하지 못한다. 그런데 소설 속에는 그 원인이 명명백백하게 제시되지 않는다. 간단하게 정리할 수 있을 만한 원인이 존재하지도 않고, 그 원인을 밝히고자 잘잘못을 가리는 것이 진정 중요한 문제처럼 보이지도 않는다. 작가는 아이의 문제적인 행동과 부모와의 관계를 보여주며 이야기를 끌고 나가지만, 그 과정에서 문제에 대한 책임을 특정 인물에게 전가하려 하지 않는다. 샤허브와 샤허브의 엄마 마리얌의 시선을 통해 전개되는 서사를 따라가다 보면, 독자들은 각 인물이 갖고 있는 저마다의 속사정을 알게 될 따름이다.

샤허브의 침묵은 한편으로는 상처받고 싶지 않은 외로운 아이의 절박한 방어처럼 보이기도 하고, 다른 한편으로는 사랑받고자 하는 미숙한 아이의 고집스러운 투정처럼 보이기도 한다. 그리고 그런 양면적인 모습을 반영하기라도 하듯, 엄마 마리얌은 샤허브가 옳지 않은 행동을 해도 유일한 편이자 목소리가 되어주려고 하면서 기다리는 반면, 아빠 나세르는 샤허브를 서둘러 의사에게 맡겨버리고 돈을 버는 일에만 몰두하려 하는 등 서로 상반되는 방식으로 대응한다. 마리얌과 나세르는 각자에게 주어진 역할을 충실히 이행하면서 나름의 노력을 다하지만, 샤허브의 외할머니 비비가 가하는 일침처럼 두 사람은 슬퍼하거나 답답해할 뿐 사랑을 표현할 줄은 모른다. 이로 인해 샤허브는 비비 할머니가 자신의 삶 속으로 들어오기 전까지 입을 더 굳게 닫아버린다.

샤허브가 말하기를 시작하기 전까지 속마음을 털어놓는 유일한 대상은 상상의 친구 '바비'와 '아시'다. 샤허브가 친할머니의 머리 위로 벽돌을 던지고, 형 아라쉬가 완성한 작품에 잉크를 부어 망가뜨리고, 가지치기용 가위로 아빠의 차를 긁고, 사촌 형 호스로우의 침대에 접착제를 부어버리는 등 말로 표현하지 못한 감정을 다소 위험하고 과격한 행동으로 표현할 때, 바비는 샤허브의 마음속에 자리한 외로움과 두려움을 대변하면서 그런 행동을 말리고, 아시는 샤허브의 내면에서 들끓는 분노와 복수심을 자극하면서 계속 부추긴다. 마치 샤허브에게 '그렇게까지 하고 싶은 마음은 이해하지만 큰일 날지도 몰라, 위험해, 무서워, 그만해.'라고 말하고 싶은 독자들의 마음과 '넌 충분히 그렇게 해도 돼. 참을 만큼 참았잖아. 하고 나면 후련해질 거야. 어서 해.'라고 말하고 싶은 독자들의 마음을 모두 대변하기라도 하듯, 바비와 아시는 샤허브가 어떤 결정을 내리려 할 때마다 다급하게 말을 쏟아낸다.

그런데 샤허브의 독백보다 더 많은 분량을 차지한다고 느껴질 정도로 자주 등장하던 바비와 아시의 대사는 비비 할머니가 샤허브의 일상으로 들어온 후부터 급격히 줄어든다. 이러한 변화는 영화 〈인사이드 아웃〉에서 주인공 라일리의 유년기에 늘 함께했던 상상의 친구 '봉봉'이 라일리가 성장해나가는 길목에서 불현듯 사라져가는 장면을 연상시키기도 한다. 그리고 봉봉이 있었던 자리를 새로운 관계들이 채워나가듯이, 바비와 아시의 자리도 비비 할머니를 시작으로 서서히 다른 관계들로 대체된다. 이렇듯 샤허브의 성장은 학교에 가기로 마음먹고, 말을 하기 시작하고, 글을 쓰겠다고 결심하는 전에 없던 행동들뿐만 아니라 유년기에 붙잡고 있던 것들의 상실을 통해서도 드러난다.

오랫동안 시끄러운 적막 속에서 외로운 시간을 보낸 '목소리를 삼킨 아이' 샤허브는 비비 할머니의 도움으로 결국 말을 할 수 있게 된다. 하지만 독자로서의 나에게 그런 성장과 변화는 유년기에 국한된 것처럼 느껴지기도 했다. 성인기에 접어든 샤허브의 마지막 대사 때문이었다. "착하고 정상적이고 똑똑하고 귀여운 애들은 아빠 자식이고, 멍청하고 못생기고 병든 애들은 엄마 자식"이라고 말하던 어린 시절의 샤허브는, 성인이 된 후에도 여전히 아빠를 '아라쉬 형네 아빠'라고 지칭한다.

사실 샤허브의 이 말은 『목소리를 삼킨 아이』의 이란어판 원제이기도 하다. 『목소리를 삼킨 아이』의 저본이 된 영어판 제목은 『나는 목소리를 감추었다 *I Hid My Voice*』였지만, 이란어판 제목은 『내가 아닌 다른 아이의 아빠 *Father of the Other One*』였고, 소설 내용을 바탕으로 2015년에 제작된 영화 제목도 이와 유사한 〈다른 아이의 아빠 *The Other One's Dad*〉였다. 소설의 내용을 고려해보면 모두 이해가 되는 제목이다. 그런데 제목에 명시된 주체가 샤허브의 엄마도, 할머니도, 목소리도 아닌, 아빠인 이유는 무엇이었을까. 제목을 되새겨볼수록 내게는 샤허브와 험난한 관계를 맺은 아빠가 명시된 이유가 의아했고, 또 궁금했다.

소설에는 샤허브가 아빠를 향해 적대감을 표출하는 대목이 곳곳에 등장한다. 하지만 아빠라는 존재를 그저 샤허브가 적대하는 대상으로만 보기는 어렵다. 샤허브는 아빠의 관심을 끌기 위해 샤디에게 뽀뽀를 해주려 하기도 하고, 아빠에게 안아달라며 매달리기도 하고, 아빠에게 받지 못한 사랑을 보상받으려고 카리미 아저씨를 껴안는 행동도 한다. "아라쉬 형만큼 똑똑하지도 않고 아빠에게 사랑받지도 못 한다는 사실에 슬퍼했"던 마음이 바비의 입을 빌려 드러나기도 한다. 샤허브의 마음속에는 아빠에 대한 미움뿐만 아니라 사랑도, 아빠로부터 사랑받고 싶은 갈망도 자리하고 있는 것이다.

한편, "샤허브가 저를 용서해주기만을 바랍니다."라며 나세르가 미안한 마음을 표현할 때, 샤허브는 눈물을 흘리며 아빠와 포옹을 나눈다. 이는 서로를 미워하고 사랑했던 샤허브와 나세르가 언뜻 화해로 나아갈 것처럼 보이는 장면이기도 하다. 그러나 그런 포옹의 시간이 지난 후 샤허브는 마치 고백하듯이 이렇게 말한다. "그래도 아빠에 대한 믿음은 생기지 않았는데, 왠지 모르게 그 사실로 인해 죄책감을 느끼기도 했다. 마치 사랑해야 마땅할 아빠를 충분히 사랑하지 않는 배은망덕한 자식이 된 기분이었다."

샤허브가 마지막에 이르러서야 털어놓은 이 '죄책감'은 실은 내 마음에 가장 짙게 남은 감정이기도 했다. 나 역시 부모님에게 양가적인 감정과 그에 따른 죄책감을 느껴본 적이 있어서이기도 했고, 아빠를 사랑했지만 원하는 사랑을 받을 수 없었고 사랑을 주지 않은 아빠를 미워했던 샤허브의 복잡한 심정이 고스란히 담겨 있는 것 같아서이기도 했다. 그리고 죄책감을 곱씹어볼수록, 제목에 '아빠'가 명시된 이유도 조금은 알 것 같았다.

단지 짐작일 뿐이지만, 어쩌면 작가는 샤허브가 성인이 돼서도 품고 있는 아빠를 향한 복잡다단한 감정과 이것이 암시하는 성장의 과제를 다시금 상기시키고 싶었던 건 아니었을까 싶다.

이 소설의 마지막 대목은 다소 힘이 빠지는 비관적인 결말처럼 느껴지기도 하고, 샤허브의 가족이 겪어온 20년의 세월을 거짓 없이 반추하는 결말처럼 느껴지기도 한다. 이 정답 없는 결말에 대한 독자들의 해석은 아마도 저마다의 마음속에서 강렬하게 차오른 감정과 자연스레 떠오른 기억에 따라 달라질 테지만, 이 책이 각자에게 어떤 기억과 감정을 불러일으키건, 조금이나마 자신의 마음을 깊이 있게 들여다볼 수 있는 계기가 되어주기를 바란다.

끝으로, 옮긴이의 말을 작성하기에 앞서 혹여나 내가 갖고 있는 상처나 편견으로 인해 부적절한 말을 얹게 될까 봐 망설였을 때 선뜻 조언을 해주고 의견도 나누어주신 한재현 선생님께 감사의 말을 남기고 싶다. 덕분에 이 후기를 쓰는 데 필요했던 용기를 얻을 수 있었고, 사랑받고 싶은 마음을 표현하지도, 인정하지도 못 했던 시절을 서투르게나마 다독여볼 수 있었다.

양미래

'선택적 함구증'을 지닌 아이의 힘겨운 성장기

한재현(소아정신과 전문의)

"엄마, 엄마는 내가 말을 할 수 있다는 걸 알잖아요. 그런데 왜 여기 있어야 해요?"

진료실에 들어온 후 심한 부끄러움을 보이며 고개를 숙인 채 말을 하지 않던 아이는 침묵 끝에 고개를 조금 돌리고 원망하는 눈길로 엄마를 보며 작게 속삭입니다. 엄마는 아이의 말 속에 담긴 의미를 깨닫고 미안한 마음에 역시 얼굴이 붉어지지만, 한 번만 진료를 받아보자면서 아이를 조용히 다독거립니다.

이 장면은 유치원이나 초등학교 교사로부터 '아이에게 선택적 함구증Selective mutism이 있는 것 같다'는 이야기를 듣고 진료실을 찾아오는 아이의 첫 진료에서 자주 볼 수 있습니다. 이 대화 속에는 낯선 환경에 대한 아이의 불안감, 말을 해야만 할 것 같은 순간에 느껴지는 반사적인 압박감, 집이 아닌 곳에서는 말을 하지 않는 아이에 대한 부모의 복잡한 마음이 담겨 있습니다. 익숙한 곳에서 편안한 사람과 함께 있는 순간이 아니라면 말을 할 수 없는 아이의 증상은 아이 자신, 부모를 포함한 가족 전체, 그리고 교사와 또래 친구들 등 아이를 둘러싼 주위 사람들에게 정말 많은 영향을 줍니다.

과거에는 이 증상을 '의도적 함구증Elective mutism'이라고 불렀습니다. 이 명칭에는 어린 시절 정신적 외상을 겪은 아이가 의도적으로 말을 하지 않는 것이 이 증상의 원인이라는 의미가 담겨 있습니다. 이런 관점이 지배적이던 시기에는 선행적인 정신적 외상으로부터 아이를 보호해주지 못한 부모를 탓하는 것이 자연스러운 일이었고, 치료 역시 고의적으로 말을 하지 않는 아이를 설득하는 방향으로 이루어질 수밖에 없었습니다. 다행히 이후 연구 결과들이 쌓이면서 선택적 함구증의 원인에 대한 오해들은 많이 해소되었습니다. 정신적 외상이나 가족의 역기능과 연관된 몇몇 사례들의 보고가 있긴 했지만, 대부분의 연구 결과는 이 증상을 보이는 아이들이 특별히 외상적인 양육환경 속에서 자라지 않았음을 보여주었습니다. 외향적이고 사교적인 가정을 포함하여 부모-아이 사이의 높은 정서적 유대가 존재하고 다정한 의사소통 스타일을 가진 가정에서도 선택적 함구증은 발생할 수 있습니다. 아이의 침묵 역시 의도적인 것이 아니라 특정한 환경에서 자율신경계의 균형이 무너져 발생하는 생리적 변화로 인한 질환으로 여겨지고 있습니다. 아이는 말을 '안' 하는 것이 아니라, 숨이 막히고 가슴이 뛰어 말문이 좁아지는 감각 속에서 실제로 말을 '못' 하는 것입니다.

아이가 선택적 함구증의 증상을 보이면 가정에서는 많은 변화가 일어납니다. 말을 하지 않는 것 이외 거의 모든 영역에서 정상처럼 여겨지는 아이의 모습은 안타깝게도 그동안 가정에 잠재되어 있던 갈등의 요소들이 자라날 수 있는 비옥한 환경을 제공합니다. 부모는 심하게 자신을 탓하거나 서로를 비난할 수 있고, 증상을 보이는 아이에게만 부모의 관심이 집중되면 다른 형제자매는 소외감을 느낄 수 있습니다. 가정의 분위기에 따라 말을 하지 않는 아이를 은근히 혹은 명시적으로 비난할 수도 있고, 오히려 아이의 증상에 맞추어 아이가 말을 하지 않아도 되는 환경을 제공하고자 가족 전체가 희생을 감수하기도 합니다. 많은 경우, 부모를 비롯한 가족 구성원들은 아이를 변화시키기 위해 저마다의 노력을 하고, 생각처럼 쉽게 나아지지 않는다는 사실에 좌절감을 느낀 채 진료실을 찾아오는 것 같습니다.

『목소리를 삼킨 아이』에는 부모에게조차 말을 하지 않는, 보통보다 심한 형태의 선택적 함구증을 가진 샤허브와 가족들의 이야기가 담겨 있습니다. 선택적 함구증을 가진 아이의 가정에서 볼 수 있는 개개인의 복잡한 정서들을 따뜻한 시각을 잃지 않으면서도 사실적이고 섬세하게 그려낸 작가의 재능에 찬사를 보냅니다. 독자들은 아마도 목소리를 삼켜버린 샤허브가 어머니 마리얌, 아버지 나세르, 형 아라쉬의 삶에 얼마나 많은 영향을 미치는지 이해할 수 있으리라 생각합니다. 다양한 일화 중에서, 말을 하지 않는 샤허브를 '어린왕자'라고 부르며 아이를 있는 그대로 받아주는 어른의 역할을 보여준 카리미 부부가 등장하는 장면은 실제 진료환경에 있는 치료자로서 가장 감탄하며 읽었습니다. 그런 따듯함 속에서도 결코 말을 하지 않는 샤허브의 모습이 저에게는 상당히 현실적으로 느껴졌습니다. 아이의 모습을 온전히 따듯하게 감싸줄 수 있는 진정한 사랑을 제공해주는 것이 치료 방법이라고 많은 분들이 오해를 합니다. 물론 아이가 성장하는 데 영양분이 되는 안전하고 따듯한 환경은 반드시 필요하지만, 선택적 함구증의 치료는 그 외의 조금 더 전문적인 노력을 필요로 합니다.

선택적 함구증의 치료는 간단하지 않으며, 시간이 걸리고, 많은 노력이 필요합니다. 생리적인 증상들을 줄이기 위해 약물치료가 도움이 되며, 행동의 변화를 위한 심리사회적 개입들도 필수적입니다. 선택적 함구증의 치료원칙을 간단히 정리하면 다음과 같습니다.

첫째, 이 증상으로 인해 가장 고통스럽고 불행한 사람은 바로 아이라는 점을 이해할 수 있어야 합니다. 선택적 함구증은 결코 아이가 고의로 만들어내는 증상이 아니며, 생리적 변화 속에서 아이가 특정 상황들을 이겨내기 위해 선택할 수밖에 없었던 절박한 시도로 여기는 관점이 아이의 마음을 안아주고 아이와 단단한 연결을 만드는 데 도움이 될 수 있습니다.

둘째, 아이에게는 변화의 동기가 필요합니다. 말을 하지 않아도 그다지 불편하지 않은 상황을 제공하는 것은 오히려 아이의 증상을 강화시킬 수 있습니다. 아이에 대한 충분한 이해와 돌봄을 제공하고, 아이의 증상으로 인해 아이가 겪을 불편함과 고통들에 공감하며, 변화를 위해 함께 노력해보자는 주변 사람들의 태도가 중요합니다.

마지막으로, 변화를 일으키기 위해서는 가족과 친척, 교사, 또래 친구 등 주위 사람들의 협조가 반드시 필요합니다. 이러한 조율을 위해 전문가의 도움을 받아보시기를 권고드립니다. 이 책에서는 비비 할머니가 등장하여 이 역할을 아름답게 보여주었습니다.

한 아이가 자라서 성인이 되어간다는 것은 정말 신비로운 일입니다. 어린아이에게 세상은 신기하고 새로운 것들도 가득 차 있지만 너무 넓고 모르는 것도 많기 때문에 불안하게 느껴지기도 합니다. 어린아이는 결국 실제 현실 속에서 자신이 원하는 모든 것을 즉각적으로 충족할 수는 없으며, 무엇 하나 뚜렷하지 않은 이 현실에 어쩔 수 없이 적응하며 살아가야 한다는 사실을 조금씩 받아들여야 합니다. 하지만 아직 자기중심적으로 생각할 수밖에 없는 어린아이에게 그 과정은 싫고 화가 나는 일이며, 되도록 성장하지 않고 많은 만족을 누리면서 살기를 원하기도 합니다. 다행스러운 일은 그런 아이들의 마음속에는 발전하고 성장하여 어른이 되고자 하는 마음도 있다는 것입니다.

아이들은 저마다 어린아이로 머무르며 의존하고 싶은 마음과 얼른 자라 어른이 되어 독립하고 싶은 마음 사이에서 갈등을 겪으며 세상을 경험하고 있습니다.『목소리를 삼킨 아이』를 읽고 난 후 다른 사람들과 이 책에 대해 이야기를 나누고 싶은 마음이 생겨난다면, 아마도 우리 모두가 어린 시절의 이 갈등 속을 통과했고 현재에도 그 갈등을 경험하며 살고 있기 때문이 아닐까 생각합니다.

이 책에는 선택적 함구증을 지닌 채 의존과 성장의 갈등 사이에서 분투하고 있는 아이와 그 가족의 이야기가 담겨 있습니다.『목소리를 삼킨 아이』를 보며 자신의 과거 속 비비 할머니를 마주할 수 있었다는 번역가 선생님의 말처럼, 이 책을 읽은 분들이 샤허브의 내적 갈등을 이해하고 안아주면서도 앞을 향해 등을 밀어주는 비비 할머니의 모습을 마음속에 그려볼 수 있기를 바랍니다.

옮긴이 · 양미래

한국외국어대학교에서 정치외교학과 영어통번역학을 전공하고 같은 대학 통번역 대학원 한영과에서 번역전공 석사학위를 받았다. 한국문학번역원으로부터 번역지 원을 받아 황정은 소설가의 소설집, 심보선 시인과 나희덕 시인의 시집을 영어로 옮 겼다. 우리말로 옮긴 작품으로는 카밀라 샴지의 장편소설 『홈 파이어』가 있다.

목소리를 삼킨 아이

초판 1쇄 발행 · 2020년 8월 14일
초판 4쇄 발행 · 2023년 5월 12일

지은이 · 파리누쉬 사니이
옮긴이 · 양미래
펴낸이 · 김요안
편집 · 강희진
디자인 · 부추밭

펴낸곳 · 북레시피
주소 · 서울시 마포구 신수로 59-1
전화 · 02-716-1228
팩스 · 02-6442-9684
이메일 · bookrecipe2015@naver.com | esop98@hanmail.net
홈페이지 · https://bookrecipe.modoo.at/
등록 · 2015년 4월 24일(제2015-000141호)
창립 · 2015년 9월 9일

ISBN 979-11-90489-17-1 03890

종이 · 화인페이퍼   인쇄 · 삼신문화사   후가공 · 금성LSM   제본 · 대흥제책

이 도서의 국립중앙도서관 출판예정도서목록(CIP)은 서지정보유통지원시스템 홈페이지 (http://seoji.nl.go.kr)와 국가자료공동목록시스템(http://www.nl.go.kr/kolisnet)에서 이용하실 수 있습니다. (CIP제어번호: CIP2020031168)